1946年，沈祖棻摄于成都

沈 祖 棻

文 學 士（中 國 文 學 系）

1934年，沈祖棻的中央大学学士毕业照

1936年春,程千帆和沈祖棻于南京玄武湖公园合影

蘆溝橋

三年不是短短的日子,
讓歲月頁起沉重的記憶;
蘆溝橋還有如霜的月色嗎,
怕也像淚水一樣凝成冰了,
再沒有對月而歌的夜行人,
也不見蘆葦中臨風的釣絲,
只有石闌上劃下的仇恨的痕迹,
那是年年的風雨銷蝕不去的。
但橋堍月光下長眠的戰士,
曾在這橋上發出第一聲怒吼,
為祖國濺出殷紅的血迹,
塞北江南逐開徧鮮艷的花朵;
月色曾描繪下這悲壯的圖畫,

《芦沟桥》手稿

你來

绎燕

你來,在清晨裏悄悄地來,
趁太陽還沒有照上樓臺;
你經過草地時不要踏踏,
小心碰掉一顆亮的露珠。
讓一切的人都沒有睡起,
我一個人在曉星下等你;
輕輕地告訴你昨夜的夢,
夢裏有一陣落花,一陣風。

你來,在黃昏裏緩緩地來,
趁晚霞還在山峯上徘徊;
你經過樹林中不要留戀,
隨着歸鴉來到我的門前;

太陽落了也不要用燈籠,
我們正需要那一點朦朧。
這時你該吟我一首詩,
但莫說離別,也莫說相思。

你來,在靜夜裏輕輕地來,
趁月亮還沒有躱進雲彩;
你經過黑徑裏不要害怕,
河邊吽的不是鬼,是青蛙;
我們滅了鐙,有的是星星,
沒有人,不用怕誰來偷聽;
這時你正好為我拿起琴弦,
低低彈出一段淒楚的纏綿。

1936年《文艺月刊》刊出《你来》

馬嵬驛

绛燕

前面不遠就是馬嵬驛了。被酷烈的陽光曬熱的黃沙路上，一列很長的隊伍正在加速他們的進行的步伐，很快地抛留在人馬的後面一陣陣飛揚的灰塵。

從宮門啓程到現在，已經整整地兩天一夜了。這樣鬱熱的天氣，帶着驚慌的心情在崎嶇的道路上奔馳，卽使是耐勞的兵士們也感到困苦了；但是他們的肩上旣放了保衞皇帝的責任，他們的心裏又怕着打破潼關的安祿山的驍猛的軍隊的追襲，就不得不在疲乏中振起精神，加緊趕他們的路程。扈從的官員們在倉皇中抛棄了他們的安閒的生活，在困苦的旅途中掙扎着，一方面掛念着長安的宏麗的大厦和一切膝下的東西，對於將來的不可知的局面，更是競競地恐懼着；愁苦的容貌不時地在他們的莊嚴的掩飾下流

露出來。從來不出宮門的宮女們，衝着破曉的濃霧，踏着昏夜的冷露趕他們的路程，單是辛苦就使他們流了淚，一種亂離的感傷開始侵入她們無知的心。太監們背着皇帝嘆氣，不時地咒詛着忘恩的安祿山。在這旅程的進行中，一切的人都愁嘆着；同時，在他們自己的愁嘆之中，更耽心着那高貴尊嚴的皇帝和貴妃受着平日奢華的生活中所夢想不到的困苦，不得不加倍小心地伺候着他們的主人。尤其當他們想到楊貴妃那樣花一般嬌嫩的人怎樣受得起這長途的辛苦時，都感覺到這是一件值得發愁的事。

意外地，在愁眉不展的玄宗皇帝傍邊的楊貴妃，從啓程到現在，一直是那樣鎭靜，那樣安閒，她的那對星一般輝煌，水一般流動的眼珠裏，沒有射出一點憂愁的光；她的美麗的唇邊邊留着淡淡的微笑；她的態度依舊是那樣高貴；她的擧止依舊是那樣閑雅；她的神經很興奮，一種秘

《忍耐》乐谱，陈田鹤作曲

绛燕女士

微波辞

中国诗艺社丛书

独立出版社 印行

手写题记：
77年12月2日收到千帆送我此集,作者因车祸逝世,留此作纪念。年芜

1940年在重庆出版的《微波辞》,此册由程千帆赠徐仲年

沈祖棻全集

微波辞 辩才集

沈祖棻 著

张春晓 主编

广西师范大学出版社

·桂林·

WEIBO CI　BIANCAI JI
微波辞　辩才集

书名题签：周小英

图书在版编目（CIP）数据

微波辞　辩才集 / 沈祖棻著. --桂林：广西师范大学出版社，2023.8

（沈祖棻全集 / 张春晓主编）

ISBN 978-7-5598-5726-2

Ⅰ. ①微… Ⅱ. ①沈… Ⅲ. ①散文集－中国－当代 ②诗集－中国－当代 Ⅳ. ①I267②I227

中国国家版本馆 CIP 数据核字（2023）第 019430 号

广西师范大学出版社出版发行

（广西桂林市五里店路9号　邮政编码：541004）
　网址：http://www.bbtpress.com
出版人：黄轩庄
全国新华书店经销
中华商务联合印刷(广东)有限公司印刷
（深圳市龙岗区平湖镇春湖工业区 10 栋　邮政编码：518111）
开本：880 mm × 1 240 mm　1/32
印张：11　插页：4　字数：258 千
2023 年 8 月第 1 版　　2023 年 8 月第 1 次印刷
定价：78.00 元

如发现印装质量问题，影响阅读，请与出版社发行部门联系调换。

编辑说明

一、本卷合新诗集《微波辞》和小说散文集《辩才集》为一册，增订若干新诗、小说、散文、独幕剧。除新增篇目依原刊录入外，其馀皆以2000年河北教育出版社《微波辞（外二种）》为底本，参校原刊（部分篇目阙如）、1940年重庆独立出版社初版《微波辞》、1985年人民文学出版社《沈祖棻创作选集》、1992年武汉大学出版社《沈祖棻程千帆新诗集》。

二、《微波辞》原集目次依从初版。陆耀东所辑集外三十五首，偶有因出处不详致未能依时间排序者，现于诗后补刊发时间，仍依原序。新增新诗五首，按刊发时间收录于集外补遗。《辩才集》原集目次依从底本，集外诸篇不做体裁之分，主体按发表时间先后排序（个别篇目依作者所署创作时间而排）。

三、为保留原文风貌，字词、译名、标点用法尽量依从原有版本，明显讹字、脱衍径改，少量异体字、繁体字仍予保留。个别词义相似而词形不同者，各从其是，不做全书统一处理，仅于篇内统一。

四、本卷现存三类注释，分别为陆耀东在《沈祖棻程千帆新诗集》一书中所注、河北教育出版社版编者注及本卷编者新补注释。除陆耀东所注加"陆注"二字外，后两者不予以区分。

五、《微波辞》集外依河北教育出版社版保留陆耀东于诗末所加的刊发出处、时间，部分阙如者凡能查核已一并补之。《辩才集》及集外诸篇文末所附刊发出处、时间为本卷编者所加。增补信息用楷体字，外加圆括号标示，年月、期数、卷数统一用阿拉伯数字。原序、前言、后记所涉数字及作者自署创作时间统一用中文数字。

六、插页期刊图片由上海图书馆提供。

目次

微波辞

3　　原序 / 徐仲年
21　　前言 / 陆耀东

第一辑

33　　泽畔吟
34　　五长年
35　　空军颂
37　　五月
38　　克复兰封
39　　冲锋
40　　故事
41　　花圈
42　　忆江南
44　　夜警

第二辑

51　　给碧蒂
52　　病榻

53	泛舟行
54	来
56	你的梦
57	忧郁
58	夜车
59	忍耐
60	新居
61	衫痕
62	月夜的投赠
63	风雨夕
64	航海吟
66	水的怀念
67	柬孙望亮耕
69	春夜小唱
70	雨夜
71	寄远
72	炉火
74	过客

集外

79	一棵无名的小草
81	爱神的赞美

83	征人之歌
85	别
86	劝与回答
88	真诚的友谊
89	问西湖
91	荷塘
92	我所要的
93	我希望不再看见你
94	我爱这旅途中
96	一朵白云
97	想
98	夜
99	等不得你
100	失去了的诗情
102	你来
104	你的泪
105	尘土与春
106	想
107	赠孝感
109	芦沟桥
110	期待
112	寄亮耕
114	柬孙望

116　病中吟
118　有寄
119　惜往日
120　流星
121　寂寞
122　海的怀念
123　别夜
124　给女儿（一）
126　给女儿（二）
128　给女儿（三）

集外补遗

133　到前线去
135　潭
136　天河
137　答千帆
　　　（附　程千帆《给曼曼》、《再赠》）
140　流亡的一群

141　后记 / 张春晓

辩才集

145　暮春之夜
151　神秘的诗
156　洋囡囡
161　辩才禅师
174　茂陵的雨夜
183　厓山的风浪
200　马嵬驿
225　苏丞相的悲哀
239　悬崖上的家

集外

247　夏的黄昏
251　忠实的情人
257　丽玲
264　妥协
270　画像
278　酒
284　王老太太的新年
295　逃难
302　冬
317　尺八箫

319　美与幻
322　星
324　炉边闲话
328　黎明的前夜

338　后记 / 张春晓

微波辞

*

原序

徐仲年[1]

　　罗衣尘浣难频换，鬓云几度临风乱。何处系征车？满街烟柳斜。　　危楼欹水上，杯酒愁相向。孤烛影成双，驿庭秋夜长。

　　薰香绣阁垂罗带，门前山色供眉黛。生小住江南，横塘春水蓝。　　仓皇临间道，茅店愁昏晓。归梦趁寒潮，转怜京国遥。

　　钿蝉金凤谁收拾？烟尘万里音书隔。回首望长安，暮云山复山。　　徘徊鸾镜下，愁极眉难画。何日得还乡？倚楼空断肠。

---

* 作者自编诗集，作为"中国诗艺社丛书"之一，1940年2月重庆独立出版社初版。原署"绛燕女士著"。——陆注
1　时任中央大学法国文学教授。

长安一夜西风近，画梁双燕栖难稳。愁忆旧帘钩，夕阳何处楼？　　溪山清可语，且作从容住。珍重故人心，门前江水深。

——《菩萨蛮》(《渐江小稿》)

填这些词的是一位青年女诗人，笔名绛燕，原籍海盐，生长于吴县。当她在大学里的时光，问业于诗人吴瞿庵、汪旭初、胡小石、汪辟疆诸先生，所以她对于词曲、旧诗、新诗，都有很切实的根底。她已印行了一部《渐江小稿》(非卖品)，那是词集。她所写的小说也积有相当的数目，可惜散在各刊物上，平时没有录副稿；"八·一三"爆发以后，她从南京到屯溪，再从屯溪辗转来重庆，更无法收集！希望将来战争结束，她有机会找到这些短篇小说，编为集子，公诸同好。幸而她的新诗，手头还有存稿，便选了三十首，编成这部《微波辞》。

集以"微波"为名，很能表示集中各诗的精神。此处所有的是"沫江免风涛，涉清弄漪涟"(谢灵运)的漪涟；此处所见的是"白鹭烟分光的的，微涟风定翠㴞㴞"(杜牧)。少数的几首，情感比较激发，节奏比较急促。然而微波漪涟恰合乎绛燕的性格，因此这个集子获得令人满意的成功，内中若干首更异常之美。

《微波辞》分为两辑。第一辑含诗十首，写作时期：一九三八——一九三九，都是抗战诗；第二辑含诗二十首，写作时期：一九三六——一九三九，都是抒情诗。在第一辑里面，有几首比较长的诗：《夜警》(七十二行)，《忆江南》(二十六行)，《空军颂》(二十四行)，《故事》(二十行)；其馀的八行(《克复兰封》)至十六行不等。《泽畔吟》是赠给另一诗人孙望的诗；读了这首诗，觉得作者所受古诗词的影响甚深，虽在作新诗，这种影响不由自主地显露出来，譬如：

> 空凭吊汨罗的冤魂

明明是长短句的笔调；又如：

> 不要问湘水有多少深，
> 将惭愧抑安慰于主人的情意呢？

岂不是脱胎于：

> 桃花潭水深千尺，
> 不及汪伦送我情！

《五长年》分两段，每段两节。第一段是：

> 五长年凄楚的沉默，
> 让忍耐麻痹血腥的记忆；

第二段却是：

> "八·一三"炮声却震落了黑色梦，
> ……
> 现在是我们登高一呼的时候。

《空军颂》比较《五长年》有气魄,然而每节八行,只有三节,为数不多,未能尽量发挥。《空军颂》中常用"乃"、"则"、"遂"、"亦"等转弯词,无形中削弱了笔力。要知《空军颂》一类题目,句调须急促,情感宜激昂,而"乃"、"则"、"遂"、"亦"皆非能达到此项目的的字眼。《空军颂》中有:

> 乃失笑于高秋鹰隼之迅疾

和:

> 则随之而下有机枪之急雨

这一类句子,恐系受了汪铭竹的影响。《空军颂》里颇有可喜的诗句,例如:

> 谁说空间的辽阔是无限的,
> 转折乃觉四海之逼仄。

又如:

> 摘一天星光的灿烂,
> 散作满空迸裂的火花;
> ……

《五月》,《故事》,《忆江南》,这三首,都是思乡凭吊之作。

在此三诗中，《五月》比较拙直，但亦有美句如：

> 五月是红的季节：
> ……
> 红的记忆是每个人心上的烙印。

《故事》这诗最自然，最动人：因为这已不是外表的描写，乃是作者身历的情境。在当年，太平时代，幼小的绛燕爱听老祖母讲长毛故事。而今又到了"纺织娘放歌的时候"，可是家乡陷入敌手，老祖母墓木已拱；绛燕自己呢：

> 当年的孩子早已长成了，
> 并且流亡到一座座陌生的城市，
> 她经历过比长毛更可怕的故事，
> 而这故事也是永远说不完的。

淡淡地写来，率直地写来，惟其是"真"，所以满幅全是凄凉！《忆江南》比《五月》来得长，笔墨没有《五月》那么经济，因而多少有些松懈。《故事》中有：

> 其歌声乃震落夜之露

以及《克复兰封》中有：

> 纷下的炮弹散作血之雨

"夜之露","血之雨",三个字打成一片,乃受了日本文字的影响。其实中国文字喜欢用两个字的,大可改作"夜露"与"血雨",不必摹仿他人。《克复兰封》是素描,《冲锋》则比较有情感。《花圈》是献给阵亡将士的,写得很好,令我想起 Victor Hugo 的 Hymne[1]。《夜警》是第一辑中最长的诗,共七十二行,分为四节,每节十八行。第一节描写空袭警报与敌机来到;第二节描写轰炸;第三节描写轰炸中被牺牲之无辜人民;第四节描写劫后惨状。全辑以第二、第三两节为最活泼,最紧凑,亦是题材使然。

综观第一辑全辑,我所爱读的是:《夜警》,《故事》,《花圈》与《冲锋》。然而绛燕的诗才更宜于写抒情诗,即是第二辑内的诗。

第二辑也以一首赠诗开始:《给碧蒂》。我不知道碧蒂是谁,他确予绛燕以极深刻的印象:

> 在溪水里照下一个影子,
> 在素笺上着了一笔颜色,
> 你无端闯入我空白的记忆。

然而这位碧蒂"飘然而来,又飘然而去",所留下的乃是绛燕的银灰色的惆怅。

《病榻》一诗最足以描写绛燕:一身的小病,一腔的柔情。她生病生得多了,居然在病中找出趣味来:

---

[1] Victor Hugo:维克多·雨果(1802—1885)。Hymne:赞歌。这里指雨果1831年写的一首著名赞歌,内容是哀悼为推翻波旁王朝而举行的七月起义中牺牲的人民英雄。——陆注

> 瓶花萦回着温柔的香气,
> 轻软的被褥也全是温柔的;
> 小病是有着闲适的趣味的。

这种"闲适的趣味"不是身体太强的人所能获到的。绛燕病在床上,不但细尝闲适趣味,而且还有情人在旁:

> 绣枕边的私语是低低的,
> 一些煦问,一瞬怜惜的眼光,
> 今天你是有更多的温柔的。

> 你的声音放得更低,更低,
> 听不清,什么?一个吻吗?
> 亲爱的,可以,但是要轻轻地。

《泛舟行》也充满了柔情。爱情,于绛燕,是温柔的银灯,不是暴烈的火山。在《泛舟行》,在《病榻》里,固然是如此;在其他诗里,又何尝不然?

绛燕曾经用过两次《来》作为诗题:一首以"你来,轻轻地来"开始;一首以"是深夜路途上的风寒"开始。第一首曾在《文艺月刊》上发表,它所予我的印象是很深刻的。可惜在重庆无法找到那一期的《文艺月刊》,本集内只能付诸缺如。[1]至于第二首

---

[1] 此处疑指《你来》一诗。此诗原载《文艺月刊》第8卷第3期,1936年3月出版,首句为"你来,在清晨里悄悄地来",《微波辞》初版未收录。

的《来》，充满了母性爱。我们不必听了"母性爱"三个字而奇怪。一个情感锐敏的男子所追求的是：烈情，友谊，安慰；一个聪明善爱的女子能身兼：情妇，妻子，小母亲。一个男子，即使他骄傲到像一头公鸡，在妻子面前耀武扬威，终有一天，他要像久不见慈母的乳儿那样，投入妻子怀抱中去乞怜，去找寻抚慰。且看绛燕的"乳儿"：

> 是深夜路途上的风寒，
> 还是忧郁，使你病了呢？
> 来吧，来休息一会吧，
> 这里是你温暖的家！

你看，她是如何地爱护他，如何地体贴他：

> 我为你安排下柔软的
> 被褥，不嫌厚，也不嫌薄；
> 一切都随着你的意思，
> 枕头是放得高些，或
> 低些？还是要在放惯的
> 手臂上静静地安息？

以下她用种种方法去哄他，去安慰他：从调剂室内日光起，直至为他预备下可口的晚餐止，于是我们这位"燕之骄子"忘去了一切：

> 你会忘去秋天的萧萧，寂寂，

忘去心里的那一点忧郁；
来吧，来休息一会吧，
这里是你温暖的家！

《你的梦》与《夜车》都是象征的；《月夜的投赠》与《忧郁》所描写的还是柔情：

你是在为了我整天的忧郁着，
但我却为了你的忧郁而忧郁。

《忍耐》与《新居》应当连在一起读，因为《忍耐》中的：

燕子飞来建筑她的新巢，
萝蔓装饰上春风的墙壁，
昔日飘泊于江湖的小白帆，
也将傍春水岸而系缆了。

这头"燕"子是"绛"色的，而"小白帆"即是"千帆"，即是现在的燕子的丈夫。他们的结合是艰难的，经过了长时间的抗争才成功。所以，"新居"落成之后，小白帆夫人缅想当年，再也忘不了小白帆的勋绩：

脚下一片春草的绿原，
是昔日填平的沧海，
我能忘记精卫的辛苦吗？

我很爱《衫痕》这首诗：短短九句，却含无穷凄清。此诗共分三节：第一节言离别时相思之苦，而今游子归来，此苦已成过去；第二节描写游子的厌倦归家；第三节最佳，希望游子不要再出行：

> 但是我却在你的襟袖间，
> 加上了一点发香，
> 你衫上又有了膏沐之迹。

既然衣衫上"又"有了膏沐之迹，自然"又"该：

> 已频浣于家园的溪水

免得他重踏上征程！
　　女诗人内心的不安，在《风雨夕》一诗中表达出来：

> 我的心像深山的旅人，
> ……
> 找不到借宿的人家。

而她的不安，在乎爱人的遐想——他计划着高飞远走吗？

> 你是在做着海的梦吗？

她在《风雨夕》中的不安，果然在《春夜小唱》里证现了：

> 从你寒冷的目光中,
> 我学会了冬天的宁静。

最末一节最好,尽可放入世界著名情诗中而无愧:

> 檐雨纵能说出昨夜的故事,
> 但沉默是今天最好的言语;
> 关上你剥蚀的记忆的锦匣,
> 我也将那金钥匙投入海底。

这是何等的哀怨!

《航海吟》是一首长诗:第一第二两节每节九行,第三第四两节每节十一行,我们的女诗人在此用了奇数。这是一首怀念好友的诗:她的友人从计划航海以至于这个计划的实现,可是他一到了太平洋的那岸便音讯隔绝:

> 雁足也捎不来一封书信,
> (它飞不过太平洋万里的水面。)
> 凭什么诉说我们的怀念呢?
> 同样的梦又在不同的时间。

然而绛燕在她诗中素来喜欢用"海"及"帆"这两个字的。这是为了什么?我不知道;但我可以断定:"海"与"帆"曾经给她很大的刺激、很深刻的印象。譬如在《水的怀念》中:

> 你的梦应当是一只小船,
> 扯满了风帆驶入我的梦里。

如在《寄远》中:

> 深夜我想扬起梦的轻帆,
> 但能驶过冻结的河流吗?

如在《炉火》中:

> 那里有无边的蓝天,天上的星,
> 星光下静静地睡着的蓝的海,
> ……
> 于是我愿随轻风跟你到天的尽头,
> 或者乘长浪一直去到大海的边缘;
> ……

如在《给碧蒂》中:

> 是海风里远举的轻帆吗?

如在《你的梦》中:

> 是晶莹的真珠
> 在暗蓝的海水里吐光,

……

如在《风雨夕》中：

> 你是在做着海的梦吗？
> 我的泪汇成一道长流，
> 梦中的帆影因之遥远了。

这不是偶然的，我敢相信。《航海吟》中第三节全文，尤其是：

> 我更知道每个寂寞的黄昏，
> 是怎样接着那漫漫的白昼；
> 尽管深巷里有人敲着更柝，
> 黑夜的长度是无从测量的。
> ……
> 一个春天，两个春天，三个春天……
> 人生究竟有多少个春天呢？
> 告诉我，你真的去航海吗？

岂非是这支《蝶恋花》(《浙江小稿》)中所描写的情绪吗？

> 转毂轻雷肠九折。月逐征程，夜夜清辉缺。落尽繁香春早歇，西风苦自吹黄叶。　几曲屏山山万叠。翠幕金炉，此后应虚设。不惜流年供久别，归时可有馀香爇？

《柬孙望亮耕》一诗，辞浮于情。《雨夜》可与《病榻》并读。然而一样地病着，一则有恋人在旁（《病榻》），温存体贴：

> 绣枕边的私语是低低的，
> 一些煦问，一瞬怜惜的眼光，
> 今天你是有更多的温柔的。

一则孤零零一个人（《雨夜》），由失眠而引起回忆：

> 是谁打开了我记忆的宝匣，
> 里面珍藏着装饰过我的珠串；
> 纵使温梦于如豆的灯光，
> 泪影不会在夜寒中结冰吗？

《炉火》中的男主角与《寄远》中的男主角是一个人，据我的推测，这位主角就是千帆，就是绛燕的丈夫。为什么呢？因为在《炉火》中有：

> 大相岭的积雪使你感到寒冷吗？

大相岭在峨嵋山西；入西康时，由四川的漠源越此岭而抵西康的泸定，然后再向西北至康定。民国二十七年[1]秋冬，千帆正奔波于重庆康定道上；绛燕则留在重庆，直至今年（民国二十八年[2]）十月

---

[1] 即1938年。
[2] 即1939年。

初,才双双去康定:所以诗中所指十之八九是千帆了。《炉火》是梦中的炉火:

> 昨夜梦中有一炉熊熊的火,
> 你更为我不停地添着红煤;
> 环绕着屋子的是寒冷的风雨,
> 但窗子里面却关住了春天;
> 使我感到春天的温暖的,
> 不是炉火,是你温柔的手指。

梦的最甜蜜处是:

> 于是我愿随轻风跟你到天的尽头,
> 或者乘长浪一直去到大海的边缘;
> 将炎炽的火焰象征我们的爱情,
> 艳红的火光渲染出我们的家庭,
> 我们将变成一对移巢的燕子,
> 飞向那开遍白色蔷薇的花园;
> 在那里展开另一个新鲜的天地,
> 那世界将是广阔而自由的。

无奈梦毕竟是梦,不论它是酸辛的或是甜蜜的,终有一个了局;于是:

> 是那一瓣落花敲醒了我的梦,

于是我不见了炉火,火光中的你;
在春天我也感到了一点寒冷,
环绕着屋子的是永夜的风雨。

《过客》也是一首情文并茂的诗。辞藻方面,如这位设想的"茅屋女主人"优待象征的"过客":

我为你安排下美酒与佳肴,
在壁炉中燃起殷红的火苗,
用我生命的经纬织成金色的帐幔,
夜来闪耀着万朵云霞的灿烂;
更穿起五千年的眼泪像珍珠,
在罗帐的四角装上发光的流苏。
用我柔软的发丝做成一套被褥,
枕上的鲜艳的花枝是印上的唇脂,
用心弦做成的竖琴弹起催眠的歌,
一对眼珠做明灯照亮你梦中的路。

情感方面,譬如这位象征的"过客"报答设想的"女主人":

但当你采摘了一天星光的璀璨,
苏醒了你的一身风霜的疲倦,
你不再等太阳照上你的门窗,
也不等第一个山鸟在树上歌唱,
你毁坏我用生命织成的帐幔,

> 流苏断了线打碎一串串泪珠;
> 你丢下一个梦像撕去一页日历,
> 不说一声再会就重上你的征途。

对于这位"过客"或这类的"过客","女主人"有何办法呢?没可奈何,她只得:

> 我凝望着我的过客远去的背影,
> 用早祷时宁静的心情替他祝福;

但是:

> 但是我从此关上那两扇静静的门,
> 不再招待冬夜山中风雨的过客;
> 我不在四谷的月光下寻找失落的梦,
> 只默默地燃一炉火,唱起我自己的歌。

"只默默地燃一炉火,唱起我自己的歌",绛燕果然进步了。虽则她尚未达到解脱的境地,然而"唱起我自己的歌"这一句,悲怆中含有几分禅味。人生,这个毫无神秘的神秘,有人说它是悲剧,有人说它是喜剧。我想,悲剧喜剧都有理由,也可以说没有理由:因为一切是心所造,根本上"喜"与"悲"的分别是相对的而非绝对的,是游移的而非固定的。但是我总想,我总觉得:欢乐是粗伧的,悲哀是清丽的;欢乐的狂暴易过,远不及悲哀的深刻持久。欢乐麻醉感情,使之迟钝;悲哀磨砺情感,使之敏锐。如果有个人，他的理智与情感尚未失去均衡，而自身又是一个大智慧，他必定能觉得：欢乐中有悲哀正如悲哀中有欢乐，而欢乐中的悲哀才是真的悲哀，悲哀中的欢乐乃为永久的欢乐。世界上有幸福存在吗？我很疑心：我疑心的是世界上存在一种"准幸福"而不是"真幸福"，"真幸福"或许只存在悲哀里。法国浪漫派言情诗圣 A. de Musset[1] 以为悲哀是伟大的，人类能在悲哀中提高自己。所以世上最美、最深刻、最能动人的诗莫如哀感的诗，《微波辞》不在例外！

---

[1] Alfred de Musset：阿尔弗雷·德·缪塞（1810—1857），法国浪漫主义诗人。——陆注

前言[1]

陆耀东

　　祖棻先生是我敬重的老师，虽未给我讲过课，但她的为人，完全可以借用鲁迅先生对柔石的评价："无论从旧道德，从新道德，只要是损己利人的，他就挑选上，自己背起来。"[2]不过，我那时并不知道先生是优秀的新诗作者。先生最初写新诗，是在二十年代后期，开始产生较大影响，是三十年代前期。当时，在南京工作或学习的几位青年诗人汪铭竹、程千帆、孙望、常任侠、艾珂、滕刚、章铁昭、绛燕等，于一九三四年九月组织了"土星笔会"，创办了同人刊物新诗期刊《诗帆》。这杂志共出版了十七期（第三卷六期稿件交印刷厂付印时，正值战火波及而下落不明）。它既无创刊弁言，也来不及写休刊致语，但从"土星笔会"的取名，也可推知其诗风。大家知道，法国象征派前驱魏尔伦的第一本诗集

---

[1] 本文原为1992年武汉大学出版社《沈祖棻程千帆新诗集》一书的前言，此处有删节，仅存其论沈部分。
[2] 鲁迅《南腔北调集·为了忘却的纪念》。——陆注

名为《土星人诗集》，在卷首诗中引述了古时智者的说法：每人在诞生时均有一颗星作为征兆，而在土星征兆之下降生者定要经受不幸和烦恼。他的这本诗集就是表现世上"土星人"的不幸和烦恼的。"土星笔会"成员的诗，确实是表现不幸和烦恼，不过，这不只是个人的，同时也是时代和社会的，也是属于人民的。至于艺术方法，正如鲁迅在谈及文学社团时所说："文学团体不是豆荚，包含在里面的，始终都是豆。大约集成时已各个不同，后来更各有种种的变化。"[1] 沈先生的诗，与《诗帆》其他诗人的作品比较，所用手法有些不同。

沈先生极富诗才，她的词，汪东先生赞叹"千年无此作矣"；章士钊先生说它"词流又见步清真"，认为它与周邦彦词风相近；沈尹默、刘永济、夏承焘、施蛰存诸先生交口称许沈先生才妙情深辞綮。她的新诗，与词一样精美。发表时均署绛燕、紫曼、苏珂等笔名。一九四〇年，她出版了一本新诗集《微波辞》。她的集外诗这里收集到三十五首，尚有部分未曾觅得。论数量并不算多，但佳构不少。在中国新诗史上，她与林徽音女士的诗，堪称双璧。她们二人，诗风相近，而且都以写爱情诗见长，又在民族战争的烽火中，为祖国而歌。从这我记起徐仲年先生在《微波辞·序》中引谢灵运、杜牧诸家诗说明沈先生"各诗的精神"。其实这未能道出诗人用以名集的真义。《微波辞》这一书名，是出自曹植的《洛神赋》："无良媒以接欢兮，托微波而通辞。"[2]《洛神赋》旧说甚多，有一种是说此赋与屈原《离骚》相同，即借美人香草以表对国家

---

[1] 鲁迅《且介亭杂文二集·〈中国新文学大系〉小说二集序》。——陆注
[2] 《文选》卷十九。——陆注

人民的爱。这集中有爱情诗，又有抗战诗，所以取了这个书名。

是的，书名未必能将诗集中的所有作品涵盖。沈先生的诗，大致有三个方面的内容，直接抒写抗日战争的有十几首。《五长年》不满于"和平的风吹冷战垒的残烟"，欢呼"八·一三"的炮声轰鸣，正义的炬火闪亮；《芦沟桥》向为抗日"发出第一声怒吼"而牺牲的英魂致以深深的哀思和敬意；《空军颂》、《克复兰封》、《冲锋》表现了中国空军和陆军胜利战斗的英姿；《故事》、《夜警》、《忆江南》或直接或间接显示了民族敌人的残暴；《期待》在对爱人的期待中，留下了战争风云的投影。这些诗不仅有阳刚之气，有爱国激情，有必胜信念，而且艺术上不乏诗意。《克复兰封》、《冲锋》都是写我军向日军阵地进击，但所取角度、构思、音乐节奏各异：前者反映我军前仆后继地与敌人血战，后者着重展示我军的雄豪和对敌人的蔑视；前者节奏凝重，后者较为轻扬。《故事》、《忆江南》都抒写对沦陷了的故土的思念，对侵略者制造恐怖的愤恨，但前者从老祖母的故事引出现实更可怕的故事，两条线索交织，后者从眼前春天想到江南今日噩梦，是空间的横向联想。沈先生的这些诗，有的较中国诗歌会成员的同类诗，还要略胜一筹。

沈先生有一部分诗，主要是抒写人生哲理，《问西湖》提出十个问题，实则是感叹大自然永存，而人世多变，有点像张若虚的《春江花月夜》。《我所要的》袒露了个人心志，神往热情、光明、歌声、花香，虽然得到的是"幻灭的悲哀，绝望的痛伤"，"仍抱着单纯的理想，坚强的信仰"。这是何等的执着，何等的韧性！《劝与回答》中的抒情主人公，于黑暗中发现微光，于冷酷中觅取温热，于虚伪中寻找真诚，最后，友人表示"将以另一种眼光——重新去观察这神秘的世界"。诗中贯串着积极的人生态度。《一棵无名的小草》与其说是为无名的小草鸣不平，给无名的小草以温馨的同情，不如说是赞美无名的小草。我从沈先生才华超人而又默默地生活着的一生，悟知了这诗的奥秘。

文学史告诉我们，每一个作家往往只是擅长于写某一类或几类题材，而没有万能的神人。即使像李白、杜甫这样伟大的诗人，每人又留下了千馀首诗，也不是涉及各种题材，即使涉及，也并不都能充分表现其艺术天才。沈先生的诗，最富艺术魅力的还是抒写爱情的篇章，如《给碧蒂》、《病榻》、《泛舟行》、《来》、《你的梦》、《忧郁》、《风雨夕》、《航海吟》、《炉火》、《过客》、《别》、《一朵白云》、《想》等，都是上品。这些诗，每一首都有一个新的艺术世界，它的诗情，使你沐浴真诚的温泉，使你尝到亲密的甜意，使你获得意外的美的享受，使你不禁击节赞叹，使你久久不能忘怀。《给碧蒂》几乎每一节都有形象的比喻：

是春空里掠过的燕子吗？
是海风里远举的轻帆吗？
你是飘然而来，又飘然而去。

这比喻，似空谷足音，似羚羊挂角；不实不虚，不近不远，留下广阔的艺术空间，让读者在阅读过程中去想像，去神会，去补充，去再创造。《来》则与此迥异，是通过一个又一个细微的动作，一件又一件细微的事情，一句又一句体贴的话语，来表达对爱人的无限柔情蜜意。诗以"我"对"你"的轻轻细语写成。"你"长途跋涉归来，"我"先是问"你"的病，然后亲自为"你"安排柔软的被褥，注意不厚也不薄；问"你"枕头要高还是低，或是要在

"我"的臂上休息；如果冷，"我"就打开窗帘，让太阳晒到床上；如果热，就给"你"放下窗帘；如果要心情轻快，就给插上鲜花；如果想幽静些，就给焚上香；继而写"我"希望"你"睡得安稳，担心秋虫、落叶打扰了"你"；还想到怎样安排好饮食，最使"你"惬意。"我"想的，说的，做的，都是平常语，平常事，但感情亲切之至，细微之至，温馨之至；看似平常实则不平常，分量很重很重。

《病榻》、《泛舟行》则篇末骤出诗趣。前者写"我"患小病，"你"来煦问，房间的一切都是温柔的，枕边的私语是低低的，诗最后一节写道：

> 你的声音放得更低，更低，
> 听不清，什么？一个吻吗？
> 亲爱的，可以，但是要轻轻地。

有一点情节的波澜，增加了几分诗情诗趣。

沈先生的不少爱情诗，是借梦来表现。这大概是梦便于驰骋艺术的想像，可以使一些相去甚远的事物之间发生紧密联系，又往往使一些特殊的事物"构成一种情境"，"并把一个观念'戏剧化'"，它"具有新创的能力"，"它对于柔情的细微差别和热烈的感情有极为敏锐的感应，而且迅速地把我们内心的生活塑造为外界的形象"；[1]此外，它还便于抒写那种复杂的朦胧的意境、意象和诗情。沈先生的《你的梦》共二节，第一节用了四个比喻形容

---

[1] 弗洛伊德《释梦》。——陆注

"你"的梦,第二节进一步将梦比作白鸽掉下的一根羽毛,秋晚树上落下的一片木叶,花瓣上泻下的露水,绣枕畔遗下的发丝,最后是:

> 你的梦,轻轻地
> 坠入我的梦里。

这暗示,"你"在相思,"我"也在相思;"你"在做梦,"我"也在做梦,心心相印,梦也相同。诗人并未正面实写梦,而馀韵无穷。《风雨夕》写"我"的心在寒冷的风雨夜找不到借宿的人家,不知"你"在做梦没有,"我"的眼泪将"我"梦中的"你"弄模糊了。表现了"我"对"你"的深深的思念。《炉火》写"我"在寒夜里不停地添着红煤,"你"为"我"叙说美丽的故事。这时"我"醒来了,便想到"你"在那积雪的高原上感到冷吗,如果"你"想到"我"、想到"我"的梦,那"你"也会感到温暖的。《过客》也是写梦,写"我"对"你"的思念和爱恋。

沈先生抒写的爱情,既有中国传统道德所崇尚的忠贞专一的特色,又有现代女性意识的烙印,最典型的要算《别》,第一节说"我"像浮萍一般地飘来,像清风一样地离开,第二节诗说:

> 你爱想起我就想起我,
> 像想起一颗夏夜的星;
> 你爱忘了我就忘了我,
> 像忘了一个春天的梦。

这是非常尊重自己情感也尊重对方情感的一种表现形式，虽然可以作多种解释，我认为主要意思是：如果"你"还爱"我"，那"你"就永存着希望；如果"你"已忘了"我"，那就让它像春梦一般消逝吧。至于抒情主人公自己，那是很珍贵这一段情的。与这诗异曲同工的还有《一朵白云》。诗的前二节用白云烘托"我们的相逢"，用易消失的虹，烘托"我们的离别"。后二节说，如果你能忘记，就"轻轻地抹去我的影子"：

> 倘使你不能将我忘记，
> 留下一点淡淡的相思；
> 你就在那星夜的梦里，
> 低低地唤着我的名字。

显然，"我"仍然希望"你"不忘记"我"。没有埋怨，没有强求，给予读者的是一丝温馨的柔情。

  沈先生的新诗，是一个多彩的大千世界。她之所以能臻此境地，原因很多，其中之一是从中国古代精美的诗词中汲取营养，晚唐诗和宋词的薰香尤为突出。这里只谈一点，就是重意境美。沈先生新诗中的上品，既有像《病榻》那样类似工笔画的作品，而更多的是像水墨写意画，但不管哪一种，都有诗的意境在。《你的梦》没有一句诗写"我"和"你"的情，但它正如《沧浪诗话》对一种诗的称赞："其妙处透彻玲珑，不可凑泊，如空中之音，相中之色，水中之月，镜中之象，言有尽而意无穷。"这诗用一系列似明似暗的意象构建成"你"的朦胧而又美丽的梦境，而这梦境坠入"我"梦里，意境又多了一种动态，多了一个层次，其诗意更浓，更耐人寻味。《月夜的投赠》和《你的梦》都是表现一对离别的恋人的心心相印，后者是"你"的梦坠入"我"的梦里，前者则表现"我"在月夜将"我"的梦投入"你"的凝想里，但它在表现二人的感情方面有着很大差异："你"爱水，"我"却爱月光，二人所爱不尽相同；而今夜月光如水，"我"的床似乎变成了水上的小船；"我"愿将无声的语言，化作梦投入"你"的凝想里。言外之意是："我"和"你"现已情投意合，"我"爱上了"你"喜欢的东西，"我"愿将"你"想望的爱给"你"。

沈先生着意追求诗美，在诗的语言方面以精美自然为理想境界。她将口语、古代书面语言和外语语法结构的某些成分熔铸成诗的语言。关于这一问题，学术界观点不一，有的认为愈是口语化愈妙，有的以雅为美，有的赞外来语的神奇。我觉得不可一概而论，作为诗，主要应视其对表达诗意所起的艺术作用如何，它和艺术整体的和谐程度而定。沈先生的新诗语言，不过俗也不过雅，试举《航海吟》最后一节为例：

> 什么是我的临别的言语呢？
> 我将微笑地祝福你的远行。
> 但是让我为你讲一个望夫石的故事，
> 或者告诉你秋海棠是怎样生出来的。
> 我对于做梦或许是太年老了，
> 但是对于离别却又嫌太年轻。
> 不过我懂得要怎样地忍耐，
> 人类历史已经过了几千年；
> 我将计算着年年的潮信，

直到你的船舶从海外归来。
告诉你，你真的去航海吧！

一、二行背后的意思是，"我"不勉强"你"，相反，"我"赞同"你"去。三、四行各寓一个故事，望夫石的故事人所共知，不需赘述；秋海棠则大概是说贴梗海棠，其花紧贴于枝干之上，暗示二人不可分离。五、六行是说，"我"做梦太久太多，而对离别经历很少。七、八、九、十、十一这五行表示："我"将永远等待"你"的归来，"你"放心远行吧。不俗不雅，较为含蓄委婉。沈先生的部分诗，大胆使用古代书面词语，如《五长年》中的"战垒"、"残烟"、"香尘"、"垂涕"、"岁暮"、"暗隅"、"投梭而起"等，作者似信手拈来，在诗中浑然一体，这也应该肯定。

最后，请允许我说明和致意，因一时难以查到抗战期间的某些报刊，故此书难免有遗珠之憾，祈方家和读者补遗。《微波辞》中一些诗曾在报刊上发表过，收入诗集时个别字有改动，今据《微波辞》初版本。凡我加的注，均标明"编者注"[1]。每首诗后注明的发表年月，报刊卷、期，系我所加。[2]

一九九二年三月二十二日

---

1 在此集中均已改标为"陆注"。
2 《你的泪》、《尘土与春》、《想》（"光影如蜗牛移动于粉墙"）、《赠孝感》四诗的刊发时间及出处为本次全集所补。

第一辑

泽畔吟

——题孙望手册[1]

炮火在故乡绽开了花,
游子怀念的家园,
早消失于浓烟中了。

从此为天涯浪迹人,
空凭吊汨罗的冤魂,
湘夫人更远不可接!

昨夜江潮新涨吗?
不要问湘水有多少深,
将惭愧抑安慰于主人的情意呢?

---

1 此诗是沈祖棻为孙望毕业纪念册题赠之作,题赠时间为1937年岁末,其时她正于逃难途中。诗末附文如下:"寇氛方炽,京畿且陷,流寓长沙。故人重集,哀乐之感有难言者。自强兄出手册属书,勉为小诗应命。颠沛之馀无意求工也,录之以为他日之印证云尔。丁丑岁暮祖棻题并记。"孙望,时在长沙工作。

五长年

和平的风吹冷战垒的残烟,
黄浦江的怒涛久已静止;
年年高跟鞋底上的香尘,
早踏碎地下白骨的旧哀怨。

五长年凄楚的沉默,
让忍耐麻痹血腥的记忆;
望北国的山河而垂涕,
谁能作岁暮的低吟呢?

"八·一三"炮声却震落了黑色梦,
人人举起胸中的烽火,
正义的炬光照亮每个暗隅,
田间的纺织妇亦投梭而起了。

四万万钢铁的决心,
凝成同一雄壮的节拍;
"起来,不愿做奴隶的人们!"
现在是我们登高一呼的时候。

空军颂

是控驾着北溟的鹏鸟吗?
直扶摇而上九万里;
铁翼垂长天之黑云,
挟暴风雨之声以俱来。
谁说空间的辽阔是无限的,
转折乃觉四海之逼仄。
想像古代飞龙驰骋的神姿,
乃失笑于高秋鹰隼之迅疾。

双睛如高悬之日月,以搜照
敌军的阵垒,乃无所逃形;
摘一天星光的灿烂,
散作满空迸裂的火花;
弹丸一掷而巨雷响,
则随之而下有机枪之急雨;
战士俯瞩积尸的山丘,
遂有啖肉饮血的快意。

战伐展开于无边的空碧里,
敌机乃纷纷作惊弓之奔窜;

汽油库之火光十日不灭,
巡洋舰亦有海葬的挽歌;
望云外的雁影而悸颤,
"皇军"早疲倦于森严的警备,
深夜行伍中交换着恐怯的私询,
"今晚会有飞将军从天而降吗?"

五月[1]

五月是红的季节:
江南的榴花是可怀念的;
但从主人流亡到另一城市时,
兵后的家园已荒芜到怎样了?

五月是红的季节:
济南古城上有过斑剥的血痕,
南京路也洗不净殷然的旧迹;
红的记忆是每个人心上的烙印。

五月是红的季节:
全中国同举起鲜明的火炬;
让我们践旧日的血迹而前进,
重回到开遍榴花的家园。

---

[1] 此诗由曾一佳作曲,载于《歌曲创作月刊》第1卷第5期,1941年5月出版。

克复兰封

当战士的盔甲上渍满了血斑,
兰封城中遂有异国的铁骑声;
将军一发出反攻的号令,
敢死的先锋队早潮涌而上了。

纷下的炮弹散作血之雨,
火光中照出前仆后继的英姿,
践踏着积尸的阶梯而攀登,
青天白日旗乃重飘扬于城上。

冲锋

逡巡于两阵森严的壁垒,
每人心上有窒息的焦灼;
营帐外吹起冲锋号,
全军都是敢死的战士。

无数条钢铁的臂膀举起,
用最适当的姿势掷出手榴弹;
灰尘逐轻快的跑步而高扬,
机关枪更作悦耳之连响。

用死来夺回重要的阵地,
这城市原是属于我们的;
城里有我们熟识的山和水,
还有我们熟识的老百姓。

且讪笑敌人畏缩的颈子,
试试我们宝刀的锋利吧;
让一股股腥污的鲜血,
作被难父老的严肃的祭礼。

故事

纺织娘振翅于南瓜花上,
其歌声乃震落夜之露;
萤火虫在草坪上点起亮。
襟角上的茉莉花球开绽了,
芭蕉扇遂摇来浓郁的凉风;
老祖母的话匣子开了,
照例是说不完的长毛故事。
孩子们战栗于流血的恐怖;
一颗流星悄悄地坠下了,
深夜竹床上乃有孩子的噩梦。

现在又该是纺织娘放歌的时候,
记忆中的家园已在炮火中颓毁,
南瓜花早为异国的马蹄踏残了吧?
闪烁于荒原上的该是点点磷火?
老祖母的白骨在地下无恙吗?
但她的神灵是不能安宁的。
当年的孩子早已长成了,
并且流亡到一座座陌生的城市,
她经历过比长毛更可怕的故事,
而这故事也是永远说不完的。

花圈

——献给阵亡将士

从远古到现代的历史中,
拣出每一个最灿烂的字眼;
穿成一环美丽的花圈,
献在你庄严的祭坛前。

你的精神是永在的,
正如留下一个永恒的信念;
天上的星是你不闭的眼睛,
要凝视着百万战士的凯旋。

你以不灭的殷红的鲜血,
铺成玫瑰色的发光的道路;
让每一列火炬的队伍,
继续践踏你前进的足迹。

以中华民族光荣的史页,
镌上你月光下青石的墓碑;
让我们更以沉默的哀词,
祝福你地下永久的安息。

忆江南

山城的柳色带来辽远的沉思,
春该早已绿遍了江南吧?
那散着泥土香气的原野,
正驰骋着异国的战马。
装饰上碧绿的春草间,
不是野花,是累累的白骨;
对着春风中殷红的杜鹃,
有人会记忆起战士的血迹;
劫后的村庄已没有炊烟,
颓毁的墙依旧绕着长春藤;
焦黑的梁木还在做着噩梦,
忘不了火光中屠杀的记录。
屋后的小溪纵还是清亮的,
但柳阴下的钓丝已收拾起了;
破井栏上早长满了青苔,
不见捣衣女轻盈的影子。
田野中还有金黄的麦浪吗?
但青年农夫的镰刀生锈了。
在树林浴着露水的清晨,
也听不到采桑妇的山歌。

燕子还飞到屋檐下筑巢吗，
但主人流亡到何处去了呢？
三月的江南是可怀念的，
梦中已迷失旧日的家园；
春之羽又一度掠过游子的心，
但春风知道她眉宇的重量。

夜警

是谁吹响可怕的警号,
像深夜林中枭鸟的冷笑;
在夜空画下黑色的线条,
划破每个窗里安静的梦。
商店静静地掩上了门板,
酒楼的无线电也沉默了,
红的绿的交通灯突然熄灭,
流线型的汽车不见踪影,
城市的动脉完全停止,
大街上遂有超过死的寂静。
防空洞里涌来如潮的顾客,
急迫的心跳是唯一生之悸动;
月色如秋霜的莹洁,
照着静脉里的暖流结冰;
铁翼的鹏鸟翱翔于天空,
生命遂如秋风中的蜘蛛网了。
千万只耳朵倾听将来到的声音,
这次能避免那颤栗的期待吗?

轰!轰!轰!轰!轰!

是随着闪电而来的霹雳,
是挟着泥土而下的山洪,
是涌着怒涛而奔的海潮,
是卷着沙石而起的飙风,
一缕黑烟随着一个巨响,
穿起一串连珠的崩裂声;
多少扇临街富丽的楼窗,
在空隆的声音中倒坍了;
不见了红衫飘拂的窗中人,
妆镜中的眉黛也销为尘土。
多少列商店精美的橱窗,
在劈拍的连响中粉碎了;
一九四〇年的新装变成灰,
霓虹灯的广告牌随着消灭。
无数市房在火光里倾颓,
无数建筑在黑烟中崩毁。
轰!轰!轰!轰!轰!

红!红!红!红!红!
不是少女春季唇上的胭脂,
不是四月南风吹开的玫瑰,
不是印度商贩炫耀的宝石,
不是夏晚天际煊烂的霞彩,
是满天的火光照着满街的血迹,
多少生命渲染成这鲜明的颜色。

有指尖敷着蔻丹的细腻的手，
有经过日晒的健康色的胸膛，
波浪形的长发卷着血的膏沐，
苹果色的小脸和着肉的泥浆，
这些残缺的肢骸到处陈列着，
在一道血的长河中像断梗飘流。
不论他们来自塞北或江南，
善良的人民同做了无家的亡魂。
整个的城市发出凄惨的光亮，
四溅的血花和着迸裂的火星。
红！红！红！红！红！

最后是解除警号来舒一口长气，
死的城市遂在号声中苏醒；
沉重的空气中换来轻快的呼吸，
大街上又有了匆遽的行人；
但不见昔日居住的里巷，
焦黑的断木和碎瓦是从前的家；
年轻娇艳的妻已百唤不应，
活泼的孩子到何处去了呢？
多少事业像梦影样永逝了，
多少家庭在泪光中消隐了，
欢乐的种子随着生命埋葬，
未死者的悲哀是更难忍受的；
路上遂多无家可归的受难者，

巷角里传来阵阵少妇的悲泣；
从血泊中觅取残断的胴体，
谁能认识以前亲爱的家人呢？
第二天的太阳照着残破的城市，
只剩苍白的脸色和凄厉的哭声了。

第二辑

给碧蒂[1]

在溪水里照下一个影子,
在素笺上着了一笔颜色,
你无端闯入我空白的记忆。

空谷中跫然而来的足音,
不够给遁世者一点欢喜吗?
你是一朵沙漠里的百合花。

是春空里掠过的燕子吗?
是海风里远举的轻帆吗?
你是飘然而来,又飘然而去。

我是会永远记得你的:
记得你的银铃的声音,
你的珠光的笑,珠光的眼泪。

当檐雨滴着丁冬的碎梦,
当落叶带来辽远的秋思,
你将会给我淡淡的怀念的。

---

1 即沈祖䜣,沈祖棻的堂妹。

病榻

瓶花萦回着温柔的香气,
轻软的被褥也全是温柔的;
小病是有着闲适的趣味的。

绣枕边的私语是低低的,
一些煦问,一瞬怜惜的眼光,
今天你是有更多的温柔的。

你的声音放得更低,更低,
听不清,什么?一个吻吗?
亲爱的,可以,但是要轻轻地。

泛舟行

像一缕少妇的辽远恋情,
今夜的湖水是太柔腻了,
我们的桨放得更慢,更轻。

藏我们的船在荷叶底下,
让你停了桨,轻轻地说着
只有我才听得懂的话。

水波会留下我们的影子,
十四夜的月亮是够亮的,
照着我的羞涩,你的放肆。

来

是深夜路途上的风寒,
还是忧郁,使你病了呢?
来吧,来休息一会吧,
这里是你温暖的家!
我为你安排下柔软的
被褥,不嫌厚,也不嫌薄;
一切都随着你的意思,
枕头是放得高些,或
低些?还是要在放惯的
手臂上静静地安息?
倘使你觉得有一点冷,
就让太阳照到床上,
照到你的苍白的脸,
加上一点红润的光辉;
倘使你嫌热,就替你
轻轻地,轻轻地放下窗帷。
你要轻快一点,那就
在胆瓶中插上鲜花;
你喜欢幽静一点,就
为你焚起一炉古香。

闭上眼，好好地睡，
不要动，也不要做梦！
我用温柔的手指，
试探你发热的额角。
我不许秋虫在窗下唱，
当心每一片落叶的响，
让你有一刻宁静的休息，
我为你数着停匀的呼吸。
你嫌闷得慌，就为你讲
一个古老的美丽的故事。
在晚餐的时候，我为你
预备下牛乳和鸡蛋，再不然，
就弄一点可口的蔬菜，
煮一碗滚热的薄薄的稀饭。
你会忘去秋天的萧萧，寂寂，
忘去心里的那一点忧郁；
来吧，来休息一会吧，
这里是你温暖的家！

你的梦

是晶莹的真珠
在暗蓝的海水里吐光,
是青色的莲花
在淡白的月光下开绽,
是一角红衫在阑边闪过,
是一丝箫声从远方飘来,
你的梦,盈盈地
在黑夜里出现。

是天边的白鸽
掉下一根柔软的羽毛,
是秋晚的园林
落下一片萧疏的木叶,
是从花瓣上泻下的露点,
是在绣枕畔遗下的发丝,
你的梦,轻轻地
坠入我的梦里。

忧郁

我追随你每一个辽阔的沉思,
更懂得你每一个深长的缄默;
你是在一天比一天的忧郁着,
我怕忧郁褪了你眸子的光泽。

失眠做了你每夜安静的休息,
眼泪算是你病中治疗的药物;
你是在为了我整天的忧郁着,
但我却为了你的忧郁而忧郁。

夜车

月台上的灯是含愁的眼睛,
凝视着送行人的归去;
车遂开始奔逐于黑暗中了。

紧紧地偎依着坐吧,
是夜寒使人颤抖呢,还是
望着不可知的前途而战栗?

一杯和着糖的浓咖啡,
究竟是苦呢,还是甜?
我们已茫然于滋味的辨别了。

车窗上绘出冰花的图案,
今夜的梦是冻住了呢;
车还载得起这份重量吗?

忍耐[1]

你没有夸父的荒诞,
不应该学习一点忍耐吗?
冬天的冰雪已渐渐地舒解,
将望到的是柳条的新绿。

燕子飞来建筑她的新巢,
萝蔓装饰上春风的墙壁,
昔日飘泊于江湖的小白帆,
也将傍春水岸而系缆了。

不用再埋怨过去的寒冷,
它带来春天更多的温暖;
等过了二月,三月也快,
你将眩目于桃花的灼灼。

---

1 此诗由陈田鹤作曲,载于《乐风》第16号,1944年2月出版。

新居

在烟云飘渺的海山上,
是谁一夜的神工,
建筑起楼阁崔巍的新居?

你在江畔搴来芳菲的薜荔,
装饰上为风雨剥蚀的粉墙,
遂得骋目于四壁的青翠。

你从林中采来绰约的莲花,
供养在拂去尘土的胆瓶,
清香遂缭绕于玉石的楹柱。

脚下一片春草的绿原,
是昔日填平的沧海,
我能忘记精卫的辛苦吗?

衫痕

泪湿青衫的心情,
已成为史话上的残页;
纵然啼泣也是温柔的。

你又厌倦了风霜的行旅,
昔日衣上的征尘,
已频浣于家园的溪水。

但是我却在你的襟袖间,
加上了一点发香,
你衫上又有了膏沐之迹。

月夜的投赠[1]

你爱水,我却爱着月光,
而今夜的月光澄清如水,
我的床变成了玲珑的小船,
能驶到温柔夜的更深处吗?

我将以无声的语言穿成珠串,
以银色的梦的丝绦作结,
趁着今夜如潮的月色,
投入你深深的凝想里。

---

[1] 此诗由洪波作曲,歌曲名为《小夜曲》,载于《青年音乐》第2卷第4期,1942年12月出版。

风雨夕

像一片波涛震撼窗户,
小屋飘摇如海中孤舟,
灯焰亦正摇摇如欲堕。

我的心像深山的旅人,
栉沐着风雨的寒冷,
找不到借宿的人家。

你是在做着海的梦吗?
我的泪汇成一道长流,
梦中的帆影因之遥远了。

航海吟

谁都会这样说：这年头，
飘洋过海不算一回事；
并且有许多发光的希望，
系在波涛出没的桅杆上。
我懂得罗针指示的前程，
也赞叹过乘风破浪的雄心；
驶向渺茫的烟水中寻梦吧，
我将为你解开金色的缆绳。
你去航海吧！我说。

但是我知道天没有尽头，
海的辽阔也是无涯际的；
那遥远的国度在世界的那边，
彼此之间永隔着黑夜和白天。
雁足也捎不来一封书信，
（它飞不过太平洋万里的水面。）
凭什么诉说我们的怀念呢？
同样的梦又在不同的时间。
你去航海吗？我想。

我更知道每个寂寞的黄昏,
是怎样接着那漫漫的白昼;
尽管深巷里有人敲着更柝,
黑夜的长度是无从测量的。
镜中的胭脂在春愁中褪色了,
枕上的花枝在泪水中凋残了。
让巢中的燕子飞来又飞去吗?
让园中的蔷薇自开又自落吗?
一个春天,两个春天,三个春天……
人生究竟有多少个春天呢?
告诉我,你真的去航海吗?

什么是我的临别的言语呢?
我将微笑地祝福你的远行。
但是让我为你讲一个望夫石的故事,
或者告诉你秋海棠是怎样生出来的。
我对于做梦或许是太年老了,
但是对于离别却又嫌太年轻。
不过我懂得要怎样地忍耐,
人类历史已经过了几千年;
我将计算着年年的潮信,
直到你的船舶从海外归来。
告诉你,你真的去航海吧!

水的怀念

在没有月光的午夜想起你，
因之我有了对于水的怀念；
你的梦应当是一只小船，
扯满了风帆驶入我的梦里。

让浅紫的夜色掩上桅杆，
你在温柔的河流中放棹吧；
或者停泊在无风的小港，
静静地做一次平安的晚祷。

柬孙望亮耕[1]

梦想者有福了。
寂寞之海是辽阔的,
正好扬起白鸥幻想之双翅:
于是白衣女侍之裙角,
飘扬于你沉思的眸子前,
遂成为古代仙姝之雾縠;
其欲堕未堕之泪点,
如发光的钻石装饰上你的诗句;
银色的托盘泛出梦的虹彩,
Ice-Cream[2]融成乳白色的烟雾,
在烟雾中你搜寻玲珑的楼阁——
那渺不可及的神人之居。
你更欲骋飞龙而摘取北斗七星,
又入海探求鲛人夜泣之明珠,
以缢不死之情丝穿起,
系上彼女新沐之秀发。
你从那对蕴着万古愁的眼睛里,

---

[1] 吕亮耕,长沙人,诗人。
[2] Ice-Cream,冰淇淋。——陆注

可以凝望到更远的远方,
也许会惦念起远方的友人,
她日日翻着笨重的生活的书页,
但当她展开从远方来的银色诗笺,
她遥遥地祝福着咖啡座上的少年。

春夜小唱

纵有南海鲛人的泪水,
该也凝成北极的冰柱了;
从你寒冷的目光中,
我学会了冬天的宁静。

灯光依旧是温暖的,
但咫尺有山河之感了;
在如花瓣凋谢的心情中,
我还能拾起褪色的旧梦吗?

檐雨纵能说出昨夜的故事,
但沉默是今天最好的言语;
关上你剥蚀的记忆的锦匣,
我也将那金钥匙投入海底。

雨夜

风涛做了四围的墙壁,
夜在雨声中更寥阔了;
春天的小病也许是偶然的,
但我明白我心上受的寒冷。

烦忧是失眠夜熟稔的过客,
踏着风雨的步子轻轻而来;
它也是最关切的探病者,
但额头在抚摸下更沉重了。

是谁打开了我记忆的宝匣,
里面珍藏着装饰过我的珠串;
纵使温梦于如豆的灯光,
泪影不会在夜寒中结冰吗?

芭蕉叶上萧萧的笔触,
记录出远古的荒唐的史话;
又是"小楼一夜听春雨",
在江南该是卖花的时候了。

寄远

在地图上偏僻的角落里,
我寻找那一个生疏的城市,
不用问经过多少山,多少水,
我知道那道路比黑夜更悠长。

在暮春三月,落花如雨的时节,
你那里不是正飘着雪花吗?
你纵不怀想青年的柳枝,
能不惦念着镜中的眉黛吗?

深夜我想扬起梦的轻帆,
但能驶过冻结的河流吗?
想像南国的红豆于一点灯花时,
你也将闪着怀人的泪影了。

炉火

昨夜梦中有一炉熊熊的火,
你更为我不停地添着红煤;
环绕着屋子的是寒冷的风雨,
但窗子里面却关住了春天;
使我感到春天的温暖的,
不是炉火,是你温柔的手指。
火光映上你发光的面颊,
你让沉默说出我懂得的话;
从你的眼中我读出美丽的故事,
那是另一个世界的荒唐的传说:
那里有无边的蓝天,天上的星,
星光下静静地睡着的蓝的海,
呼吸着干草香气的草原,
苍郁的森林中猎人的火把,
牧羊女笛孔里秋天的调子,
一径踏碎落叶的麋鹿的蹄声,
吉卜西人篷帐里的四弦琴,
一支从银色月波中流过的歌,
我随着你梦幻的眼睛凝望,
望到那不可知的辽远的远方,

让炉火描绘出那奇丽的国土,
你的叙述像火星样闪耀着光芒。
于是我愿随轻风跟你到天的尽头,
或者乘长浪一直去到大海的边缘;
将炎炽的火焰象征我们的爱情,
艳红的火光渲染出我们的家庭,
我们将变成一对移巢的燕子,
飞向那开遍白色蔷薇的花园;
在那里展开另一个新鲜的天地,
那世界将是广阔而自由的。
我不再怀疑那远古荒唐的传说,
用我信任的目光望着你的眼睛;
你在炉中添满了透明的煤块,
让殷红的火光照亮两个人的心。
是那一瓣落花敲醒了我的梦,
于是我不见了炉火,火光中的你;
在春天我也感到了一点寒冷,
环绕着屋子的是永夜的风雨。
我不想再在梦的边缘追寻你,
当你已独自去到那辽远的城市;
我拾起一串梦像一串发光的火星,
用它来装饰我一些空白的日子。
大相岭的积雪使你感到寒冷吗?
想起我时也想起那熊熊的炉火吧!

过客

有一次,我是山中茅屋的主人,
而你是长途跋涉疲倦的旅客。
在一个昏暗的深山的寒夜,
你披着一身风雨轻轻而来。
你没有行囊,也没有精巧的手杖,
但你带来了一支流水的歌曲;
你用颤抖的手指敲响我的门环,
惊醒我蛰伏的冬夜安静的睡眠。
空谷的跫音是隐居者的喜悦,
何况你从远方来的高贵的过客;
我匆忙地点起银色蜡烛的火焰,
开门延接你如延接温暖的春天。
我为你安排下美酒与佳肴,
在壁炉中燃起殷红的火苗,
用我生命的经纬织成金色的帐幔,
夜来闪耀着万朵云霞的灿烂;
更穿起五千年的眼泪像珍珠,
在罗帐的四角装上发光的流苏。
用我柔软的发丝做成一套被褥,
枕上的鲜艳的花枝是印上的唇脂,

用心弦做成的竖琴弹起催眠的歌，
一对眼珠做明灯照亮你梦中的路。
一串美丽的诗句像一束鲜艳的花朵，
为你铺下一道瑰丽的神游的香径；
更用我静脉里贮藏的艳红的液汁，
渲染成你鲜明的梦的光辉和颜色；
于是你践踏着我的梦如温柔的泥，
安详地走进你奇丽的幻想的王国。
但当你采摘了一天星光的璀璨，
苏醒了你的一身风霜的疲倦，
你不再等太阳照上你的门窗，
也不等第一个山鸟在树上歌唱，
你毁坏我用生命织成的帐幔，
流苏断了线打碎一串串泪珠；
你丢下一个梦像撕去一页日历，
不说一声再会就重上你的征途。
我凝望着我的过客远去的背影，
用早祷时宁静的心情替他祝福；
但是我从此关上那两扇静静的门，
不再招待冬夜山中风雨的过客；
我不在四谷的月光下寻找失落的梦，
只默默地燃一炉火，唱起我自己的歌。

集外

一棵无名的小草

在绿阴之下,清溪之旁,
有着一棵无名的小草;
它几时萌芽,几时生长?
从不曾有人知道!

它领略过春风的温馨,
它曾经过秋雨的打击;
它接受过和暖的日光,
它饱尝过冷酷的冰霜。

它曾聆过夜莺的歌唱,
它也听过乌鸦的悲调;
它曾嗅过玫瑰的芳香,
它也遭过荆棘的阻挠。

棕榈嘲弄过它的柔靡,
橡树轻视过它的渺小;
蔓藤讥讽过它的孤单,
浮萍讪笑过它的枯燥。

云儿曾陪伴过它睡眠，
星儿曾看见过它舞蹈；
流水洗濯过它的忧愁，
明月照耀过它的微笑。

昂首行吟的桂冠诗人，
永远歌咏蔷薇的美妙；
携手同游的青春情侣，
永远赞叹紫兰的娇好。

这小草从来没有知音，
谁念及它的繁荣枯槁？
平凡装饰着它的生命，
沉默代替了它的悲号！

在绿阴之下，清溪之旁，
有着这一棵无名的小草；
它几时萌芽，几时生长？
从不曾有人知道！

一九三〇，十一，二五。中央大学。

（原载《新时代月刊》第1卷第3期，1931年10月出版）

爱神的赞美

让我用桃色的字句,
来赞美你伟大的爱神:
你是世界一切的创造者,
你是无上威权的神灵!

你是一切生命的泉源,
你是一切黑暗的明灯。
人生还有什么意义,
——倘使没有了爱情?

你充满了每个青年的胸怀,
你占据了每个少女的心灵。
生命还有什么力量,
——倘使没有了爱情?

你有太阳一般的热力,
你有花朵一般的芬芳。
你创造了光明的世界,
你沉醉了人们的心房!

你像诗一般的美丽,
你像音乐一般动人。
你延长了倏忽的生命,
你点缀了易逝的青春!

让我用桃色的字句,
来赞美你伟大的爱神:
你是世界一切的创造者,
你是无上威权的神灵!

　　　　　(原载《新时代月刊》第1卷第5期,1931年12月出版)

征人之歌

别了，我至爱的人！
戎装已结束齐整；
我拿起了战具，
随着号角向前进！

别了，我至爱的人！
我不暇再抱你纤细的腰身；
我要用坚强的手臂——
去杀尽我们的敌军！

别了，我至爱的人！
我不暇再吻你鲜红的嘴唇；
我要用我的舌尖——
去吸敌人的血腥！

别了，我至爱的人！
我不暇再看你的眼睛；
我要用我犀利的目力，
去视察敌人的阵营！

别了，我至爱的人！
我不能再恋着你的热情；
我要用我整个的生命，
去为我们的祖国牺牲！

别了，我至爱的人！
我们的队伍即须起程；
誓以我沸腾的热血，
去洗涤我们的一切耻痕！

一九三一，（？）二十。中央大学。
（原载《新时代月刊》第1卷第6期，1932年1月出版）

别

我是轻轻悄悄地到来,
像水面飘过一叶浮萍;
我又轻轻悄悄地离开,
像林中吹过一阵清风。

你爱想起我就想起我,
像想起一颗夏夜的星;
你爱忘了我就忘了我,
像忘了一个春天的梦。

(原载《矛盾月刊》第1卷第2期,1932年5月出版)

劝与回答

"朋友,请端起这快乐的酒杯,
不要终日在苦闷沉湎中徘徊!
朋友,请换了你那偏狭的眼光吧,
这世界原不是你所想像的那样坏!

"这世界原不是你所想像的那样坏!
一切浮动着的不全是丑恶和黑暗!
只要你能仔细地去观察,追寻,
这里面自然有光,有热,也有爱。

"不要说一切的一切的都是欺骗,
虚伪的区域里也许有真诚存在!
不要说一切的一切的都是残酷,
冷淡的氛围中也会有热血澎湃!"

"也许这世上原有光明存在,
是一种阴影将我的眼睛遮盖?
不错,我也曾看到过伟大的爱,
但它早被那时间的坟墓葬埋!

"也许这世上犹有真情挚爱,
我所看到的不过是虚伪与欺骗。
也许这人间还有着热血澎湃,
我却只见过冷的心与冷的脸!

"我虽然还不敢尽信你的话,
但我当接受你诚意的劝诫!
朋友,我将以另一种眼光——
重新去观察这神秘的世界!"

一九三二,元旦。上海。

(原载《新时代月刊》第2卷第2、3期合刊,1932年6月出版)

真诚的友谊

永远做个真诚的朋友吧！
我们已无意地相逢在今夜。
虽然我们认识的时间不久，
可是这友谊毫无一些虚假！

我们结交用不着灿烂的黄金，
更用不着一切的假意的殷勤！
我们不要桃色的誓和金光的谎，
只要这一点点，一点点的真诚！

朋友，我是绝对地信任着你，
从不曾有过一些怀疑和猜忌！
我们没有任何的目的和企图，
只想在人间得点真诚的友谊！

一九三二，一，二。上海。

（原载《新时代月刊》第2卷第2、3期合刊，1932年6月出版）

问西湖

我最爱西湖中温柔的水纹,
终日只是静静地流个不停。
你这样地流过了多少年月?
沧桑世变可扰乱过你的心?

在水波中消逝了多少青春,
多少悲哀多少狂热和欢情?
你可曾存下过美人的影子?
你可曾留下过笙箫的馀音?

你听见过多少情人的誓盟?
你领略过多少诗人的哦吟?
可溅到过少女伤春的泪迹?
可埋葬过青年苦闷的灵魂?

我忍不住向你低低地询问——
问你世界上有过多少变更?
像是哀悼像是感伤的静默,

让荡漾的微波代替你心声。

一九三二,三,十。杭州。
(原载《新时代月刊》第3卷第1期,1932年9月出版)

荷塘

你看这接连不断的荷塘,
该是安排给旅客们欣赏。
呵,数不清的是莲叶田田,
还有数不清的红莲,白莲。

翡翠一样是鲜艳的绿叶,
雪白的花比白玉更皎洁;
红的像少女娇羞的面庞,
向着太阳的热怀里躲藏。

闻不着晨露倾泻的清香,
看不见初阳照耀的神光;
可惜不能在寂静的夜空,
望一望星光底下的睡容。

火车飞跑,去得像一缕烟,
再不能让我多一刻留恋。
晚风请你快留住我的梦,
让她今夜就睡在这荷塘中。

(原载《新时代月刊》第3卷第3期,1932年11月出版)

我所要的

我所要的是火焰的热，太阳的光亮，
珊瑚的鲜明，夜莺的歌，紫罗兰的香。
我也知真实的土开不出梦的花朵，
理想的树枝上只结一串失望的果。
世上没有这些也用不着惋叹，
我还不会对着秋林梦想春叶。
哪怕是冰一样冷，没有月亮的昏暗，
铁的黑，枭鸟的惨叫，陈死的气息，
我都不怕！怕的是冷灰中的火星，
留住不能实现的复燃的期望；
对那黑夜的萤火梦着日出的光明；
一现的虹彩，乌鸦的唱，野草的芬芳。
灵魂靠着这一点不永明的光，
在黑暗中去追寻梦中的天堂。
虽然得到幻灭的悲哀，绝望的痛伤，
我仍抱着单纯的理想，坚强的信仰。
我所要的是火焰的热，太阳的光亮，
珊瑚的鲜明，夜莺的歌，紫罗兰的香。

（原载《小说月刊》第 1 卷第 2 期，1932 年 11 月出版）

我希望不再看见你[1]

朋友,我希望不再看见你;
只在心中留下一点记忆!
偶然会想起你在星光下,
在没人知道的深夜梦里。
当我想起你的时候,
不是欢喜,不是忧愁!

朋友,我希望不再看见你;
让想像的翅膀自在地飞!
像一缕青烟,像一朵白云,
飘然透过我思想的轻衣。
当我想起你的时光,
不是留恋,不是惆怅!

(原载《小说月刊》第1卷第2期,1932年11月出版)

---

[1] 原刊未署作者姓名,但紧接署名紫曼作《我所要的》一诗之后,疑为沈作,附录备考。——陆注

我爱这旅途中

太阳升在中央,
白的云,蓝的天。
微风吹起波浪,
那青青的稻田。

云影落在河里,
河水轻轻(地)[1]笑
在波中摇曳的,
是白莲的新苞。

那古老的城池,
原是不足留恋;
但繁华的都市,
一样使人厌倦。

看,这平原一带,
无边际的晴空!

---

1 疑排印有误,"地"字系我所加。——陆注

车，不要跑太快，
我爱这旅途中。

一九三二，八，二十。京沪车中。
（原载《新时代月刊》第3卷第4期，1932年12月出版）

一朵白云

一朵白云在晴空飘浮，
偶然的，是我们的相逢；
你可还记得那个时候，
太阳正照着春花的红？

容易的，是我们的离别，
天上不会有永恒的虹；
我没有忘记那个时节，
落叶悄悄地怨着秋风。

倘使你能忘记我的话，
这相逢原不算一回事；
你就揭起记忆的薄纱，
轻轻地抹去我的影子。

倘使你不能将我忘记，
留下一点淡淡的相思；
你就在那星夜的梦里，
低低地唤着我的名字。

（原载《小说月刊》第1卷第3期，1932年12月出版）

想

在露珠还留恋着青草的清晨，
在夕阳已躲进了暮霭的黄昏，
我想起北极阁上鲜艳的霞彩，
又想起玄武湖中流动的水纹，
紫金山顶上的白云，云里的星，
还有你的那一对发亮的眼睛。
天风吹着云霞飘过我的梦里，
一朵霞带来了你的笑，一片云
里也有你的声音；湖水轻轻地
映带着你的影子流过我的心。
我不知是想起南京才想起你，
还是因为想起你才想起南京？

一九三二，七，十四，上海。

（原载《新时代月刊》第3卷第5、6期合刊，1933年1月出版）

夜

蓝空闪动着灿烂的星光,
四野里听不到一些响声;
月光展开她银色的翅膀,
沉沉地掩覆着一个夜深。
落叶不再沙沙地恋着风;
蝙蝠也悄悄地不敢透气;
这时让我做个轻轻的梦,
这梦里,有星,有月,还有你!

(原载《小说月刊》第1卷第4期,1933年1月出版)

等不得你

朋友,我要走了,等不得你!
因为猜不准你哪天动身?
前天你给我一场空欢喜,
从早上盼你直盼到黄昏!

亲密不过是幼时的伴侣!
谁又能忘记童年的美梦?
我们也应该有一次小聚,
诉说一年来别后的行踪。

你总该记得从前的欢笑?
还有沉静的陶天真的芬,
为了看月亮一夜不睡觉。
一转眼又是四年的光阴!

又白白地错过这次会面,
再留下一个空洞的后期:
深秋的时候在故乡再见。
现在,我是走了,等不得你!

一九三二,八,二十。京沪车中。
(原载《新时代月刊》第4卷第1期,1933年2月出版)

失去了的诗情

我爱在静夜趁着轻梦，
像一缕青烟溜进天空；
拨开白云，一层又一层，
明月照耀着我的路程；
跨过虹桥，再渡过银河，
水波溅出一串串柔歌；
摘下一万颗星辰灿烂，
装进彩霞做成的花篮。

我又展开幻想的翅膀，
飞上壁立万仞的山岗；
老鹰在古松顶上盘旋，
山鬼披带着薜萝出现；
雪练的瀑布泻下高峰，
是谁敲响仙宫的洪钟？
让天风吹破我的绡衣，
看山顶升起一线晨曦。

我对渺邈的远空凝望，
在沉沉的碧海上徜徉；

璀璨的浪花眼底涌现,
滔滔地洗濯我的足尖;
缀起鲛人一颗颗泪珠,
穿成了项链挂在胸脯;
沙滩上悄悄没有人走,
听黑夜里鱼龙的怒吼。

我的心随着蝴蝶翩跹,
憩在嫣红花瓣的边沿;
氤氲的香雾结成帐幔,
蓓蕾是最温柔的床毯;
绿叶上摇着黎明的光,
露珠散出清晨的芬芳;
将游丝穿起缤纷落瓣,
做成一顶五彩的花冠。

从前常在梦幻中留连,
轻痕印上过云锦诗笺;
现在不再有幻想和梦,
即使对着绚烂的彩虹;
一片面包压住了灵魂,
再也吐不出一丝声音;
这已经失去了的诗情,
遍人间天上何处追寻?

一九三五,十一,廿四。
(原载《文艺月刊》第8卷第2期,1936年2月出版)

你来

你来,在清晨里悄悄地来,
趁太阳还没有照上楼台;
你经过草地时不要踌躇,
小心碰掉一颗亮的露珠。
让一切的人都没有睡起,
我一个人在晓星下等你;
轻轻地告诉你昨夜的梦,
梦里有一阵落花,一阵风。

你来,在黄昏里缓缓地来,
趁晚霞还在山峰上徘徊;
你经过树林中不要留恋,
随着归鸦来到我的门前;
太阳落了也不要用灯笼,
我们正需要那一点朦胧。
这时你该为我吟一首诗,
但莫说离别,也莫说相思。

你来,在静夜里轻轻地来,
趁月亮还没有躲进云彩;

你经过黑径里不要害怕,
河边叫的不是鬼,是青蛙;
我们灭了灯,有的是星星,
没有人,不用怕谁来偷听;
这时你正好为我拿起琴弦,
低低弹出一段凄楚的缠绵。

(原载《文艺月刊》第8卷第3期,1936年3月出版)

你的泪

是南海鲛人的明珠,
一串串闪着梦的光辉;
但在我润湿的唇边,
却留着海水的咸味。

滚圆的晶莹的一颗颗,
园中摘下的透熟的葡萄;
当我的舌尖吮着的时候,
却尝着果汁的酸味。

让天国中圣洁的仙露,
尽量地洒向有情世界吧!
一点一滴灌溉着我的心,
有一天会开出青莲花来的。

(原载《中央日报》1937年3月7日第3张第4版)

尘土与春

从湖边吹过来的风,知道
柳条已绿成什么样子吗?

听说满野的樱花全开咧,
桃花正红得像游女的唇脂。

不知道草木消息的人,只有
从飘动的绸衫上看节季吧。

许多人从明朗的青空中来,
挤向没有阳光的屋子里。

而被尘土封锁住的屋中人,
却正梦想着窗子外的春。

告诉我,当你从外边来,
将带给我尘土呢,还是春色?

(原载《诗帆》第3卷第5期,1937年5月出版)

想

光影如蜗牛移动于粉墙,
时钟迟缓如老人的步履;
一天比亿万年更悠久了。

梦是开绽在镜中的花枝,
文字也变成笨重的符号;
希望只在跫然的足音上回响。

以一向饱餍珍羞的口味,
是更难忍受饥渴的煎迫的;
增人怀念的是当日的奢华。

(原载《诗帆》第3卷第5期,1937年5月出版)

赠孝感[1]

我站在生和死的门槛上认识你,
手术室做了我们奇怪的遇合地;
你的飘动的白衣闪着纯洁的光,
像一朵云浮过我宁静的眸子前。
刀钳明澈而寒冷如北极的冰块,
你的声音却温暖如春天的溪流;
宽博的白帽束起我如云之鬓发,
埋盖全身的被幅堆着峨嵋之雪;
在那时你也许认不清我的颜色,
是朝阳的红润还是明月的苍白?
但我的安详的微笑给了你一点惊异,
肃穆的空气中穿起成串轻快的谈话;
记忆遂将这新奇的时间和空间,
写上我们友情的史册的扉页。
脑膜炎、结核菌销蚀你冥逸的沉思,
听筒、针管追随你忙碌的手指,
人类肉体上的痛苦得救了,

---

[1] 吴孝感,沈祖棻在成都住院做手术时遇到的实习医生。参见《涉江诗词集·涉江词稿》乙稿〔喜迁莺〕词笺。

锐利的刀锋镌上你成功的纪录。
但我却用彩虹架起梦的桥梁,
采摘璀璨的星斗和皎洁的月光,
用情丝和思绪系上灵活的笔尖,
当做灯火照亮每个灵魂的暗隅。
我们的世界也许是不同的色彩,
而你却爱我的每首诗如每个病人;
你的目光从虹桥凝望天上的光辉,
你说你第一次看见烟云飘渺的仙山;
从此对着你病人忧郁的眼睛,
你却看到碧空里满天闪耀的星星。
但我却愿你只当我一首读过的诗,
可以从此忘记,也可以偶然想起;
我不想在梦的花园邀来你的步履,
愿意在每个病人口中听到你的名字。

(原载《现代读物》第6卷第11期,1941年11月出版)

芦沟桥

三年不是短短的日子,
让岁月负起沉重的记忆;
芦沟桥还有如霜的月色吗,
怕也像泪水一样凝成冰了?
再没有对月而歌的夜行人,
也不见芦苇中临风的钓丝,
只有石阑上划下的仇恨的痕迹,
那是年年的风雨销蚀不去的。
但桥堍月光下长眠的战士,
曾在这桥上发出第一声怒吼;
为祖国洒出殷红的血迹,
塞北江南遂开遍鲜艳的花朵;
月色曾描绘下这悲壮的图画,
流水也永远记住这伤心的故事;
更让我们趁着每年初夏的南风,
招唤桥下百万不死的英魂。

(原载《中国诗艺》复刊第1期,1941年6月出版)

期待

感谢缠绵的三月的久病，
让我有一个秘密的期待；
我藏住那一点欢喜在心里，
因为它带来了少女的羞涩感；
我不想娓娓地去告诉流水，
和终日相对的四围的群山；
我怕月亮照出梦的颜色，
星星会对我顽皮地霎眼；
也不敢在人前说出你的名字，
眼光和微笑会泄漏出那消息。
但白天的阳光多么明朗，
夜晚的空气也变成柔和，
风和树林有愉快的私语，
秋虫也尽在草叶间唱歌；
宇宙为我守着温和的缄默，
等待那将来到的心跳的日子。
我将要告诉你别后的怀念吗？
不，那是你比我知道得更多的。
我将告诉你这里的山色和月光，
窗外高大的芭蕉和陌上的绿杨，

田里的禾稻怎样在雨水中成熟,
唤村而过的布谷鸟从晨到夕;
还有警报打破这田庄的沉寂,
早晚的飞机声替换水车的韵律;
村镇上来了许多流浪的异乡人,
农妇们赶场已买不起高价的鱼肉。
倘使你愿听凄惨的故事,
再为你讲城中大屠杀的纪录,
六十里外一夜通红的火焰,
血也涂上了乡村静穆的蓝天。
或者我们相对不说一句话,
让沉默代替那更多的言语;
也许让一串串透明的泪珠,
告诉你这一年的烦忧和辛苦。
我为你计算着千山万水的行程,
枕上有每个荒村中茅店的构图;
时间轻轻地像一支梦飘过,
这一天将伴着你的步履而来。

(原载《文艺月刊》第11年7月号,1941年7月出版)

寄亮耕

你的信从不同的城市投来，
娓娓地告诉我各地的风光；
我的思念追随过你的行踪，
也从晚霞里挹取过你的怀想。
这里有环围不断的青翠的山峰，
也有高低起伏的碧绿的田亩；
山路是崎岖的，田径也是崎岖的，
它们永远不负载任何的车辙。
交柯的槐树荫蔽着长长的石路，
时时有细碎的小白花飘落下来。
到处有合抱不拢的黄桷树，
是行人和负担者最好的休息所。
高大的芭蕉是终年长青的，
当窗遂有绿色的帷幕；
它常终夜絮语着萧萧的秋声，
你知道巴蜀之地原是多雨的。
我早晨和太阳一同起身，
向林间的小鸟说晨安；
晚间和落日一起休息，
青油灯仅为夜窗的装饰。

但我已久不闻到泥土的气味，
因为我病了从春末到秋初。
最近我又向这里的一切告别，
将去到更远更远的地方；
你将在地图上找那荒僻的城市，
你的记忆中没有那生疏的名字。
我将轻快地向你说一声再见，
倘使你有诗祝福我的远行。

柬孙望[1]

久不见弹吉他而歌的诗人,
眉宇间还有那一点幽怨吗?
湘江染碧的青衫早满是尘土,
夜雨会知道我们两地的怀念;
因为我们同住过一角小楼,
爱在夜间同听潇潇的雨声,
和着书叶的飒飒,笔触的沙沙,
小窗灯影下的趣味是闲静的。
但也曾在寒夜同为警报惊起,
在防空洞微弱的烛光下读诗。
流亡者的屋宇是整个的空白,
文雅的芳邻遂为唯一的装饰。
忘不了你初见时处女的温静,
和在老友面前的伉爽的谈锋。
如今谁是那临街小楼的主人?
岳麓山畔还有我们的足迹吗?
你还在月明之夜弹着吉他吗?
仍有清晨的歌声惊醒你的邻舍吗?

---

[1] 此诗曾载于《长风文艺》第1卷第3期,1943年6月出版,诗题为《简友》。

在灯光下写着清丽的诗句，
你是有更多的江南战后的怀思；
但我已失去了那时围炉的情趣，
凋谢的诗意渐在我笔尖上僵死。
然而在寂寞的久病的床榻上，
我仍爱听又怕听长夜的风雨；
不知道在远方怀人的永夜，
你的琴弦上也有风雨声么？

病中吟

垂落在我的宁静的目光前，
夜如一顶深灰色的帐幔；
隔着空濛的梦的轻雾，
两扇黑漆的门扉轻轻地开了；
门里是一条墨玉铺成的长路，
光滑而无声地安放每个步履；
一队曳玄色轻绡的长裾的好女，
有着像明月一样苍白的容颜，
以润洁如大理石之素手，
为我执垂流苏之黑纱灯而前导；
将引我走到那深邃的路的尽头，
那是另一个幽静而窅冥的世界；
让纷落的黄叶作成我的坟墓，
碧绿的萤火是永夜的灯烛；
呼吸着泥土的香气和露水的清凉，
蝙蝠在飞，秋虫在缓缓地低唱，
苍郁的松柏有切切的私语，
白杨在夜风里谱出薤露之歌，
月光抚摸着青石的墓碑，
墓旁的春草也许开几朵野花；

更没有一个行人记起我的名字,
我将得到永久的平静的安息。
但是谁在我的枕边低低地呼唤,
将我唤回森罗万象的人间;
那静美的图画遂和夜色一起消隐,
我又在太阳下继续劳苦的旅程。

有寄

是辽远的秋的怀思,
是渺茫的梦的忆念,
我记起那个熟悉的名字。

从夜空星点的灿烂,
从草原萤火的闪烁,
我认识那对发光的眼睛。

让流水带去我的话,
让白云飘去我的梦,
晚风知道你住的方向的。

惜往日

是岁月积尘中剥蚀的史页,
是褪色绣枕上黯淡的远梦,
记忆的小船驶入渺茫的烟水,
我们遂相对如隔世的旧相识。

我纵不辞跋涉的辛苦追寻你,
我们的距离已是千重山,万重水;
不用让灯光重温往日的欢情,
从此我珍惜一串明珠的眼泪。

流星

我为你珍重过灯窗的遥夜,
还要向寒冷的晓风怨离别吗?
不用惋惜那串没有说出的话,
你的眼睛已告诉我更多的。

不想让你揭开我梦的一角,
在那金字书中寻找你的名字;
只让我在你心上划一道光亮,
像长夜碧空里闪过一颗流星。

寂寞

天地的迥阔是没有边缘的,
渺茫的大海更无涯际,
而日月星辰则永久不变。

在一片大漠的风尘里,
已寻不见前人的履迹,
后来者的足音更是阒然。

于是我有五百年的寂寞,
对浩荡的大漠风而高歌,
将一双泪珠寄与流水。

海的怀念

像翻开尘封的古老史话,
偶然地从遗忘中捡出你的记忆:
一片蓝色的大海,海上的少年,
我原不知道你的名字,连你的容颜
也渺茫到像海上白濛濛的烟雾;
但记得你曾说过愿和我去飘大海。
当回旋的风涛飘起海上的夜曲时,
你也许还有过一次诞丽的海的梦。
听说海上有蚌珠的泪,鲛人的泪,
海上的少年也有晶莹的泪珠吧?
从白鸥翅上泻下的月波中,
我有了辽远的海的怀念;
有一天我想扯起航海的风帆,
你能告诉我海上早晚的潮汐么?

别夜

凄黯的字句已成为残缺的史页,
浮萍的去路是只有任随流水的;
一缕烟永远系不住一个梦,
海阔天空是行云最好的家。

但今夜的步履为什么这样的沉重?
我不能抛下一串轻松的笑,像往日;
是谁在夜空装上满天的灿烂,
是星星,是萤火,是泪点的光?

(原载《和平日报》副刊《诗星火》第2期,1948年7月出版)

给女儿（一）

爸爸捎来了两幅画，
知道小女儿在想妈妈；
小女儿不但在想妈妈，
还知道妈妈也在想她。
聪明的小女儿啊，
让妈妈也对你说几句话：
你看见过长江悠悠的流水，
那是妈妈对你的不断的思念呀！
你看见过山上迷漫的云雾，
那是妈妈看不见你的忧愁呀！
你看见过阳光中怒放的花朵，
那是妈妈欢喜你的心呀！
你看见过春风中飘荡的柳丝，
那是妈妈牵挂你的情意呀！
你看见过朝霞拥出的太阳，
那是妈妈看见你时的笑容呀！
你看见过天空洒落的雨点，
那是妈妈看不见你时的泪水呀！
你看见过夜晚闪亮的星星，
那是妈妈注意你时的眼睛呀！

你感到过春天拂面的轻风,
那是妈妈抚摸着你的手指呀!
你知道山有多么重,海有多么深,
天有多么高,地有多么厚吗?
那是妈妈对你的爱呀!
妈妈不会画美丽的画,
更画不出对小女儿的想念,
拿什么回答我的小女儿呢?
妈妈就写下了这几句话。

(1957年)

给女儿（二）

妈妈的病是很重了，
不知道会不会好起来？
但是妈妈一定要活下去，
为了祖国的下一代，
为了我的小女儿！
我要想一切的办法，
我要用一切的力量，
好好地活下去，
抚育我的小女儿，
像太阳抚摩着果树，
像露水滋润着花朵，
眼看着你的成长，
像树木的开花结果。
夜已经很深了，
妈妈在病床上还未入睡，
在想着她的小女儿。
我想摩一摩你的短发，
亲一亲你的小脸，
将你拥抱在妈妈怀里，
听你像麻雀一样的

叽叽喳喳地多话。
妈妈的病会好起来,
像以前一样和你一起,
生活得比以前更快乐。
妈妈要更好地学习,
做一个好人民教师,
做一个好妈妈!
你也应当记住:
妈妈为你受的苦难,
多少次和死神血肉的搏斗。
你要好好地学习,
做一个新中国的好孩子,
毛主席的好孩子,
妈妈的好孩子!

(1957年)

给女儿(三)

今天是值得纪念的日子,
是小女儿十岁的生日。
但是妈妈却睡在病床上,
不能看到小女儿的笑脸。
妈妈不能换上新衣到公园,
和小女儿一起游玩欢乐;
又不能拿起提包上市场,
买回小女儿心爱的礼物。
但是妈妈还是要送你几件珍品,
为这美丽的日子祝福!
妈妈要掇取秋天的月亮,
送给你作为光明的襟怀;
掬取冬天的白雪,
作为你皎洁的节操;
障取春天的微风,
作为你温和的态度;
摘取夏天的太阳,
作为你热烈的感情;
还要移来大海的汪洋,
作为你宽弘的度量;

采取钢铁的精华,
作为你坚强的意志;
向鹰隼摄来高飞的雄姿,
作为你勇猛的精神;
向白鸽分来安静的神态,
作为你爱好和平的性格。
最后,用妈妈的无尽的爱,
织成一个千丝的密网,
盛着这些宝贵的礼物,
请西王母的青鸟带给你。
望你仔细地将它们检收,
永远珍藏在你的心里!

(1957年12月10日)

集外补遗

到前线去

我们的热血已在沸腾！
我们的心火已在燃烧！
我们的眼泪已在汹涌！
我们的灵魂已在抖擞！

灿烂的国旗到处飞扬，
我们快到前线的战场！
好凭我们沸腾的热血，
争回我们祖国的荣光！

雄壮的号角声声悲鸣，
我们快一齐杀到敌营！
好凭我们燃烧的心火，
夺回我们祖国的威声！

同胞羔羊地被人杀戮，
我们快一齐开到东北！
好凭我们汹涌的眼泪，
洗尽我们祖国的耻辱！

凶顽的日军节节进迫,
我们快一齐冲到满蒙!
好凭我们抖擞的灵魂,
破彼日本侵略的迷梦!

中央大学。

（原载《新时代》第22期,1931年12月出版）

潭

我最爱浅红淡白的梅林,
下面那一个小小的清潭:
水面密密地交织着浮萍,
像是一条深红色的绒毯。

飘落的梅瓣又绣出花纹,
绒毯上更添了几分鲜妍。
若不是石子投下时的水声,
谁又知道这是一泓清泉?

呵,这一潭不是水中萍芰,
是天上的彩虹躲进了波心;
是少女唇上滴下的胭脂;
是珊瑚在夸耀它底鲜明。

春风也吹不起一点清涟,
水波只在萍底细细交语。
小潭静铺着桃色的云笺,
等春光写出美丽的诗句!

(原载《矛盾月刊》第1卷第3、4期合刊,1932年12月出版)

天河

一朵朵鲜明的云彩,
上面挂着一串串柔歌。
梦的小船轻轻地摇来,
载着一船星摇过天河。

你不妨用春风的剪刀,
剪一片白云来做蓬帆。
黑暗的夜也不用灯照,
将明月挂在你的桅杆。

你暂时停了橹不要摇,
让小船在河中缓缓流——
流过一座座彩虹的桥;
听,水声是这样地温柔!

用桨拨开一层层白云,
看看天河的水清不清?
啊,河水看不出清和浑,
只看见船底千万颗小星!

(原载《矛盾月刊》第1卷第3、4期合刊,1932年12月出版)

答千帆

万古的幽怨窒住
我的呼吸：
（它们只是闷得慌。）
这么久不该透一口气？
让茂陵的秋声
竟夜地琤琮吧，
雨丝再不要
穿起成串的旧梦！

泪珠滴着忧愁，
不要提那份勇敢！
拂一拂衣上的征尘，
谁能听命运安排？
谁又能忍受
光热的消逝？
寂寞的该是
全世界的心。

附　程千帆《给曼曼》、《再赠》

给曼曼

万古的精灵飞上
曼曼的春纤：
（他们怕的就是
寂寞得慌。）
茂陵的
山色与雨声，
现在全给作了
曼曼的愁眉泪眼。

自己的勇敢
也能教自己烦忧。
管不着鬓底的
征尘杂酒痕；
那一切只好听安排。
（听谁个安排？）
曼曼怕的就是
寂寞得慌。

再赠

别提起前程,如今
我有点恨这个名词:
天边外的一弯彩虹,
遥远的尽头,
又加上了一个遥远。

知我者谓我心忧:
高秋时节沙漠行旅人
悬想乳白银河里
一滴泉水流到嘴边,
总有一天,在他僵了之后。

(原载《文艺月刊》第10卷第1期,1937年1月出版)

流亡的一群

彷徨于街头的无数个苦脸,
从同样的强笑中互相了解;
酒肆中忸怩的问话:"要不要、白金龙香烟一角一包?"
天真的小手向路旁的行人举起,
"时事新报,大公报,"学着本地腔调;
用各地的乡音诉述各人的遭遇,
难民所里终日有杂杂泣叹的话语;
"今晚能腾出一个单人的铺位吗?"
旅馆门外有垂头而去的夜行人。
他们有的从辽远的塞北逃亡,
也有人抛弃了江南的故乡,
每人的心上有一个可爱的家园,
不论是骆驼的蓬帐或燕子的画檐;
但他们怀念的家园早已变成灰,
而流亡到比故事中更辽远的地方;
他们没有怨,一粒仇恨的种子在记忆中埋下,并且开出了花;
他们知道是谁将家园毁坏,
不再望邱墟而凭吊,用眼泪;
他们要在这些残破的家园上,
建筑起一片完整的自由国土!

(原载《时事新报》1938年7月31日第4版)

后记

一九四〇年，沈祖棻的新诗集《微波辞》由重庆独立出版社初版，其中《五月》、《月夜的投赠》、《忍耐》在一九四一年至一九四四年间先后被谱成歌曲，广为传唱。

一九九二年，应程千帆的委托，武汉大学陆耀东教授为其夫妇编订了新诗合集，并作了前言（该书已由武汉大学出版社于一九九二年出版）。陆教授多年来致力于新诗研究，沈祖棻的多首作品赖其搜集整理。二〇〇〇年版全集将沈作单独辑出，统以《微波辞》为名，除保留原集之外，还收有集外三十五首。时隔二十多年，此次经搜索民国期刊报刊等电子数据库，再次补充《到前线去》、《潭》、《天河》、《答千帆》、《流亡的一群》五首，收入集外补遗。

徐仲年先生所作旧序仍置于篇首，陆先生之前言则删存其论沈部分。本次全集所收《微波辞》既保留了陆教授编《沈祖棻程千帆新诗集》的集中所注及诗后标明的刊发时间、原载刊物，又在增补佚作的同时，核对初刊原文，并补齐了部分诗篇阙如的刊发日期和原刊出处，使沈祖棻的新诗创作面貌得以更完整且脉络更清晰地呈现在世人面前。

张春晓

二〇二二年十一月 广州

辩才集

暮春之夜[1]

晚饭后，漱玉和漱芳都回到了卧室。婢女阿红早已在梳妆台上放好了两盆面水，她们各自忙着修饰。

"你今晚出去吗？"漱玉问她的妹妹。

"和表姊她们去看九点钟的影戏，要我先到她们家里和她们同去。"漱芳一面回答她的姐姐，一面拿着个小粉扑向脸上乱扑，"恐怕回来的时候一定不早了。"

漱玉听见妹妹要出去，并且要夜深才回来，不由一缕喜悦的情绪浮上心来，但是同时又感到一种羞怯。她忙向镜子里望着反映出来的自己的圆圆的脸儿，恐怕妹妹发现了自己的反常的心理，知道自己心中的秘密；看见漱芳正在喜孜孜地梳着她那蓬松的短发，才放松了心上的紧张的情绪；不过两颊已经微微地红了。

---

[1] 作者以此文获奖。原载期刊正文前记云："赠'造崭新时代'银盾一座，书券三元，本专号一册。"

妹妹已经在忙着换衣服了,她却还在梳洗,似乎要特别加工。她又在粉搽得雪白的颊上加上一些胭脂,白里泛红,像玫瑰一般的可爱。然而,她立刻又觉得胭脂太红了些,反显得不自然了;于是又扑上些粉,使得脸上的颜色自然而调和。更将口红向嘴唇上涂了又涂,放下口红,又拿起画眉的小刷慢慢地描着两道弯弯的长眉。梳洗好了,她又走到一张小桌子旁,点上火酒炉子,拿着一柄烫发钳慢慢地对着镜子烫那波纹还没有完全平复的头发。

无邪的妹妹换好衣服走过她姊姊的身旁时,对着她的脸看了一下,天真地而又狡滑地笑了:"How beautiful you are! I love you!"她一边说一边笑,连跑带跳地出房去了。

漱玉望着她妹妹的影子消失了之后,另一个影子在迷朦中显了出来。这影子渐渐地近了,近了,突然两只坚强的手臂围抱着她的身子,低下头来要吻她鲜红的嘴唇。她脸上觉得火一般的热起来了,心只卜卜地跳,浑身软软地没有一些动弹的力量。突然,一柄烫发钳从她手里落到地上,铛的一声,才惊醒她的幻想。她朝镜子里一望,见自己的两颊红得掐得出血来,她再也没有心思去烫头发了。她觉得身上有些燥热,她就将衬绒旗袍脱了,换了一件浅蓝色的夹衣,又走到窗前去将靠走廊的六扇长窗全开了。阵阵的夜风,吹在她身上很觉得凉爽而舒适。忽然听见有人走进房来,她的心弦不觉立刻紧张起来;回头一看,原来是阿红吃罢晚饭进来泡茶的,她又似乎感到几分失望。

她颓然退到沙发上坐下。阿红倒了一杯刚泡的茶来给她,她下意识地捧着茶慢慢地呷着,一边想着自己近来的情形。她自己也感觉到这几个月来的变态:时时感到烦闷,不满足,虚空。总之她似乎需要着什么东西,也似乎缺少着什么东西,这东西又不知究竟在什么地方。最近，她似乎已经找着了填满她的虚空的东西了。这是什么东西呢？就是她的他！自从他到S埠来担任某中学的教课，因为和她家有些亲戚关系而距离某中学又很近的缘故借住在她家之后，她发见了她所缺少的东西就在眼前了。其实，只要有个对象，不论这对象是否能满意，总差胜于无边的虚空吧。何况现在的对象是这般漂亮而又温柔的他呢？这当然使她感到满足了。不过她是欣喜着找着了她的对象，但是同时她担心着不能永远占有他。"找着了再任它失去，这应当比找不着还更痛苦吧？"她常常地这样想："这个没有恋人的青年，想来总不难对付吧？不过他有一个女同事密司王曾经来看过他的，她是多么的美丽啊！自己倘使要和她对垒是不免要失败的。幸而他们不过是纯友谊，那末自己取了急进的态度，'捷足先得'也不怕她什么。然而自己究竟是为这件事始终担心着呵！""妹妹！"另外一个可怕的念头又浮了上来。"他该不致于爱着妹妹吧？他对妹妹很好，至少和我一样。不过妹妹的态度怎样？天真的妹妹还不懂得什么爱吧？"她似乎很放心。"不！不！"她立刻又推翻了她假设的判断。"早熟的妹妹许比我知道的更多呢！不过她或者还不需要爱吧？她是抱恋爱至上主义而不愿意轻率谈爱的。那末她是决不会夺我的爱的。"她又似乎很安心地想："近来为了他有时竟会连妹妹在旁边都觉得讨厌起来了。但是聪明的妹妹也似乎早已觉得，近来她是常常地出外呵！自己的确是在爱他了，他也好像有意思的。不然，他为什么常常——最近竟是天天到我的房间里来呢？他是胆小，不敢向我表示爱罢了。他还不知道我是在等着他来进攻，并且我是取了挑战态度逼他来进攻的啊！"她想到这里不由得脸红了。一种少女的羞怯使她将头伏在沙发上抬不起来。

铛铛的钟声打破了夜的沉寂。她抬头一看，已是九时了。"他今夜竟不来了么？妹妹又出去了，这机会失去是很可惜的啊！这时候不来是大约无望了。让他去罢，我难道一定要他来吗？"失望的烦闷使她懒洋洋地横躺在沙发上。但是一种欲望又在她心里焚烧："还是去请他来吧。不过常常都是我借着一些小事去请他来闲谈，一直如此也不大好吧？虽然母亲是天天忙着打牌，不管我们的事。还是听他爱来不来吧！"她似乎这样决定了。但可怕的岑寂又不断地袭击她，她觉得无聊极了。起来想拿久未预备过的功课来看一下，可是简直看得有些莫名其妙，她就赌气不看。随手在书架上抽出一本小说来，她索性拿了书和衣躺在床上去读。翻到第一篇的题目是《夜半之一吻》，她不觉又有些心跳。再看下去，细腻动人的描写将她引到了另一境界，她昏沉沉地不知想到什么地方去了。她抛去了书长叹一声，依旧坐起来。夜像死一般地静，四围没有一些声音，除了钟摆声在有节奏地响着。她走到书桌前坐下，拿起笔来在一张信笺上这样写着：

  静夜无侣，颇感岑寂。有暇请来一谈为盼！此致
扬武兄鉴

妹玉　即刻

写好，套入一个信封内，又把信封写好了，叫阿红送到陈少爷房里去，阿红去了。她走到梳妆台前扑了扑粉，梳一梳头发之后，还将书桌整理了一下。此时，便有一个西装少年走了进来。

"武哥，请坐！"她笑着招呼。

"玉妹！叫我可有什么事？"他在沙发上坐下笑问着。

"噢！一定要有事才能请你来吗？"她坐在他对面的椅上，瞟了他一眼，似乎有些气。

"可是，我现在不是没有事也来了吗？"他却又笑了。

"我不请你你还肯来吗？"她再进逼一句。

"对不起！我今天晚上因为要写几封信没有空。我很欢喜在夜里做事，因为白日只会给你烦忧，骚乱；而夜却能给你安宁，恬静。所以，我就没有过来。"他这样解释着。

"是写给密司王的信吧？本来这种优美的信应该在优美的夜里去写的啊！"她笑着说。

"你为什么老是提着她呢？"他也笑了。

"因为她太美丽了，所以她给我的印象很深。"

"我和她还没有到很深的友谊哩。"

"她是可爱的！"

"你更可爱啊！"

静默暂时占据了整个的空间。

她脸红红地低头坐着，他凝视着脚下的地毯，有时抬起头来望望她。夜的岑寂又将他们包围起来了。

夜深了！一阵阵的风挟着夜寒侵入了房中温暖的氛围。

"穿得这样的单薄，你不觉得冷吗？"他的手伸过去握着她的手臂了。

长时间的沉默。

她似乎是怕这暮春之夜寒的袭击吧？她走过去将长窗都关了，且下意识地将窗帘随手拉上。

静悄悄的深夜，静悄悄的庭院，妹妹此时也独自静悄悄地回

暮春之夜　　149

来了。当她走过走廊,看见窗帘上有巨大的黑影在移动着时,她不觉吃了一惊;她再定睛一看,想起刚才银幕上男主角拥抱着女主角接吻的情形,她不觉笑了。

一九三一,八,四。
通信处:南京中央大学

(原载《新时代月刊》第2卷第1期,1932年出版)

神秘的诗

这小小的并不热闹的F镇,竟将我们的流浪诗人留住了!这原因,并不是F镇的风景分外幽美,只是他在此处发现了一个奇迹。这奇迹,使我们的诗人不能再写出什么诗,因为他的本身就是诗。

在我们的诗人到镇的第二天,那是一个美丽的五月的黄昏,落日还有馀恋似的慢慢地向西边坠下,远处的山峰都好像娇媚的新嫁娘绰约地披上一件金光眩目的外衣。溪水被温和的微风吹动着,好像有无数条的金蛇在蜿蜒。我们的诗人睡在溪边柔软得像天鹅绒毯子一般的草地上,仰望着天上的晚霞,在寻他的诗。忽然,一个奇迹给他发现了。那是一个少女,是一个最可爱的少女,在他曾经见过的女性之中。当她从溪的对岸渡过那几块木板搭成的小桥,走近他的身边时,立刻将他的视线摄住了。她的蓬卷的柔软的头发被风吹得不住地飘动着;她的面颊正像她手中拿着的初放的鲜艳的玫瑰;她的眼睛,呵!那是生命的泉源,热情的宝藏，智慧的府库，造化的结晶；她的嘴唇，那是用上帝的手腕造成的世上最美丽的弧形线；那浅蓝色的长衣，在金色的阳光中耀成了一种不可思议的美丽的紫色；呵！这美，美过了一切的诗。这一霎时的灵感，使我们的诗人赞美创造人类的上帝的伟大！

我们的诗人倘使有这种权力的话，我想他一定会将这一刹那的时间延至无尽的长。但是，他仅仅只有讴歌自然界的能力，却没有支配自然界的权力。因此，这几分钟仍旧是极快地过去了。当她走过他的身旁穿过前面的树林时，我们的诗人似乎有一种神秘的力推着他跟从她的足迹向前去。她的浅蓝色的长衣在掩映的绿林中飘动着，使他想起他常常讴歌的天使。穿过树林，再走过一片广大的平原时，就看见有一所高大的住宅，住宅的旁边通着一个很精致的花园。她飘然地走进花园的门，门接着就掩上了。剩下我们的诗人在门外徘徊着，望着门上的铜环在残照中发光。

自从发现了这个奇迹之后，我们的诗人就逗留在这镇上，天天在这花园附近徘徊着。

有一天，连我们的诗人自己都记不清是第几天了。当他在清晨走近花园时，园门是例外地半开着。他带着一种似乎想着一首好诗一般的快乐心情走了进去。穿过狭窄的花径，是一片碧绿的草地，草地上划出几方地满种着各种的花。松，柏，竹，杨柳，梧桐，各自排列着做成了曲折的小径。到处都有的正开得茂盛的是玫瑰，蔷薇，丁香。蝴蝶一对对地在花香氤氲之中飞，小鸟们自在地唱着美丽之曲，似乎在欢迎我们的诗人。

浅蓝色的长衣在花丛中一闪，使我们的诗人的暇豫的情绪也会紧张起来。他将注意力完全放到两只眼睛里去，等待这奇迹出现在他的面前。一丛丛的花和一丝丝的柳向两边分开，奇迹已经完全显露出来。她举着轻飘的自在的脚步向前走来，微微带着一些惊讶的神气望着我们的诗人。

"先生！你要些什么？你要花么？玫瑰还是丁香？"她开口了。声音是这样地柔软，态度又是这样地从容。

"姑娘！我不要什么。我是来寻诗的，因为我是一个流浪的诗人。"

"诗人？我最爱诗，尤其崇拜诗人。先生！你能够吟一首诗给我听吗？"

"好吧！今天是月圆之夜。在晚上月亮上来的时候，你独自在园中月光之下等待着我，我将吟一首世上最神秘的诗给你听，倘使你是愿意的话。"

"先生，感谢你的美意！我一定等着你，只要你不失约。"

一个约会就这样地定了，我们的诗人仍旧带着快乐的心情出了园门。

夜是十分地寂静，月是十分地明朗，我们的诗人静悄悄地踏着月色走进花园。穿过花径，看见她早站在一丛玫瑰花的旁边等待。她穿着白色的长衣，全身浴在月光中，像一座世上最精巧的雕刻家所精心造成的最美丽的大理石像。慢慢地走近她，我们的诗人的心弦慢慢地颤抖了。他的失神的眼睛重新放出热情的火焰。突然，他疯狂地跑过去，一手搂着她的腰，一手托着她的头，狂吻着她的红唇。她出乎意料的惊恐使她失去抵抗的能力。

"姑娘，恕我冒昧！这就是世上最神秘的一首诗——一个诗人在月光之下吻着一个美丽的少女。"在一个长久接吻之后，我们的诗人放松了他怀中的少女，抬起了充满了热泪的眼，颤声说。

"……"

神秘的诗

"我成天地讴歌着花的颜色，赞美着月的光明，欣赏着鸟的声音，称颂着海的伟大，一直陶醉在自然的美里。可是我并不曾知道什么是美，直到看见了你之后，我才认识了美的本体。你的颜色，使玫瑰失去它的娇艳；你的声音，使夜莺失去它的清圆；你的眼睛，使明月失去它的光明；你的精神，使碧海失去它的伟大；你才是天地间美的结晶！你使我鄙弃了我日夜所讴歌的一切自然界的美来歌颂你的美。其实，歌颂也是多馀的，我决不能在你身上做出什么诗，因为你的本身就是诗。你唤起了我青春的热情，使我死灰一般的心重新燃起爱情的火焰。你使我怀疑了自然的美丽，你使我否定了人间的丑恶，你使我将唾弃爱情的见解重新来赞美爱情，将咒诅女人的心理重新来崇拜女人。因为这一吻，才使我知道了人生的意义，认识了生命的价值。我到这时才算是捉住了诗的灵魂，才配做一个诗人。我满足，我一切都满足了！姑娘，感谢你的伟大的赐予！我将你的影子永远藏在心的深处，伴我过这孤独的一生。可是我希望我的影子一些也不留在你的心中。你要忘记这件事像忘记一个偶然的梦，无论它是甜蜜的或是恐慌的。别了，姑娘！"我们的诗人热烈地而又温柔地说完，将她的右手轻轻地握起，慢慢地低下他的蓬乱的长发披散着的头，将她的手放到他的惨白的嘴唇上吻了一吻，热泪流满了他的清瘦而苍白的脸，立刻背转身来就走。

"你，你转来！我问你一句话！"她惊异地急迫地喊。

"什么话？"我们的诗人也意外地问，同时他转过身来。

"你是不是爱我？"她诚恳地问。

"是的，姑娘！"

"那末，你为什么又要走？"她不解地问。

"不走，待怎样呢！"他轻淡地反问。

"爱我的人啊！我也在爱着你了！请永远地爱我，不要离开我吧！"这美丽的少女竟扑到我们的诗人的怀中来了。

"我的可爱的少女，快不要如此吧！"我们的诗人扶起了他怀中的少女，真诚地对她说，"这一吻，对于我们已是足够了！我们还要些什么？这就是世上一首最神秘的诗！当我们的两唇接触的一刹那，才是灵的颤动，美的表现，爱的焦点，情的结晶，我们应当满足了！何必再求什么？反将神秘的诗弄成了平庸的散文，那是多乏味啊！别了，姑娘！请珍重你的美丽的青春吧！我以爱你的心情来祝你能得到一个永远不离开你的爱人！"我们的诗人说完，就不顾一切地跑出了园门。银色的月光中只剩下少女独自呆呆地站着，她疑惑是做了一个奇离的梦。

　　　　　一九三一，十二，廿三，写于南京中央大学。
（原载《新时代月刊》第2卷第4、5期合刊，1932年出版）

洋囡囡

我在××初中毕业之后，因为家庭的经济关系，就到一家百货公司里去当职员。当然，青年们谁不想受高等教育，何况是智识欲特别强盛的我呢？但是，在金钱势力支配着一切的现社会制度之下，我有什么方法去获得升学的机会呢？因此，我只得委屈地进了这家百货公司。

我是被派在玩具部的，琳琅满目的陈列着的各种玩具，竟恢复了我的将近消灭的童心，使我将所管理的玩具像自己的一样精细地爱护着。这玩具部里占最多数的要算是洋囡囡了：大的，小的，精的，粗的，共有百馀种。其中有一个穿黑衣裳的大洋囡囡是我最爱的。他的身材有一尺多高；头上戴着黑绒的帽子；一张圆圆的小脸，怪可人爱的：淡淡的疏疏的两条眉毛底下，睁着一对大眼睛，青青的眼白衬出两个漆黑的眼珠，浓而密的睫毛格外地显出他的目光炯炯；丰满的微微凸出的两颊，就像初熟的苹果一样地可爱；小小的微微凹进的胭脂一样红的嘴唇，露出天真的笑。他的两只藕一样的手臂微微向前伸着，正好像在拉住他披着的黑绒大氅。那薄薄的丝袜，并不能掩去他的丰满的腿的曲线的轮廓。小小的丰肥的脚，穿着一双很精巧的小皮鞋。他站在玻璃橱里，似在笑着招手要你抱。呵！这是多么可爱的天真活泼的孩子啊！我不信，我真不信这仅仅是一个假的洋囡囡。我爱他，我爱他胜过一切的玩具，不，我爱他胜过一切真的人。

当我进公司的第一天，我就特别注意到他，爱着他了！时间一天一天地过去，我爱他的程度也一天一天地增高。渐渐地，我对于不满意的生活感到兴趣了。不用说，这兴趣完全是他赐给的。

我每天到店总比同事们早些，虽然我是要忠于我的工作，可是要想早些看到我心爱的洋囡囡也是无可讳言的。我每天早上到后，一看见他站在玻璃橱里对着我笑，我就什么都满足了！

我特意买了一方很考究的新手帕，每天早上用来揩去洋囡囡身上的灰尘，虽然我明知道站在玻璃橱里的他并不会受到灰尘的侵染。

玩具部的工作并不忙，除了带领着孩子的父母为了子女们的要求来买一些玩具。我在空闲的时候，不用说，总是对着我心爱的洋囡囡望；在每个不同的时间，我能找出他每个不同的可爱之点来。就是在做交易的时候，当我的主顾在选择他或她所要买的东西时，我也一定要偷空回头望他几眼，似乎非要这样我不能安心。

到玩具部来的当然是小朋友多，尤其是十岁以下的儿童。小孩子们总是可爱的，这是我向来对于一般儿童的见解。可是这些每天不同的在玩具部进进出出的孩子，虽然都有他们的可爱之处，

洋囡囡　　157

不过总没有一个能比得上我心爱的洋囡囡。这使我感到一种骄傲——像有一个美丽的情人一样的骄傲。

渐渐地，有一种恐怖在暗中袭击着我，使我担心着有一件不幸的事情要发生。当每次我的主顾来选择玩具——尤其是洋囡囡时，我的心就止不住跳了，我生怕我的主顾会从我的手中将我心爱的洋囡囡夺去；一直到我的主顾买好别的洋囡囡或玩具时，我的心才安定下来。

"这穿黑衣裳的洋囡囡真可爱啊！"这样的话是很容易从经过或到玩具部来的人的嘴里听到的。当我听到这种赞美时，我是多快乐啊！可是接着快乐而来的就是一种不安，我恐怕这赞美他的人会将他买了去。

有一天，我所担心着的不幸的事情到底发生了。

"妈妈，我要那一个穿黑衣裳的洋囡囡！"一个在选择玩具的可爱的女孩子向着她的母亲撒娇地说。

"先生！请你将那个洋囡囡取出来！"女人对我说。

我惘然地将我心爱的洋囡囡从橱中取出来，送到我的主顾的手里时，感到像有人从我的怀抱中夺去我的情人一般的心痛。

"这要卖四十元？"女人翻着洋囡囡身上的标着价目的纸牌问。

"是的，太太！"我的声音已在颤抖了。

"这太贵了！请你将他还放回到橱里去，另外拿一个小的出来！"女人摇了摇头，很客气地说。

意外的喜悦将我从一种迷惘的状态中恢复过来。

"好的，太太！"我温和地说，对女人表示了无限的好感。

我立刻像怕被人夺去一般迅速地将洋囡囡放回到玻璃橱里去，心里感到一种暴风雨过去后的安定。

结果，女人买了一个小的洋囡囡，孩子带着一种不十分满意的样子跟着她的母亲走了。

我重新将洋囡囡从橱中取出来，不由低下头去吻了吻他的丰满的面颊，我的眼睛潮润了。

这次的事竟使我立刻改变了我咒诅金钱的观念来赞美金钱，她虽然剥夺了我的前途的希望，但是毕竟靠她保存了我心爱的东西。

从这次以后，我就没有从前那样高兴了。因为我知道这不幸的事情终久是不可避免的。可是我总希望这一天不要来到，虽然明知总有这来到的一天。

呵！那永远不会忘记的可咒诅的一个下午啊！一对父母带着一个面貌很丑陋，举止很骄矜的男孩子到玩具部来。

"宝宝！你要什么？"父母同时极和蔼地问他。

"我要他！"孩子毫不踌躇地指着玻璃橱里的我心爱的洋囡囡。

我疑惑我的眼睛看花了或是我的耳朵听错了。我抱着一种侥幸的心思指着我心爱的洋囡囡旁边的那个问：

"小朋友！是不是他？"

"不是。是那穿黑衣裳的。"孩子说。

我的希望失败了。

"先生！请你快些取出来让我们看看！"男人见我呆呆的样子，不耐烦地说。

我不得已硬着心用我的颤抖的手指将我心爱的东西取了出来。

"这要四十元哩！上次买一个洋囡囡不到几天就给他折毁了。"女人看了看价目，似乎不大舍得买。

我立刻又希望能有像上次一样的机会，这高贵的价格能将我

洋囡囡　　159

心爱的东西留住。

"是的，太太！这价格很贵！小孩子玩，还是买一个小的洋囡囡吧？价钱可以公道些！"我抱着最后的希望，迎合女人的心理，说了在我的立场不适宜说的话。

男人很诧异地看了我一眼，似乎感到我的话的奇怪。

"不！我一定要这个洋囡囡！"孩子说着，已经带了哭声。

"宝宝，不要急！爸爸买给你！"男人在身上掏出钱来了。

我的希望完全破灭了。

我亲自将用盒子装好的洋囡囡递到我的主顾的手里时，我的心在痛。我看着那丑陋的粗暴的孩子拿着我心爱的洋囡囡跳着出去时，我觉得什么都完了！

玩具部陈列着的各种玩具都在旋转，百十个洋囡囡在跳着舞。昏迷中，我看见我心爱的洋囡囡的被折毁的肢体。

一九三一，十二，廿八。在上海。

（原载《新时代月刊》第2卷第2、3期合刊，1932年出版）

辩才禅师

太阳渐渐地将要向西天落下去的时候，它的光彩格外地鲜艳了。在一层薄薄的茜纱笼罩之下，大地上的一切都涂上了一层梦的颜色，在凝想天国的幻美。那一带浓密的树林，在一种不可思议的金光照耀中透出它的青翠来。树林稀疏的地方，露出了一角红墙，正是那巍峨的高耸出林表的永欣寺。红的墙在落日的光辉里闪着眩人的色彩，当它映入骑在马上的辩才禅师的眼帘的时候，使他的心立刻跳动起来。

这树林，这寺院，这四周的景物，在辩才禅师原是最熟悉不过的，从青年到老年，这悠久的岁月，使得他的周围的一切都在他的记忆中深深地刻下了不可磨灭的印象，一草一木，他都能闭上眼默想出来。但是在今天，一切的景物在他的眼中，仿佛是第一次看到，分外地新鲜有味；又仿佛是末一次看到，对于它们感到异常地亲切和留恋；他像一个从战场上回来的兵士，在一种没有生还之望的心情中意外地回到了故乡，望见了自己的家门，看到一切的景物都好像隔了一世似的；那种夹杂着凄楚的欣慰，充满着快乐的兴奋，使他的心跳动了。他想到立刻就可以回到他住惯了的寺院，看见他心爱的东西——那维系着他全部生命的一卷《兰亭》，他欢喜得要发狂了。

他想起皇帝的三次敕追他入内庭，用尽了千方百计想骗取他的《兰亭》，自己如何地不为威势所屈，排斥了一切奇珍异宝的诱惑，始终不曾将《兰亭》献出来。结果是皇帝失败了，没有方法想，只好仍旧派人护送他回来；并且许下以后不再骚扰他的安静了。他开始惊叹自己的智慧，嘲笑皇帝的愚蠢，像一个凯旋的将军一样，高高地骑在白马上，仰起了头，举目望着天上的云，睥睨一切而傲岸地笑了！

他刚才从种种惊恐、辛苦之中得到最后的安慰，但是紧接着这种无上的安慰而来的却是一种异常的不安的感觉："那《兰亭》还好好地放在方丈里吗？不会已经被那些强盗般的敌人抢了去吗？"这可怕的念头在他的心里一动的时候，他不由地全身战栗起来。他回过头来看看那班跟在后面护送他的扈从，觉得他们都是些强盗，都是自己的敌人；立刻使他对于皇帝和他手下的一班人的憎恨和愤怒又重新在心里燃烧起来。

当这一队渐渐地走向庙门，他立刻加了一鞭，伏在马上飞一样地到了庙门口，下了马，跨进庙门，他深深地吐了一口气，仿佛已经从可怕的地狱逃回了天国。

好容易，辩才禅师忍耐地敷衍那班护送的人马回去复命了，又借口于旅途的疲劳，从徒弟僧众们的热诚欢迎中退了出来，回到自己的方丈里。

方丈里的一切陈设还和几月前他没有离开的时候一样，但是似乎罩上了一层荒凉的颜色。辩才禅师对于这室中的一切，感觉到一种非常亲切的心情，每一件东西都想去亲爱地抚慰它一下；但是他来不及这样做，就匆匆地扣上了房门，取过他用惯的一架梯子，靠着近屋顶的丹漆上面雕绘着藻彩的横梁，他巍颤颤地爬上了梯子的上层，伸手向那屋梁的阴面，轻轻地开了那特意做好的暗门，向里面一摸，那盒子不是好好地放在那里？他的心完全安定下来。他从里面取出一个二尺长三寸阔的上面镂着极工细的花纹的沉香盒子来。他极小心地双手捧着，慢慢地下了梯子；也等不及将梯子移回原处，轻轻地将盒子放在案上，轻轻地打开了盖，轻轻地取出一卷粉紫色的薄绢重重裹着的东西，轻轻地揭开了薄绢，《兰亭》手稿像神迹一般地出现了。那一幅虽然经过了悠久的岁月而略泛灰黄色但仍不失其光洁的蚕茧纸，上面分布着那用书者的灵魂的液汁注入鲜润的墨光里所表现出的字，一个个像生龙活虎般跳进他的眼睛，摄住他的感觉，攫住他的灵魂。他将《兰亭》放在他的胸前，两只手臂紧紧地抱着它，他立刻感到生命的充实，他流下感激的眼泪了。从晶莹的泪光中，他窥见了天国。他感到神灵对于他的爱抚，从心底涌出了从来未有过的那样热烈的宗教的情绪和那样坚强的信仰的力量。他此刻完全了解了人生的意义和宗教的伟大。他不觉地跪了下来，喃喃地祷告着，表示他对于上天的慈惠的感谢。

这夜，辩才禅师做了一个梦：他携着《兰亭》微笑地踏进了天国。

秋是渐渐地深了，从前浓密的、青翠的树林，只剩得树枝上稀疏地挂着些焦黄的枯叶，飒飒地在寒风里战抖。衰草堆里的鸣虫也早没有气力再吟着诗人的铿锵的声调，奏着乐师的优美的音节，来歌颂宇宙；只发出病人绝望的呻吟，颤着老人垂死的叹息，在悲悼着最后的命运。萧条的气象笼罩了大地，一切都显得黯淡了。这时候，人们的心理受着自然的感应，都不免地有些凄凉起来。于是，诗人们发出悲吟，旅客们生出愁叹，美人会引动迟暮的感慨，老人会觉到一种衰与死的象征。然而例外地，辩才禅师的内心仍旧充满着春天的蓬勃的生命之力，他是在一种美满的生活中度着悠闲的岁月，时序的变迁，并不会影响到他的内心生活。

但是，辩才禅师近来有时会在万分的满足之中感到一分的不满足，似乎在他的这种美满的生活中还缺少了一些什么东西。这究竟是缺少了些什么东西呢？可以说，那是缺少一个人——一个能够了解《兰亭》，同时也就是能够了解他珍爱《兰亭》的心情的人。倘使有这样一个人，能和他共同领略《兰亭》的佳妙，再互相倾吐他们蕴藏在灵魂深处的最微妙的感觉，那该是多么使人高兴的事呢？可是没有这样一个人。他的弟子中，也有会参乘的，也有能解偈的，也有道德高深的，也有顿悟妙法的，可是没有一个能够了解《兰亭》的。这一点，辩才禅师不能不认为是他的美满生活中的一件遗憾。

有一天，那是一个寂静的黄昏，辩才禅师刚临摹过一通《兰亭》，慢慢地踱出方丈，远远地望见有一个生客在院子前面徘徊着，似乎是来庙中观览的。

"是什么地方的檀越光降寒寺？"辩才禅师殷勤地问。

听了这话的客人慢慢地走了近来，是一个三十几岁的山东书生模样，高高的身材，穿一件宽大的黄袍，奇怪的是并不觉得潦倒而反显出他的潇洒来；头上戴着巾，巾下覆着一个略瘦而苍白的脸，上面却安放着两道很清秀而又含有英气的长眉，一对乌黑而发亮的眼珠，这里面是藏着多少深湛的思想；一个正直的鼻子，再加上一张似乎永远挂着微笑的嘴；完全能表现出来客高贵的身份和渊深的智慧。他非常合礼地作了一个揖，用清朗而沉着的声音回答辩才禅师的问话。

"弟子姓萧，是北方人，带了一些蚕种到南方来做买卖；偶尔经过宝刹，随意观览一下，一些生动的壁画吸引了我，这伟大的艺术给了我最高的启示，使我留住了；因此，得遇禅师，真是万分有幸的事。"

"不敢！不敢！难得檀越远道到这里来，又这样爱好艺术；老僧虽然不懂什么，倒愿意陪檀越谈谈。倘使不嫌弃的话，可以到方丈去坐一会。"辩才禅师很高兴地邀请了。

来客也并不谦让地随着辩才禅师进了方丈。

于是，由请问大名、法号进而谈心，不觉地天黑了。辩才禅师殷勤地留着来客，他们在一起下棋，弹琴，谈论文史，立刻非常相得了。这些事都是辩才禅师所擅长的，但是来客也不弱；在棋上是一个敌手，在琴上是一个知音，至于谈论文史，更是往往有独到之见。这一切，使辩才禅师由惊异而赞叹了。愈谈愈投机，他不由地对着来客说出以下的话：

"古人说得好：'白头如新，倾盖若旧。'我们从今以后不要再拘什么形迹了！"

这一夜，姓萧的客人被辩才禅师留宿，并且特意取出新酿的酒，盛在皇帝所赐的羊脂一样的白玉杯子里，敬奉客人。酒香散溢在快乐的氛围里，一切都沉醉了。

辩才禅师

一杯又一杯地劝客，自己一杯又一杯地干，这样畅饮，在辩才禅师已经是许久以前的事了。兴奋使得他痛快地喝酒，而酒更使他格外地兴奋了。他的脸红红的，发着光，显得格外精神；雪白的胡子，每一根都为着快乐而颤动着；他的声音有些发抖，但是他今夜的谈话比任何时间都流利；他像一个演说家似的，滔滔不绝地纵论古今，并不感到一些疲倦。

当他们酒喝到半醉的时候，忽然又想起做诗了。辩才禅师像一个天才的诗人似的，提起笔略一凝想就写出一首诗来。客人赞叹他的诗，同样地，客人的诗也被他称许着。他们互相讽诵，愈读愈高兴，竟高声朗吟起来，纡徐的音调在沉醉的空气里摇漾着，在寂静的夜幕上涂上了一层奇丽的、荒诞的色彩。

这一夜，就在一种狂欢中偷偷地逝去了。

天明，姓萧的客人临走的时候，辩才禅师对他再三嘱咐说：

"檀越一闲了就再到这里来！"

从这天之后，姓萧的客人常是带了酒来拜访辩才禅师，喝酒，做诗，不拘形迹，连徒弟们都和他熟了。就这样已经是十几天过去了。

有一天，姓萧的客人带来了一幅梁元帝《自画职贡图》给辩才禅师看，画是那样精巧，那样生动，辩才禅师一见，就深深地赞叹起来。于是姓萧的客人说：

"弟子最好书画。的确，好的画像好的字一样值得人称赞的。"

"好的字么？那不用说是二王了！"辩才禅师得意地叫起来。

"不瞒禅师说，弟子先世都传二王的楷书法，弟子也是从幼年就爱好二王书法，用心揣摩过的，现在出门还随身带着几通王帖哩！"

"真的么？明天可以拿来看！"

辩才禅师高兴极了，他觉得他向来所感到的一些缺少，现在充实了。他的生活是万分圆满，再没有一分不满足了。

在一种兴奋的期待中，辩才禅师好容易盼到了他的来客和来客所携带的二王法帖。

整个的下午，他们在详细欣赏和互相赞叹之中过去了。最后，辩才禅师看不过对方的过分的夸张和骄傲，终于笑着说：

"这几通固然不错，但是还不能算怎样好，老僧有一幅真迹，倒很异乎寻常呢！"

"是什么帖呢？"对方似乎不信地问。

"《兰亭》！"用轻快的调子毫不费力地说出这两个字，口角上挂着得意的微笑。

"经过了多少离乱，哪会有真迹存在，不过是响拓本罢了。"对方轻蔑地笑了。

"什么话？智永禅师在世的时候，一直珍藏着，临死的时候，亲手交付给我，哪会有错呢？

"啊！那一天的光景，我还记得很清楚，永远不会忘记的！那是一个阴冷的黄昏，外面下着雨，临危的禅师将我唤到禅榻面前，伸出一只枯瘠的手，轻轻地抚摩着我的手臂，吐出低微的声音，断断续续地说：'我的病是不会好了！我活到这样大的年纪，又是出家的人，死了也别无牵挂，不过还有一件东西……'他说着一面用另一只手向枕旁摸索了好久，颤抖地取出一卷东西来。我一眼就认出是《兰亭》。他继续地说：'这是我最心爱的东西，我将它托付给你，我很放心，我相信你一定会比我更爱惜它的。我能

辩才禅师　167

够托付得人，真是死而无憾了！……'禅师似乎还有许多话要说，但是他的气力不够了。歇了一会，他失了神的眼睛，忽然发出一种热烈的渴望的光，他用了最后的力，很清楚地叫道：'辩才，将《兰亭》打开给我看！'我依他的话打开了《兰亭》，这时候，禅师的枯干、灰败的脸渐渐地红润起来，无神的眼珠里忽然充满了生的希望，闪耀着天国的光辉，嘴角上露出舒适的微笑，在最大的安慰中他离去了人世。

"这还有错吗？你不信，明天来看好了！"

辩才禅师亲自从屋梁上取出《兰亭》，小心地打开了放在客人的面前，得意地说：

"请看吧！如何？"

客人取在手中，细细地看了一会，指了几处地方说：

"你看，这笔不得势，那笔也不得神，果然是响拓本呢！"

辩才禅师更不答话，劈手将《兰亭》夺过来，感到从未受过的侮辱，脸涨得通红，气呼呼地叫道：

"你不懂！你完全不懂！你不许再和我提《兰亭》两个字！"

对方并不生气，轻松地笑了。

"何必生气呢？弟子和禅师取笑的，就认真么？弟子揣摩了二十年的王帖，难道连真伪都辨不出吗？这的确是稀见的神品，快取过来让我细细赏鉴一下吧！人间的乐事，还有更胜于此的吗？"

"请原谅我的粗鲁吧！你可以细细地欣赏，要知道这机会并不是容易的哩！"辩才禅师立刻转怒为喜，温和地说；同时又将《兰亭》笑嘻嘻地递过去。

客人郑重地接了过来,细细地赏玩着,一面笑着对辩才禅师说:

"看到这样的神品,就像见了天人一样,真是神光四射,令人目眩心迷;它将我们从这污浊的尘世带到了另一个美的世界,使我们忘记一切了!"客人用了赞叹的语调说。

"不错,它将我们带到了另一个美的世界,但可以再飘渺一点说,那是一个梦的世界;也可以微妙一点说,那是一个醉的世界,更为恰当了。

"我不知道怎样对你说出它的好处。每逢我想称赞《兰亭》的时候,总感到语言文字的缺乏,我找不出适当的一字一句来赞美它。我开始感觉到人类用语言文字来表现感觉情绪的可怜了。同时,我知道最微妙的感觉和最高深的情绪是只可以意会,不能拿言语表达的。

"我究竟应当怎样对你说才好呢?你看,作者的精灵不是在纸上浮动么?你能和作者的精神相接,你就能知道它的妙处了。你看见过游龙在云中飞腾么?你看见过老鹰在空际盘旋么?那是它的气势。你看见过佛祖的拈花微笑么?你看见过美人的含情流盼么?那是它的姿态。你该见过秋日傍晚霞彩的明耀?你该见过少女唇上胭脂的鲜艳?那是它墨色的妍润。你可曾见过南海的明珠?你可曾见过蓝田的美玉?那是它光芒的辉耀。你可曾有过在雪夜和知己围炉谈心?那是它的神味。你一定看见过黎明时候从海底涌出来的太阳那种伟大神奇!你当然看见过秋夜高挂在天心的一轮明月那种清幽静穆!你欣赏过晴空的白云那种悠闲没有?你赞美过秋晨的青山那种淡远没有?你喜不喜荷叶上的露珠那种晶莹?你爱不爱聪明女子的心思那种玲珑?在春天,你可曾留心过临风杨柳的摇曳生姿？在夏天，你可曾领略过出水芙蓉的天然秀丽？你曾否注视过游鱼在水中的活泼精神？你曾否静听过黄莺在林间的清圆声音？春花的妩媚可曾迷惑过你？秋水的澄明可曾引诱过你？你可曾为一滴美酒沉醉过？你可曾为一曲音乐感动过？你能懂得这一切，你才能懂得《兰亭》的价值。你不嫌我讲得太玄妙，太神秘了吗？其实我能说出来的已经是平淡化了。它的玄妙，它的神秘，决不是言语所能表现的。说了半天，你懂得这意思么？"辩才禅师眼中射出异样的光彩，像说法一样地讲了一大篇话。

"我懂！我完全明白你的意思！我懂得你所说的一切，所以我也懂得《兰亭》的价值！并且，我以为《兰亭》不就是这一切，而是这一切的总和。对么？"客人诚恳地回答。

"你才是真正能懂得《兰亭》的价值的人，同时，也是最能了解我的心情的人啊！"辩才禅师快活得叫了起来，跑过去紧紧地握着客人的手，他的眼中流出欢喜的泪了。

从此以后，辩才禅师的生活变得更有兴趣，更有意义了。他和姓萧的客人每天在一起赏鉴《兰亭》，临摹它，谈论它，也不再藏在梁上，和二王法帖一起放在几案间，不断地玩味它，感到最大的愉快和安慰。姓萧的客人每天到永欣寺来，辩才禅师奉为上客，许为知音。徒弟们也都和他相熟，并且相好，已经成为入幕之宾了。逢到辩才禅师出外做佛事的时候，就留客人自己在方丈里独自欣赏《兰亭》，等到辩才禅师回寺之后，两个人又兴高采烈地谈论起来。

那一天，辩才禅师正在灵汜桥南严迁家里做佛事，忽然齐都督派人来唤他，他不知道什么事，奇怪极了。他尽他所能想到的去推测，也猜不出是怎样一回事。正预备去的时候，又有一位散直来催促他，说是御史要见他，叫他赶快就去。辩才禅师愈弄愈糊涂，就不管一切地匆匆忙忙随着来人去见御史。

辩才禅师一抬头，看见那御史就是他的姓萧的客人，不由地怔住了。御史庄严地说：

"我是奉旨来取《兰亭》的，现在《兰亭》已经取得，所以请你来……"

辩才禅师没有听完他的话，立刻觉得有一个魔鬼伸出钢铁一般的指爪，将他的心拉了出来，眼前一黑，天地立刻旋转起来，他一切都不知道了。

失去了《兰亭》的辩才禅师，是失去了一切：在他的眼中，太阳失去了他的温暖，月亮失去了她的皎洁，从夜空的星星闪耀中也再望不到天国的光辉；小鸟唱不出一句欢歌，杨柳抽不出一根新芽；整个的宇宙停顿了，一切的生命消失了。他找不到生活的意义，他开始奇怪自己的活着。他第一次感觉到自己的衰老，死的幕在他的面前揭开了。

突然的惊恐和过度的悲哀使辩才禅师有了病，但是虽然有病，究竟还活着，这就不能不想怎样活下去了。无边的空虚延长了不尽的时间，他不知道应当怎样打发日子；可怕的悲哀占住了整个的时间和空间，一种不可忍受的苦痛在慢慢地蚕蚀他的灵魂。在从前，日子是很容易过去的，并且是过得那样舒闲，那样有劲，单是赏玩或临摹《兰亭》就够消磨他整天的光阴，并且，每一个瞬间都膨胀着愉快的、活跃的生命力。但是现在，他有什么事可做呢？做佛事？那是最可咒诅的一件事，想起来就使他心痛。不是因为做佛事，他又怎样会失去他的比生命还宝贵的《兰亭》呢？一股不可遏制的愤怒的火喷出了终天的咒诅，他发誓不再做佛事了。他也不再祈祷了。没有希望，没有感激，没有安慰，又为着什么祈祷呢？他只有每天痴迷地在回忆里过生活，在那里他找出了过去的光荣和暂时的安慰。他幻想着《兰亭》，他记起了关于《兰亭》的一切，哪怕是极琐屑的一点。《兰亭》是在他的记忆里最清晰的一件东西，一闭眼，甚至一凝想，就立刻浮现到他的面前来。它是那样明显，那样清楚，连一点一画的笔势都不会错。在这时候，他就用着全部生命的力量去捉住那瞬间的虚幻中的真实，像已往一样地玩味它，完全忘记了它的失去了。一刹那的幻觉给了他最大的安慰，他仿佛在死之幕前重新诞生了。但是这种幻美往往在极短的时间内就给现实破坏了。他忽然从梦幻里惊觉过来，感觉到《兰亭》是失去了，并且是永远地失去了。他再不能像从前一样地赏玩它，而且再不能看见它了。他开始追悔在《兰亭》没有失去的时候为什么不成天伴着它，有时竟会丢了它去做旁的事？他深深地可惜那些浪费了的时间，当时为什么会不好好地享受那些时间，而放它轻轻地溜跑了？他愿意重新来过那些日子，捉住那每一个快乐的瞬间。但是过去的终久是过去了，再也拉不回来。他愿意拿整个的生命去换取赏玩《兰亭》的一刻，即使是见一见它；然而不可能。他这样想的时候，他的心就剧烈地痛起来。他觉到什么都没有了，四周剩下的只有空虚，使他不能忍受了。于是，他疯狂地流着痛苦的眼泪。

日子一天一天平静地过去，永欣寺的一切都依旧，只是寺门前多了一座庄严精丽的宝塔。每当太阳将落的时候，一层茜纱似的光照映着那金碧辉煌的伟大建筑物，炫耀着锦绣一样的灿烂，闪动着珠玉一样的光芒。一阵风吹来，檐角上的铃丁当作响，奏着最和谐的音乐。永欣寺的徒弟们以及邻近寺院的僧众都歌颂着辩才禅师的功德，并且以为皇帝不办辩才禅师隐藏着《兰亭》的罪，反而赐给他许多财帛，一卷《兰亭》换了这样一座庄严精丽的宝塔，这是最幸运的事了。大家又一致地羡艳着。每天在夕阳影里，辩才禅师带着病，扶着藜杖，在宝塔下徘徊着。他在这宝塔的影子里找出了《兰亭》的馀影，在那辉煌的光彩里找出自己已失去的灵魂和生命的力；于是他的枯黄的脸上露出了一丝微笑，失神的眼珠也闪耀着一点生的光。但是，不一刻他又恢复了悲伤的颜色，垂下失望的眼光，深深地叹息。他对着苍茫的暮空，流出绝望的眼泪。从那凄冷的泪光中，他看到了地狱的黑暗和罪恶。

一九三五年的春天，在南京。

（原载《文艺月刊》第7卷第2期，1935年2月出版）

茂陵的雨夜

> 茂陵秋雨病相如。
>
> ——李商隐
>
> 茂陵多病后，尚爱卓文君。
>
> ——杜甫

文君将院子的门下了锁，安闲地走进她的新迁入的屋子，对于自己的决心和毅力由惊异而赞叹了。于是，她骄傲地昂起了头，在她的芙蓉般的面颊上浮出了胜利的笑。但是这样的心情保持不到一分钟又完全消失了。她看到空洞洞的屋子，墨魆魆的烛光，自己的幽灵似的影子，仿佛从温暖的阳光中跌到一个无底的深渊，四面只有黑暗和寒冷，无边的空虚包围着她的孤寂的灵魂。她开始感到一种恐怖，异样的悲哀袭击了她的心，她只想哭。她需要一点热情的安慰，但是四周只有寂静；她需要投入那温暖的怀抱，但是四围只是冷冰冰的墙壁；她需要另外一个人，但是这屋子里陪伴她的只有她自己的幽灵似的影子。她无聊地去倒在那张用檀木雕出花纹的床上，斜靠着锦绣的罗衾，呆呆地对着那摇晃不定的烛光发怔。飒飒的西风吹得窗纸沙沙地响，潇潇的秋雨打在墙角的残败的芭蕉叶上，仿佛在替她奏着挽歌。她简直感觉到进了坟墓，怀疑自己的存在了。世界的一切都和她离远了，变成一种模糊不清的印象；连早一刻钟以前的事也仿佛中间隔了一个迷离的梦。但是在这一切模糊之中却很清晰地现出一个人影来，那是雍容闲雅的司马相如。

雨是愈下愈大了，打在芭蕉叶上，打在窗棂上，打在文君的脆弱的神经上，使她的神经起了颤抖。风从窗缝里钻进来，吹得几上的烛焰乱晃着，壁上立刻有无数黑影在活动，像千百个鬼怪在跳舞，渐渐地向她围拢来。她打了一个寒噤，想立刻逃出这可怕的坟墓，重新回到她原来的充满了光和热的世界里去。她迅速地从床上站了起来，拿过几上的绛烛，就向外走，出了房门，走到回廊上，一阵冷风将烛火吹灭了。黑暗中只听到哗哗的雨声，仿佛"疾病"和"死亡"的声音在她的耳边叫唤着，在墨一样的空间现出了相如的苍白的脸，立刻有另一个可怕的念头占据了她的全部思想，相如的病像一重铁墙挡住了她的去路。她绝望地回到房里，倒在床上哭了。

雨是不断地下着，文君的泪也是不断地流着，在平常，相如会安慰她，他将要用热烈的吻来吻遍她的泪痕被满的脸，用温暖的嘴唇来接受她一滴滴落下来的泪珠，用最温柔的情话来抚慰她的内心的悲哀，她会立刻重新欢乐起来。但是现在，只有让她自己尽量地哭了。她开始感觉到她不能一天离开她的爱人，不，即使是一个瞬间。他们两个灵魂早已被融合在一起了，不能再分开，

茂陵的雨夜

他们已经不是两个人了,而是一个整个的生命了。真的,他们从临邛一起逃出来之后,从没有一天离开过;但是现在,可怕的病终于要使他们分离了。

最近两三个月以来,素来不大强健的相如更是一天一天地消瘦下去;饮食减少,睡眠不安,精神渐渐萎靡了;只有感觉格外地敏锐,神经格外地兴奋。这情形使得文君耽心,虽然他自己不当一回事,在一个多月以前,相如终于听从了她的劝告,请医生诊视了。但是医生的诊断仿佛是宣布他们的死刑,短短的几句话将他们的美丽的梦破坏了。他说:"这是一种并不轻的症候,叫做消渴病,要希望它好起来,必须慢慢地静养,最好过一种绝对的禁欲生活,连心理的激动和神经的兴奋都要设法避免。"于是他们的光明的生活上笼罩了一层可怕的阴影,他们开始计划着过一种恬淡平静的生活,在这种生活中慢慢去恢复他的健康。但是他们所决定的种种生活的方式和订下的许多条约,都很容易地被相如破坏了;在他的不可抑制的热情激荡中,文君也失去了坚持的勇气。就这样,他们又在热狂的生活中过了半个多月。最后,还是文君下了决心,打算暂时离开她的爱人,独自搬到西院的预备有客来住的屋子里去。这个提议当时被相如坚决地反对了。但是经她反复地婉转地劝告,用了诚恳的声音和纯洁的眼泪,在这种情形之下,相如终于屈服了。但是与其说他是听从了她的根据利害的有理的劝告,倒不如说他是被这女人的真纯的爱情和伟大的精神所感动,一方面为她的坚强的意志和娇贵的性格所征服来得更恰当些。

当时相如虽然允许了文君的要求,但是却迁延着日期,今天推明天,晨早推夜晚,竭力地不让她离开。当文君每次鼓起勇气预备离开他的时候，一看到相如流着泪跪在她的脚下，温柔而有力的手臂环抱着她的腿，吻着她的长裙的边缘，一对明亮的眼睛里闪动着希望和疑惧所混合的光，用了充满热情的声音颤抖地说："文，你不要离开我！"她的勇气就完全消灭了。她用爱怜的眼光注视他的苍白的脸，用温柔的手指轻轻地抚摩着他的头发，眼泪一滴一滴地落在他的头发上、手臂上，感动地说："长卿，你起来，我不离开你了！"接着是一个窒息的长吻和一个热烈的拥抱将他们联系起来，两颗剧烈跳动着的心早又融化在一起，不能分开了。

这样的冲突和矛盾，不知道反复地演了多少次；文君用了最后的努力，将清明的理智克服了激动的感情，终于在这样一个雨夜悄悄地离开了她的爱人，独自走进了这坟墓似的空屋子里来。

过度的流泪使得文君的头脑昏涨，她回想到这月馀的内心冲突使她感到的精神上的苦痛，种种恐惧、忧愁、欢乐、悔恨、热狂、颓废，笑和泪交错着的复杂的感情，使她眩惑了。不断的激动和过分的兴奋，使得她这样一个需要强烈刺激的人也感到十分疲倦了。现在，她的内心争斗已经告了一个结束，正好有一个暂时的安息。然而，空虚又给了她更深的苦痛。烦闷像一条毒蛇紧紧地缠住她的灵魂，在慢慢地啮她的心。她在一种可怕的磨折下挣扎着，忍受着。她想她应当忍受一切不能忍受的事，为了她的爱人。她相信隔离是对于相如有益的，不但为了他的健康，同时为了他的事业，也最好不要和他太亲近，那是会妨害他的。相如不是因为陪着她而懒问世事吗？不是因为看她而不看书吗？不是因为和她谈话而不写文章吗？这是不可讳言的事实。他有非常的才能，能够创立他的功业；他更有伟大的天才，能够使他成为一个一代的或千古的文人，她不应该妨害他这一切，应该帮助他完成他的事业；虽然她自己只是一个崇仰感情、需要真实的生活而追求完美的理想的人，她看不起社会上的一切道德、法律，她更轻视那些功名、富贵、荣誉。不过她知道一般男性都重视这一切，对于这一切价值的估定往往超过他们的爱情。虽然相如是个尊重爱情的人，但是究竟是男子，所以她觉得让他注意一点事业也好。这种思想是她平常所没有的，即使有时看到相如的颓废而玩笑地提起，也从没有正经地想过一想。但是今夜为了要增添坚持她的主张的力量，在动摇的感情中作一种有力的保障，不得不在这苦痛的隔离中找出许多充分的理由来维持她的信心，于是这附带的原因也就有了它相当的严重性。这样想的时候，她决定以更大的勇气来完成她的志愿。激动的感情渐渐地隐逝了，刚毅的意志重又抬头，一丝骄傲的微笑从泪光溶溶中现出来。

文君决定了怎样处置这当前的事件之后，她竭力强制地把思想从相如的身上移开，她只注意到怎样消遣这寂寞而悠长的夜晚。她重新燃起绛烛，眼光从壁上移到地上，蜀锦的地衣的中央静静地躺着她的"绿绮琴"。她想弹琴倒是一个最好的消遣方法，就走过去，坐下来，开始预备弹琴。但是她的手刚碰到琴弦，就像触着什么可怕的毒虫一样立刻缩了回来。她怕这深夜的琴声会随风飘荡到相如的耳中，扰乱他的安静。于是又无可奈何地放了手不弹，只坐着对了琴发怔。因为看着琴，所以关于琴的一切也就想了起来。她记起了第一次听到相如弹那支《凤求凰》曲，在琴弦上激荡着生命的热情，每个音节的起伏是怎样地震撼她的心，那是她永远不会忘记的第一次的灵的颤动。

从琴想到《凤求凰》曲，想到第一次的灵的颤动，文君再也不能不想到相如了。

这时候相如在做些什么呢？是潇潇的秋雨在伴着他的读书声么？是一盏孤灯在照着他作赋么？是氤氲的药烟绕着他的冥想么？是丁冬的琴声带来他的回忆么？他果真能好好地在静养他的病么？谁在他的榻旁轻轻地替他煮茶呢？谁在他的身边静静地看他睡觉呢？谁能照料他的身体？谁又能安慰他的精神呢？不错，有许多仆人在服侍他，但是他们能够好好地伺候得他如意么？即使能用心服侍他，又能解除他内心的烦闷么？他的病会慢慢地减轻，身体会渐渐地恢复么？不，决不！他一定是孤零零地独自躺在病榻上想着她，说不定是在幽咽地流泪，还是在疯狂地痛哭？寂寞的烦闷和相思的苦痛只会扰乱他的心情，刺激他的精神，他的病决不会减轻，而且会因此加重。那么，她这次的和他隔离究竟是为的什么呢？她让他一个人在生病，在想她，在痛苦，而不给他一些安慰；在这样一个雨夜，让他孤独地睡在病榻上流泪，连看都不去看他，这该是一件最残酷的事吧？

这样想着的文君，她的心再也不能安静了。她对于自己的苦痛，还可以忍耐下去，只要这忍耐是对于她的爱人有益的。可是一想到她的爱人的苦痛时，她无论如何不能忍耐了。她做梦一样地忽然站起身来，不顾一切地狂奔出去，穿过黑暗的回廊，跑到院子里，冰凉的大雨打在她的薄绸的夹衣上，立刻全湿透了。四围的冷气紧紧地逼住她，使她发抖，心里倒渐渐地清醒过来，她所认为经过了许久的冲突而得到的合理的判断重又占据了她的意识，使她停止了前进，惘然站在大雨里。接连不断的雨点打在她的身上，冰冷的湿衣紧贴着她的如脂的肌肤，使她感到一种非常的难受，她才发觉自己是站在雨里，于是慢慢地拖着沉重的脚步走回房间。

当文君重回到房里的时候，简直不知道怎样才好；她想究竟还是不去看相如会对于他的病更有益些。她决定从现在起不再让她的信心动摇，无论反对的理由是如何充足；她将要盲目地服从这铁一样的信念，因为她的头脑已经完全昏乱，再没有思索的能力了。

文君在迷惘中换去了被雨淋湿的衣服，坐在锦绣的裀垫上，斜倚着燃烧着珍异的名香的薰炉，半闭着眼睛，默默地不动，竭力地使她的快要爆发的情绪宁静下来。她向自己投了一个讥刺的笑，她不信一向刚强的自己竟会变到这样的脆弱。她想到从前由那颤动的琴弦将她和相如的两颗心联系在一起之后，为了爱，她不顾顽固的老父的叱骂，轻薄的昆弟的耻笑，戚友的讥嘲，乡里的鄙视，社会的攻击，毅然地在一个没有月亮的黑夜，和她的爱人私奔，不用一点踌躇；后来跟相如过着穷困的日子，辛苦地操作，并没有一些悔怨；在临邛开酒店的时候，为了两个人的生活，共同地工作着，自己抛头露面地受一些酒客们的眼光和微笑中的轻薄，只拿傲然的态度对付他们，心里也很坦然。至于家庭与社会起始的那种侮辱和后来的那种谄媚，只使她发出一声轻蔑的笑；一些人生丑恶的阴影并不曾扰乱过她的光明的心。以前她对于一切事件的判决是怎样地刚毅，果断，但是现在却变成这样优柔，怯弱了；她不由地对于自己的动摇的意志起了一种反感。

夜渐渐地深了，风由窗纸的破洞里钻进来，很带一些寒意，使文君穿着薄绸的夹衣的身体感到冷了。于是一个思想立刻又扰乱了她暂时的平静。

啊！天气冷起来了，相如的衣服都没有给他预备好，怎样办呢？相如的衣服一向都是自己收管的，仆人们也弄不清，没有地方去找的；有病的人，受了凉怎样好呢？

文君想到这一点，心里又忧急起来。她埋怨自己的过分疏忽，为什么不早点想到，在隔离之前叮嘱相如。真的，有许多事应该对他说，有许多话应该对他讲，然而都没有。譬如说，相如有时会过量地喝酒，这是对于病体绝对不宜的，自己不在他的身旁，不能随时阻止，就该预先嘱咐他的。她后悔不该搬过来太匆促了，以致没有将一切都安排妥当。既然有隔离的决心，迟一天半天又有什么要紧呢？但是现在，一切都来不及了。

"他受了凉怎样好呢？喝了酒不会添病吗？"文君不住反复地问自己。

"去吧！到他的身边去照料他的一切吧！"一个恳切的声音推动着她，使她慢慢地站起来，慢慢地走向门边。

"多么脆弱的女人啊！"另一个嘲笑的声音又将她拉了回来。

在雨声中，文君将房门掩上了。

睡在床上的文君，无论如何也睡不着。并且感到种种的不舒适：绣裀是硬的，没有平时的柔软；锦被是冷的，不像平时的温暖，她真想不到西院里的温度是这样低，今夜的天气又这样冷；在空洞洞的被窝里，缺少了一个滚热的胸膛和两只坚强的手臂，她不知道怎样安放她的身体了。她辗转地翻动，感到从来没有过的烦躁。她用两手捧着脸覆在绣着鸳鸯的枕上，低低地喊着相如的名字。她想到相如这时候一定也睡不着，正在想着她，唤着她，等着她去呢。于是她严肃地闭上眼睛，虔诚地祷告着上天，希望他能赐给她的爱人一个很好的安睡。

茂陵的雨夜

经过长时间的翻覆，过度的兴奋和疲劳渐渐地引起了一丝朦胧的睡意，文君闭着眼，一切的印象慢慢地在她的意识里模糊了。忽然，一种意外的声响将她惊醒，睁眼一看，房门开了，相如淋了一身雨走进来。

在有力的爱的拥抱中，一切生和死都失去它的力量了。

（原载《文艺月刊》第 8 卷第 1 期，1936 年 1 月出版）

厓山的风浪

夜愈深了，风浪也愈大了。沉郁的天空像一顶不透气的厚黑布的帐幕罩下来，四围紧密地直垂到海里去。风是疯狂地旋转着，发出锐利的怒啸，卷起许多小浪汇合成一堆堆巨浪，汹涌地抛起来，一个紧接着一个，愈激愈高，愈泻愈急，像一座座的山奔驰过来，随又崩倒下去，裂成一块块岩石的碎片，挟着一股巨大的力量，急迫的气势，向四面打开去，像一个爆炸了的雷霆，发出可怕的震响。这样一层层向外推拥到辽阔无际的远方，打破了下垂的天幕的边沿，成为参错不齐的缺口。接着风势更猛，水势更急，一座座波浪的山又变成一排排连亘不断的山峰倾压过来，山与山之间又形成各种奥邃的暗谷，无底的深渊，湍急的漩涡，同时撞击着，回旋着。整个的海起了凶险的骚扰，仿佛有千万条猛蛟毒龙在翻搅，在搏战，要吞噬一切。各种尖锐的、深沉的、雄浑的、粗犷的、忿躁的、凄厉的声音互相起伏地呼应着，混合成天崩地裂的巨响，宣告了世界终结的恐怖。

在澎湃的风浪中，有一千多只十几丈长、几丈宽的战船靠厓山的西面停泊着，船尾朝里，船首向外，严整地排列成长方形的阵势，船与船之间用铁链连锁起来，旁边又用一团团绳索编绕成的球隔开那因风浪的震撼而起的击碰。船上起了坚固的楼棚，当做城堞。高大的波浪不断地一个追一个地掷过来打着城壁，狂暴地扑击着，忿怒地嘶吼着。几千面幡旗在烈风里纷乱地翻卷，呼呼地响；桅杆上的绳索也跟着发出恐怖的颤动；风灯不住地左右摇摆着，黯淡的火焰似乎受了风力的压迫，不敢吐出它的光辉，凝成了一点点幽绿的磷火，在战抖。

在船楼的一角，正站着大宋元帅张世杰，他夜不解甲地巡视了船阵一周之后，严肃地站在船楼上，对着黑茫茫的海天瞭望，他的思想正像汹涌的波涛一样地激荡着。

无数个兵士的苍白的疲劳的脸像鬼影一样地在他的眼前出现，不住地乱晃；他的耳边还在响着呕吐的声音，那是一种生和死的挣扎的呼号。突然一个恐怖的思想抓住他整个的心，使他全身震栗了。

"这一次一切都完了，大宋就要灭亡，中原就要永远沦为异族的了！"像有无数的魔鬼在他的周围向他狞笑，对着他宣告这可怕的凶兆。立刻灭亡的悲惨像一把尖刀穿过他的心，他的心痛得要爆裂了。希望的毁灭使他愤怒，使他疯狂，燃烧的热情煎熬着他的肺腑，黑黑的脸上紧张地泛出了红色，威棱有神的眼睛里射出火一样的光芒，他紧紧地握着粗壮的拳头，用尽了全生命的力量从心底喊出"不能"两个字来。

是的，他不能让整个的国家被敌人来统治，千万个黄帝的子孙受异族的蹂躏，多少壮士的热血白流，多少忠臣义士的牺牲没有代价，这几年来困苦的奋斗没有成绩。不能，决不能的。他要继续抵抗，从艰难之中去复兴他的国家，他的民族，直到流尽他的最后的一滴血。

在时局万分危急的德祐元年，他出兵勤王的时候，就下了舍身报国的决心，负起复兴民族的责任。从那时一直到现在厓山的被围，这中间是发生过无数次的血战，经过多少次的凄惨的失败，多少次的仓皇的奔窜，但是他始终没有丧失他的勇气，改变他的志愿，他的精神永远是那样兴奋，一个新的希望激动着他，他是怎样地用整个的生命和热情来领导这神圣的光荣的民族战争啊！他坚决地相信他们有一天会靠着这斗争的力量恢复他们的国家，像一个热忱的信徒对于宗教信仰的虔诚。不论这工作是怎样地艰难，时期是怎样地辽远，但是总会有来到的一天，只要他们的精神不死。

然而，最近的情形不能不使他忧虑了。逆贼张宏范率领着全国的军队来包围这一无外援的仅存的厓山，又分派精兵据守海口，断绝了他们的粮道和汲路。他的兵士们已经吃了十几天的干粮，喝着海水；海水太咸了，一喝下去就又是吐又是泻，立刻显得非常地困顿了。在这非常困顿中，早晚和迫击他们的敌人拼命地作战，眼看是不能支持了。于是，一些苍白的面影，呕吐的声音时时来扰乱他的坚定的心，使他感觉到希望的幻灭，信仰的动摇，包围着他的只剩下无边的恐怖。

他伸了伸挺直的腰，粗壮的手不住地抚摩着腰间的佩剑，在深深地沉思。他求助地转动他的深黑的、发光的眼睛，向四围搜求，想找出一件东西能将他救出这恐怖的氛围，但是整个占据这浩茫无际的海面的只是一片黑暗。

厓山的风浪

他继续地沉默着，沉默着，高大的身躯屹然不动地站在夜的黑影里，像一座庄严的石像。在这长夜的岑寂里，只有风浪不住地怒吼着，像要用它的暴力来毁灭一切。更鼓的声音也显得分外地凄凉，在咚咚的声调里震荡着整个民族的悲怆的情绪。在幽暗的桅灯的微光下，远远地有一些明亮的火把在移动，接着隐约地传来了整齐的步伐的节奏，那是守夜的兵士们在进行防御和巡察的工作。忽然有一线光明的希望在整个的黑暗里闪动，使他的凝冻了的血液重新沸腾起来。

这些兵士们都是和他抱着同一的志愿，同一的希望，在同一的阵线上奋斗的。在他们的中间有些是他旧日的部属，有些是随时添补的，有些是从别的地方来归附的，也有些是有组织的义民自动参加的，他们的来处虽然各自不同，但是有着他们共同的目标。他们一致热烈地拥戴他来领导这光荣的抗争，愿意在他的命令下去共同完成复兴民族的责任。他率领他们经过多少次的战斗，拿自己的血肉去抵抗敌人的刀枪，有些人是牺牲了，有些人受了伤，也有些人从死亡的边沿上逃回来重新再踏上第二次的战场。他们受过许多残酷的辛苦，遭过许多绝望的挫折，但是始终没有减少过丝毫抗斗的勇气。每当他慷慨誓师的时候，他们总是感动得流着泪；因为他们是和他一样地眼看着国家的灭亡，身受着种种亡国的惨痛。许多悲惨的记忆像用尖刀刻在他们的心上，愤怒的血在每一根血管里沸腾着；所以当他振臂一呼的时候，立刻全军响应了。激昂的情绪表现出民族精神的伟大，使他相信大宋是决不会灭亡，复兴的一天不久就会来到。

他望着这群巡夜的兵士的影子在移动，一个新的希望又在他的心上滋长了。他回过头来望望映在船板上的自己的修伟的影子，感到一些轻微的内愧，在他们的伟大的精神前面，自己是显得渺小了。他奇怪自己今夜怎样会变得这样怯弱，他觉得应当立刻振作起来，拿出最大的勇气来领导这神圣的光荣的民族战争，决定最后的胜败。

风浪渐渐地平静下去，在天与海的接界的地方渐渐地露出了一线曙光，他整了整身上的盔甲，黑黑的长方形的脸上又恢复了原来的镇静，眼睛里露出了坚决的光，用急促的步子回到中军，准备着去指挥一天将要开始的战争。

在阴暗的早晨展开了险恶的战争，蒙古军的大队战船趁着奔流的海浪向宋军的北面拼命地进攻，立刻杀喊的声音和风浪的激荡混成了一片疯狂的呼号，兵士们像怒狮一样地舒展出他们的威暴，锐利的枪矛只拣有血肉的地方乱刺，跟着是一股股鲜血直冒出来，向四面迸溅，雪白的浪花翻卷着鲜红的血，挟着一阵阵的腥臭汹涌着。被刀砍下的人头，已断的手臂，残坏的大腿，整个的尸体接连纷乱地向海中抛去，几个波浪一来，就不知道被卷到什么地方去，看不见一点痕迹了。

敌人的军队愈来愈多，大大小小的战船随着急流的波浪一层层地倾压过来，将宋军的北面重重叠叠地围住，疲病的宋兵被这样多的生力军不断地围攻，实在是无力抵抗了。但是他们的勇敢的张世杰元帅正用了他整个的生命的力量激昂地在中军指挥一切，一种爱国的热情鼓励着他们，每一个人为了民族的光荣，抱着死的决心来和敌人战斗，拼命地抵抗着。这样过了整个的上午，宋兵已经感到异常的疲劳，仿佛不用敌人来刺杀，自己就会倒下去死一样。靠着一点民族的热情在支持着他们的将断的生命，用了

崖山的风浪

极大的努力作最后的挣扎。

忽然午潮涨了起来，敌军在潮水的震撼中暂时停止了攻击，在军中奏起乐来。正在支持不住的宋兵以为已经松懈，立刻如释重负地扔下他们的刀枪，散开去休息。不料张宏范亲自率领大军来攻南面，立刻北面响应，宋军两面同时受凶猛的攻击，兵士们没有准备，疲乏的身体也不能再战了。敌军早在他们的慌乱中冲破了他们的阵线，纷纷地跳上了他们的战船，快意地屠杀这些失去了抵抗力的兵士。宋兵还试用他们最后的力量继续地拼着命，但是无论如何也抵挡不住像潮水一样涌上来的蒙古兵。他们的心开始慌乱起来，整个的队伍发生了动摇。

在这混乱的局面下，张世杰还是用他的全副精神继续地指挥着。但是这时候整个的军队已散乱到了不可收拾的地步，他的指挥也失去了效用。他感到完全绝望了，他知道立刻就会全军覆没，一切都完了。他竭力地忍耐住要爆炸的悲痛和愤怒，镇定地计划着应付目前的危险的方法。他为了皇帝的安全，为了复兴的基础起见，想保留一部分实力，等以后再慢慢地设法恢复。于是他发一个号令抽调精锐的军队到里面来，集中力量来加紧地守卫中军。谁知这样一来，人心格外地摇动，那已经散乱的军队立刻整个地崩溃了。敌军趁势冲进来迫击中军，眼看已经到了最危险的一刻。

将到傍晚的时候，天色格外地显得阴惨，一片片像岛屿一样的云堆，也更加浓暗起来；在一个巨大的云堆里又忽然分裂成无数的碎块，被风赶着在黯淡的天空里飞奔，像一块块毡布在迅速地移动；有时它们又在半途汇合成为一幅幅厚幔，风将它们在铅色的天上忽然盖住，忽然拉开。风在一刻一刻地猛烈起来，这些或大或小的灰暗的云块也加速地奔驰，互相击撞着，最后，终于联合成一顶深灰的帐幕，整个地笼罩下来，盖暗了一切，天上只留下一些细碎的铅色的裂缝，濛濛的细雨就从这些裂缝里洒下来。渐渐地迷漫着，迷漫着，从天空到海面，又向四围扩张开去，一直到天的尽头，海的边沿，变成了一片白茫茫的昏雾。

雾慢慢地浓厚起来，一切逐渐地在眼前消失了。几千只宏大的战船都只能看见一些模糊的轮廓，渐渐连这些轮廓都辨认不出了。杀喊的声音也渐渐地消失在这潮润的重滞的空气里。白茫茫的大海变成了一片空漠，恐怖是没有边际的。

正站在危险的尖端的张世杰，也惊惶地失去了向来的镇静，只悲痛地、绝望地等待着死亡来到的一刻。浓厚的昏雾渐渐地将他们和危险隔开，在一尺以外就看不见东西的大雾里，猛烈的战斗也变成缓滞而停顿了。他在万分急迫中凝神地深思着。

他十分清楚地知道再这样延长一刻，他们灭亡的时候就到了。他带领着这些剩下的精兵和厓山同归于尽是毫无利益的，反而从此断送了整个的中国，再没有复兴的希望了。他们的灭亡，就是整个中国的灭亡；他要保全中国，就要先保全他们这一群的力量。他应当趁着这昏暗的浓雾率领他的军队从死亡中冲出去，向别处驻扎，然后再号召军民，整顿队伍来进行恢复中原的工作。那末中国可以不亡，复兴也可以有希望了。

计划决定之后，他又有了新的希望，新的力量，新的生命了。他飞快地派遣亲信的勇将驾着小船去迎接帝昺和丞相陆秀夫来会合，一面下令命兵士们迅速地作冲阵的准备。一根细丝的希望系住了他们全体的生命，在紧张地期待着一个新的局面的创造。

丞相陆秀夫侍奉皇帝在中间的大船上，时时刻刻用紧张的情

厓山的风浪

绪在舵楼上瞭望外面战争的形势。在这战争的开始，险恶的场面就给了他一个可怕的预兆，感到一切都要在今天结束；眼看着自己千辛万苦建立的基础在面前毁灭，他不能忍受这种残酷的悲痛。

他想起自己因为不甘心做亡国奴，从已失陷的临安出来，在随处可以发生危险的路途中追赶上逃奔的二王，和张世杰、陈宜中一同奉立益王，在困苦的上面建立了新的希望和力量，这并不是一件容易的工作。这中间费过多少的惨淡经营，经过多少的流离颠沛，才奠定了立国的基础，而从这基础上来完成复兴民族的伟大工程。在这一点基础上，他曾生出过多少新鲜的希望、光荣的憧憬、热烈的情绪和崇高的精神。它激发自己在艰苦中奋斗，在患难中努力；为了它，他才保存了自己的生命；也是为了它，才又拼了生命去换取成功。他是怎样地在一次失败后又准备着第二次的奋斗，一处失陷后又向别处迁都，益王死后又奉立卫王，从倾覆的局面下重行安定这动摇的基础。可是现在，这流着一滴滴汗、一滴滴血、一滴滴泪，用自己的手建筑起来的基础立刻就要毁灭了，那安放在上面的一切希望也跟着完全破碎了。什么都是白费的，一切都完了。

希望的幻灭使他体味到死的悲哀，一阵刻骨的酸楚钻进他的心，忍不住的痛泪像潮水一样地涌出来。

战争是愈来愈剧烈，胜败的形势也更加显然，他感觉到灭亡的时候也愈来愈近了。他不敢想像他们将会有怎样的结局，一些悲惨的记忆使他害怕了。

为了保存社稷的安全，延长种族的生命，在蒙古兵进迫临安的时候，他曾经忍着耻辱负了重大的使命到蒙古军中去求和。他忍受着一个亡国的臣民应受的侮辱，违反自己的意志，用卑恭的言辞代替了愤怒的叱骂，谦和的笑容代替了悲痛的号哭，去向他所憎恨的敌人请求那可耻的矜怜。他让那些侮慢的眼光中的针刺和轻蔑的微笑中的尖刀戳伤他的心，羞辱给了他比死更大的痛苦。

他又曾眼看着他们国家的领袖做了敌人的奴隶，驯顺地受着种种的凌辱，像囚犯一样被凶暴的北兵解押了去。亡国的耻辱又给了他永远不能磨灭的创伤。

想着过去的耻辱，悲愤的火在他的心里焚烧着，为了不愿意表现一个国家的羞耻，一个民族的屈辱，在他的面前是只有死的一条路了。

死，并不是他害怕的，然而也正是他最害怕的；他并不悲伤自己的死，或是他们这一群的死，而是悲伤着整个中国的灭亡。他们是恢复中国的基础，反抗敌人的先锋，有他们存在，才能激发人民的热情，领导人民的斗争，使这有几千年文化的汉族不致在异族的践踏下轻易地灭亡。整个的国土已经被敌人拿去，只剩下这仅有的厓山几县；全国的官吏和军民都投降或屈服了，只剩下他们这一群人；他们即使不能完全恢复中原，到底留下几处属于中国的土地，一群自由的汉族的人民，使全国的人永远不忘记他们的国家，他们的民族，好继续他们的战斗。倘使他们一死，就一切都完了。他不愿意死，但是眼前的情形除了死没有别的路，这不能不使他的心像煎熬一样地绞痛了。

敌军早已冲破了他们的阵线，中军已受着急迫的攻击，将近覆没了。危险终于毫不肯延缓地来到。

一班官吏和卫队们都慌乱起来，有的愤怒地叫喊，有的悲伤地流泪，也有的惊惶地发怔，都在绝望里和死亡挣扎着。看到他们的受苦，他的心里更加难受起来。

整个的海被大雾弥漫着，他的为过分的悲痛所扰乱的思想沉没在大雾里渐渐地昏迷了。

在迷雾的掩护下，意外的援救来到了，那是张世杰元帅派来的迎接他们出险的小船。

一种绝处逢生的欢喜充满了他的心，立刻使他兴奋起来。他准备侍奉帝昺动身的时候，一个突然的疑虑阻止了他。

这船是不是张世杰派来的呢？也许是敌人来诱骗的吧？这一去，不是自己送到虎口里吗？不然，也许是张世杰的部下派来的，要想卖主求荣的呢？张世杰本人的忠心是绝对不能怀疑的，可是他的部下就难说了。况且，在这乱军之中，张世杰的存亡是不可知的。倘使被骗到敌人手里怎么办呢？

这样疑虑的时候，又不能不踌躇了。想到难堪的被掳的耻辱，他是不愿意冒这超过于死亡的危险的。

但是，这船果然是张世杰派来的呢？倘使他们能一同从灭亡的危险中跑出去，整顿残败的军队，重新奠定这已经倾覆的国家，再接再厉地继续复兴中国的工作，这不是最有意义的事吗？

新的希望只一闪就过去了，疑虑却在心上固执地生了根。一切过去的羞辱又回到他的记忆里来，加强了他的宁死不能再受辱的决心。

并且自己的阵线里早已四面散布了敌兵，从这大船上到张世杰那面就有危险性，谁又能保证不会半途被掳呢？至于冲出阵外许多层的重围，那是一件差不多不可能的事，被害或被执都在意料中。

想到这一层的时候，他是坚决地拒绝来使了。

为了民族的地位，为了国家的名誉，为了自己的节操，他决心同帝昺一起死；因为皇帝是国家的领袖，自己是国家的重要的官员，一举一动都关系到整个国家、整个民族的荣辱，万不能受敌人屈辱，损害国体的尊严，消灭人民的热望。死虽然是消极的毁灭，但比起屈辱来终久是反抗，可以永远留下一种反抗的精神给后来的人民。

这样想的时候，他的凄苦的心情重又激昂起来，他感觉到他们为了中国，为了责任去死，是一个光荣的死。

时间是迫不及待的，横在他面前的是白茫茫的雾中的大海，是黑沉沉的死的深渊。

他正要去见帝昺请求殉难的时候，忽然想起他的家来。他的妻子儿女都随在军中的，他又怎能让他们受辱呢？于是他立刻回到后面舱中找到他的妻子、两个儿子和一个女儿。

他们正在惊慌着，那十五岁的少女害怕得靠在母亲的怀里哭起来，母亲一面怜爱地抚慰着怀里的女儿，一面悲伤地流着泪，对着正在旁边劝慰的大儿子焦急地连问着：

"怎样好呢？怎样好呢？"声音是在战抖着。

另外一个十一岁的孩子站在旁边惊诧地发怔。

一看见他走进舱来，他们像得到了意外的援救，惊喜地叫着：

"爹爹回来了！"

"现在情形怎样了？"他们一齐跑到他的面前，带着万分渴望的神情想得到一个好消息。

他望望他们，忍不住伤心起来；立刻感到自己的残忍。他怎样能让他的最亲爱的人们活活地去死呢？

妻永远是那样温柔，那样体贴，那样深深地爱着他啊！他为了国家过着流离奔窜的生活，使她受苦，使她憔悴，她从来没有

崖山的风浪

怨言，反而时时安慰他的劳苦，解除他的忧闷。从结婚到现在，他一直为着国事奔忙，很少时间给她一些抚爱，甚至现在反而要来逼她死了。

他望着憔悴的妻，深深地感动了。他紧紧地握着她的手，咬着下唇，忍住了将流出的热泪，说不出一句话来。

他的眼光又从妻的身上转到儿女的身上。正直文雅的青年，天真美丽的少女，活泼可爱的孩子，这自己用心血培养起来的可爱的一群啊！难道眼看着他们灭亡吗？

他的心一酸，眼泪终于流了出来。

他们爱他，他爱他们，他们应当好好地在一起生活，永不分离。他不能将他们抛弃啊！

一种深切的、缠绵的、真挚的从人类本性发出的夫妇的情好和父子的慈爱超过了他的理智，使他对于原来的计划踌躇了。

但是险恶的环境逼迫着他，使他不能再想出别的方法。整个的中国都要灭亡了，他们是无法再活下去的，此刻不死，等敌军来了，就会受着比死更可怕的耻辱。这不仅是几个人的耻辱，而是关系整个中国的耻辱。

想到国家，立刻一种崇高的情绪激动了他，重又激昂地说：

"事情是毫无挽救的了！蒙古兵立刻就会来，我预备叫你们……"

没有等他说完，他们立刻有的抱着他的身体，有的牵着他的手，有的拉着他的战袍，一齐悲惨地哭起来。一种生命的挣扎的悲哀哽住了他下面的话，这些哭声打碎了他的心。但是时间的急迫不容他再踌躇，立刻挣脱了他们的包围，疯狂地叫道：

"不要哭！我要你们立刻去死！"他说出这两句话，所有的勇气已经消失,又搀抱着他们在一起痛哭了。

死,在他们意料中而又意外地由他说出,他们本能地恐叫起来。

"快跳到海里去,留一个清白的身体吧!现在不死,等蒙古兵一来就晚了。"他忍住泪,定一定神,悲怆地对他们说。

青年的儿子带着一种崇高的神情严肃地说:

"国家要我们死,爹爹要我们死,我们是应当死的。"

"我们情愿死,也不愿意受蒙古兵的污辱!"女儿绝望地流着泪。

"爹爹,我不愿意死!我要活着看我们的兵士和敌人打仗呢!"孩子拉着他急得跳脚。

"我们死,你怎样呢?只要你能走出这危险的地方,我们死也安心啊!"妻跑过来抱着他哭了。

"你们……你们……"他的心像在被刀割着,他不知道说什么好了。

隔着浓雾隐约地由远处传来一些呼喊的声音,使他在昏迷中清醒过来;他知道时间不再等他,还有大事等着他去做。他不再看他们一眼,听他们一句话,只咬着牙、横着心赶他们到船头上。

"快下去!快下去!"他用双手掩着脸,接连催促着,因为他知道只要再延迟一刻,他的勇气就会消失了。

等他在哭声中听到接连的几个扑通声响之后,放下手来,只在朦胧的大雾里看到一些浪花的泡沫,什么都没有了。

他的身体倒在船舷上,眼前一片黑,几乎失去知觉了。但是在昏迷中他还清楚地记得他没有做完的事,又撑持着站起来,向帝昺的舱中走去。

"国事已经不可挽救了,陛下应当为国家死,德祐皇帝已经受辱，陛下决不能再受辱了！"他匍伏在帝昺的座下流着泪说。

九岁的帝昺镇定地说：

"张将军会来帮助我们的。"

"张将军生死不知，陛下赶快随着臣去吧！"说着他就负起帝昺在他的肩背上，他感到他的肩背上不是负着一个皇帝，而是负着整个国家的责任。他悲痛地走出舱去，许多随从的官员和卫队都像送丧一样地嚎啕痛哭着跟在后面。

"丞相，我们到什么地方去呢？"帝昺惊慌地问。

"陛下，我们追随我们的列祖列宗去！为国家死是光荣的！"

"死？为国家死！是的，这是丞相和张将军常常告诉我的。但是，母后在什么地方呢？我要她呀！"帝昺在背上哭起来了。

"陛下，安静一点吧！想着国家吧！"他也哭了。

"厓山的百姓不是在等着我们打了胜仗回去吗？我要等着回去看他们，我不要死啊！"帝昺在他的背上挣扎着。

"蒙古兵就要来了，不死，会被掳去的。"

想到蒙古兵的可怕，帝昺感到就会被他们掳去的恐慌，立刻紧紧地伏在陆丞相的背上，不再说话了。

他负起帝昺走到船头，各种的情绪乱杂地在他的心里混合成一种不能分辨的滋味，一种伟大的热情和信仰的力量推动着他，使他坚决地、镇静地履行他向来的志愿。他紧紧地负抱着帝昺敏捷地向那大雾笼罩着的灰色的海跳去，在帝昺的一声惊叫的馀音里淹没了他们，只剩下迸溅的浪花和群臣的哀哭。

海陵山下面舶着一些不整齐的战船，从厓山的惨败中陆续地逃出来的将士们都在这里集会，他们正在商量着此后的计划。

元帅张世杰站在船头上,高高地举起带着创伤的手臂,用他已经嘶哑了的声音,激昂地对兵士们说:

"我们是失败了,我们的仇人夺去了我们的厓山,害死了我们的主上,覆没了我们的军队,预备一统天下了。可是我们还活着,还没有被他们杀完,我们还是要继续战斗!有我们存在的一天,就是对他们反抗的一天,他们征服了我们的土地,但是征服不了我们的人心。我们不能让外邦来统治中国,让胡人来灭亡汉族,这是我们自始至终要反抗的一点。蒙古侵略我们,是我们的仇人;张宏范这班逆贼们帮着外族来征灭自己的国家,残害自己的人民,是我们仇人中的仇人。我们不但要向他们反抗,并且要向他们复仇!我们现在集合起来还有一些军队,我们还要继续地作战,哪怕到最后一个人,还是向敌人反抗的,到最后一滴血,还是为中国流的。他们即使杀尽我们这一群人,也杀不尽全中国的人民,我们要留给他们一种反抗的精神,故国的怀念;只要人心不死,不论远近,中国总有一天会恢复的。为了中国,为了汉族,我们是应当不断地奋斗,全国的人民的希望都寄托在我们的身上,我们决不能让他们失望!我们不爱惜我们的生命,但是要尊重我们的责任!"

他愈说愈兴奋,涨红了的面颊上早已流满了眼泪;手臂因为过分地挥动,创口裂了开来,血往外流,渗透了他的战袍;他竭力地提高了他的干燥的声音继续地说:

"现在我已和将领们商议定到广州去整顿一切,一面另求赵氏的贤明的亲族为主,一面训练现有的军队,再召募各处的义勇的军民,对敌人开战。但是我们只靠着一点赤心不顾一切地去做,成败是不可知的。凡是愿意为国家效死的都随我去,不愿意去的,

厓山的风浪　　197

就各自散开吧！"

"我们愿意为中国死，为元帅死！一齐去，一齐去！"被感动的兵士们暴雷一样地叫起来，声音里充满了真纯的热情。

带着激昂的情绪，在雄壮的鼓角节拍中，他们的战船开始向广州出发了。

太阳渐渐地向海面下落，光线也变得黯淡；深蓝的天空慢慢地转成灰色，急迫的暴风翻天倒海地刮起来。它挟着具有巨大破坏力量的波浪来攻打、追逐、掩盖、吞没这些残旧的战船，每一个涌起的水峰将它们高高地抛上去，随后又极快地落下深凹的漩涡，船身剧烈地颠簸起来。船上的人格外小心地把着舵，用着尽可能的速力驾驶着，希望逃出这可怕的海浪的吞噬；但是在它们逃出第一个波浪的时候，第二个波浪早又追上了它们，并且开始吞没它们了。风的暴力又阻挠着它们的进行的路线，使它们在波浪的中间不住地旋转、倾侧，船和人都更厉害地震动起来。

张世杰和他的将士都着了急，他们害怕船会沉没在这大风浪里。这些船上载着一群人的生命，同时载着整个中国的生命；船一倾覆，就一起都沉没了。他们知道这一点，所以他们用心地驾驶着，拼命地和狂暴的风浪搏战。

但是风却愈来愈猛，更多的水峰接连地来包围它们，掩盖它们。受到一切暴力的威胁，船开始露出了坏的现象。

尖锐的呼声为风浪所掩没，有一些船已经在开始沉沦了。

张世杰还在和惊风骇浪挣扎着，船身剧烈的震摇使他昏沉，在一切纷乱的骚动中他只知道从灭亡中求生存，他不愿意中国和他一起沉沦；这破坏的船正表明了中国的危险，他要拼命地救起它来，但是任何方法也没有，船已经渗进了水，开始往海底沉下去。他和一些兵士们一同爬上舵楼的顶，眼看着另外的船有的沉没，有的被风卷得不知去向，他知道自己灭亡的时间已经逼近，整个的中国也这样随着他灭亡了。愤怒塞住他的胸口，他暴躁地向着兵士们叫道：

"我们就这样沉没了吗？我们要活着，要为中国活着啊！什么人毁灭中国的？蒙古人，卖国贼，我们永远恨着他们啊！仇恨的根种在每一个人的心上，我们死了，还有其他的人；这一代死了，还有下一代；中国人是杀不完的。只要有中国人存在，总有一天会向敌人复仇的，等着吧！"

海水滔滔地浸入船中，船身慢慢地向下沉；船舱里进了水，船楼也漫水了，接着舵楼也浸在水中；张世杰惊叫了一声，敏捷地挽着绳梯爬上了桅杆，回头再看那舵楼顶上的兵士，早已被一个大浪打下海去了。

"为着中国，我是不能死的啊！"他紧紧地抱着桅杆的上端，这样想。浪花已经开始溅到他的身上，急流奔洗着他的腿脚，他是渐渐地昏迷了。当每一个大浪打着他的身体，麻木的神经受了刺激的一刻，他还模糊地意识着"我们不能让中国沦亡啊！"

桅杆的顶和西边的惨黄的太阳一同沉到海底。

崖山的一切都恢复了平静，险怪的山石间多了一块碑，上面刻着"张宏范灭宋于此"几个斗大的字。崖山的风浪永远在怒吼，响着一个民族的灵魂的呼声。

（原载《文艺月刊》第8卷第3期，1936年3月出版）

马嵬驿

前面不远就是马嵬驿了。

被酷烈的阳光晒热的黄沙路上,一列很长的队伍正在加速他们进行的步伐,很快地抛留在人马的后面一阵阵飞扬的灰尘。

从宫门启程到现在,已经整整的两天一夜了。这样郁热的天气,带着惊慌的心情在崎岖的道路上奔驰,即使是耐劳的兵士们也感到困苦了;但是他们的肩上既放了保卫皇帝的责任,他们的心里又怕着打破潼关的安禄山的骁猛的军队的追袭,就不得不在疲乏中振起精神,加紧赶他们的路程,向着那迢迢的成都进发。扈从的官员们在仓皇中抛弃了他们的安闲的生活,在困苦的旅途中挣扎着,一方面望着那辽远的成都发愁,一方面挂念着长安的宏丽的大厦和一切剩下的东西,对于将来的不可知的局面,更是兢兢地恐惧着;愁苦的容貌不时地在他们的庄严的掩饰下流露出来。从来不出宫门的宫女们,冲着破晓的浓雾,踏着昏夜的冷露赶她们的路程,单是辛苦就使她们流了泪,一种乱离的感觉开始侵入她们无知的心。太监们背着皇帝叹气，不时地咒诅着忘恩的安禄山。在这旅程的进行中，一切的人都愁叹着；同时，在他们自己的愁叹之中，更担心着那高贵尊严的皇帝和贵妃受着平日奢华生活中所梦想不到的困苦，不得不加倍小心地伺候着他们的主人；尤其当他们想到杨贵妃那样花一般娇嫩的人怎样受得起这长途的辛苦时，都感觉到这是一件值得发愁的事。

意外地，在愁眉不展的玄宗皇帝旁边的杨贵妃，从启程到现在，一直是那样镇静，那样安闲，她的那对星一般辉煌、水一般流动的眼珠里，没有射出一点忧愁的光；她的美丽的唇边还留着淡淡的微笑；她的态度依旧是那样高贵；她的举止依旧是那样闲雅；她的神经很兴奋，一种秘密的快乐在她的心里激动着，那就是在这患难中更可以证明玄宗皇帝和她的爱情的价值。

这旅途的辛苦当然是她从来没有受过的。双马驾的雕轮的宝辇，在崎岖不平的黄沙的径道上颠簸着，哪会像在宫廷里的光润的白石砌的大路上行走时的舒适，一点干粮，比起御筵上的奇珍异味又相差多么远；在平常，这种天气，正是在那发光的云母石砌成的池子里的一泓清澈的泉水中洗澡，或是在水阁上乘凉，赏荷花，一些曳着轻绡的长衣的宫女们用冰盘献上各种珍奇的水果的时候，但是现在却在烈日底下赶路，渴了只好喝些凉水；然而，这一切的困苦，在她的心里都不算什么；她只要和她的爱人——玄宗皇帝在一起，快乐和困苦在她看来都是一样的。一切的疲劳和缺乏，只要她的爱人的一句温柔的慰语，或是一个含情的微笑就可以抵销了的。她相信无论怎样艰苦的生活中，只要两个爱人在一起，那就会感到生命的充实。她以为困难中的爱更能显出它的真价值，这次的颠沛流离，正是给他们一个最好的爱的试验，一个最好的爱的保证。

她想起以前的一切：

她在幼年就没有了父母，寄养在她的父亲的朋友曹玄璬家里，过着一种安闲而寂寞的生活。她孤独的幼小的灵魂中从来没有受到过伟大的父母的爱的滋养，但是她的身体渐渐地发育得很完美；到十六七岁的时候，她简直长成了一个美人，虽然还没有完全脱去她的童稚的天真。

她自从认识了自己的青春和美丽的新芽，同时也认识了爱，她像一般少女一样对于前途有着光明的憧憬，热烈的愿望。她常常幻想着将来怎样和一个相爱的漂亮的青年在一起过着美丽而自由的生活，怎样组织一个幸福的家庭，怎样共同地研究一点自己爱好的东西，对于这可爱的世界做一点什么事……这些梦，在她的忧郁的生活上涂了一层虹样的光彩。

但是不久，她的金光的梦就完全毁灭了。在一个阴暗的寒冷的冬天，她被选入了寿王的府邸。

由于思想和性格的关系，她对于皇家的一切是极端地憎嫌。靠了自己的天才和曹玄璬的指导，她读过很多书，她从历史上知道那些帝王都是专横、淫虐、无情的人物，他们可以随意地杀死一个无辜的人，他们可以称心地玩弄许多纯洁的女子，她厌恶他们，咒诅他们。并且，她是欢喜自由的生活，赞美真纯的爱情，对于这种金枷玉锁的樊笼生活和将女子当玩物一样看待的环境感到非常苦痛。

她是在一起选进来的宫嫔之中最得寿王宠爱的一个。但是这种宠爱，在她看来只是一种玩弄，一种侮辱。不错，寿王爱她，但是他同时也爱其馀的妃嫔们；他爱她们像爱他的珍玩、骏马、猎狗没有什么两样,只是陈列在他面前供他一时高兴地玩弄,厌倦地抛弃。她以为她并不是寿王的爱人,只是他的一件珍玩,一个奴隶。至于自己对寿王更说不到什么爱了。寿王年纪很轻,人也很清俊,性格又不横暴,挥霍很豪华,一般妃嫔们都争妍献媚地求得他的宠爱,但是她看不起他,因为他除了声色犬马的享乐外,不知道什么。她在繁弦声里啭着歌喉,在华灯影下飘着舞袖,并不是为自己的高兴,而是为的别人的娱乐。拿自己爱好的技艺供别人的使唤,拿自己完美的肉体供别人的蹂躏,她以为是不可忍受的侮辱。这一切,都和她平日的梦想距离太远了;她在痛苦、失望里生活着,以为一切都完了。

那真是一个值得纪念的日子,也就是她的幸福的生活开始的一天。

她从晶莹的温泉里慢慢地站起来,轻轻地踏上出池的石阶,静静地立着,在白玉石的池边,像一座完美的文石的雕像。她的发髻松松地拖了下来,像丝一样光亮,羽毛一样柔软,遮没了耳朵,在雪白的肌肤上更衬出了它的黑。椭圆形的脸,下部比上部稍微狭一点,但并不瘦削,仍是那样丰润。广阔的上额是那样洁白,那样纯净,发出照人的光辉。两条长长的弯弯的眉,安放在最适宜的地位;下面是一对迷人的眼睛,像星一般辉煌,像水一般流动,又像热情的火焰在燃烧;这里面深深地蕴藏着多少温柔,多少神秘;从这眼光中可以听到多少动情的音乐,读出多少销魂的诗句;它的每一个轻轻的转动,含有颠倒整个的宇宙的力量。在精致的鼻子下,灵活的嘴角衬出厚薄适度的鲜艳的红唇,上面仿佛有许多蜜和香,呈着它的诱惑,在等着情人的舍弃生命的热吻。被一些松散下来的柔发所遮掩的细腻的颈子的两旁微微地向下斜倾，从圆腴的肩头垂下两条鳗鲤般的手臂，在臂后肘的前旁显出两个可爱的小窝，像水纹的漩涡。自肘间充实的肌肉渐渐地在一种不很显著的自然趋势中微微地纤削到腕际，腕骨像一对小花球在右旁隐隐地坟起；下面的肌肉略一收束，接着又放开，两条弯弯的线构成了温柔的手，指尖露着蔷薇色的指甲，像一颗颗发光的宝石嵌在白玉上面。背的肌肉是非常调匀、细致，酥腻的胸部耸起高高的双乳，像两朵白莲的新苞，纤细的腰更衬出臀的丰满。坚致的腹上凹进小小的脐眼，那里面正好嵌进一颗精圆的明珠。再下面是丰腴的腿，圆满的膝，那从腹下到踝骨的两条线是何等停匀，何等柔和，那是要使画家皱眉、雕刻家惊叹的美和力的混合的表现。那娇嫩的双脚，滑润的背从踝骨下渐渐地向前倾斜，五个脚指整齐地排列着，中间没有一点罅缝，也不显一点臃肿；这匀称的式样和柔腻的肌肉，使无论谁见了都会发生想吻一吻或握一下的渴望。它们支持着全身的重量，使整个的身体像石像一样地立着。

浴后的血液在洁白的皮肤下迅速地流动着，更显出肌肉的新鲜红润，像在白石的雕像上罩了一层薄薄的晚霞的光彩，辉耀着眩人的颜色。

她站在石阶上休息了一下，随即走出池来，娇懒地半倚在侍儿们的臂上，让她们用柔软的罗巾替她拂拭去身上的水痕。然后她披上一幅红绡，踏着轻快的、飘逸的步子，走到后殿去理妆。在薄薄的红绡的披裹中，每一个脚步的节奏，引起全身的柔软的线条的波动。雪白的脚踏着青石的路，红绡的长帔拖在身后，像一抹晚霞在碧空里轻轻地移动。然后她远远地回过头来，对着那发呆的玄宗皇帝的贪婪的眼光及一般妃嫔们的嫉妒的颜色掷下一个骄傲的微笑，昂然走了出去。

自从华清赐浴以后，她是深深地被玄宗皇帝眷恋着了。她不再回寿王的府邸，但是因为名分的关系，她被高力士带到内太真宫暂时度女道士的生活，等候着玄宗皇帝的恩宠。这意外的荣幸引起一般妃嫔们的羡慕和嫉妒，大臣们纷纷的议论，可是在她的心里并没有引起过一点任何的激动。在她看来，从寿王的府邸迁入玄宗皇帝的后宫，只不过是货品移动一个地方，奴隶更换一个主人罢了；这不值得惊奇，但也不值得忧虑；她对于玄宗皇帝固然谈不到感情，但对于寿王更说不到留恋。她在势力的压迫下将肉体给了寿王，但是她从来没有给过他一点柔情；在寿王怀抱里的她只是一个躯壳，一具尸体，她从没有让他接近过她的心，她睡在他的身旁却做着另一个世界的梦。她始终保持着灵魂的纯洁，从来没有为荣宠卖过一个笑，为富贵动过一下心。她宝贵她的完美的肉体，但是她更宝贵她的真纯的爱情。她以为无论是王子或皇帝，他们只能用暴力抢去她的躯壳，却不能用全国的财富和尊荣来换得她的爱情。因此，她对于这次因她引起的很大的骚动，并没有受到一点影响；她依旧是那样镇静，那样淡漠，那样傲慢，冷冷地等待着事变的来到。

册立贵妃的那一天，礼节是隆重极了。一班班穿着华美的锦衣的俊雅的梨园弟子奏着玄宗皇帝自谱的新乐迎接她，一队队曳着鲜艳的云裳的美丽的宫女们，携着垂着珠珞的各种颜色的纱灯在前面引导她，张着金碧辉煌的羽扇在后面掩护她，她穿了虹霓一样光艳的礼服，在一切仪仗的簇拥中出现，像一个女神从云彩里下降。这雍穆的氛围显得非常优美、柔和而且庄严；她听了像梦一样谐美的仙乐，吸着像酒一样芬芳的空气，不自觉地将冷淡的神情和傲慢的态度变成了温柔的情绪，和她周遭的一切调和了。

玄宗皇帝高高地安坐在宝座上受百官的朝贺和杨贵妃的觐见，他庄严的容貌上射出喜悦的光辉，高朗的神采照耀着整个的朝堂，在御香的缭绕里、羽扇的掩映中，像一轮光明的旭日从云霞的氤氲中出现，立刻摄伏了群臣私心的诽议，不自主地对他生出一种敬爱的心，完全忘了前一刻的伦理的批评和道德的裁判。只感到像这样一位天神般的英伟的君主配那样一位仙女似的美艳的后妃，是天造地设的一对佳偶，没有一个人应该反对的。于是大家心悦诚服地向他蹈拜，祝贺他的婚礼。杨贵妃微微地抬起了头，将她的星一般辉煌、水一般流动的眼珠略略地一转，从百官的簇拥中瞥见了玄宗皇帝的照人的丰采，不觉很自然地在群臣的欢呼声里盈盈地拜了下去。

一切的繁文缛节都过去了。杨贵妃和玄宗皇帝同辇到了他为她选定，并且精心布置好一切的西宫。他们被一些太监宫娥们簇拥着穿过一重重闪耀着光亮的铜环的朱漆的门，一层层云母石的台阶，经过曲折的藻彩的画廊，绕过回环的白玉的雕栏，进了那富丽精美的寝宫。

绘着金龙的丹漆的雕梁上垂下灿烂的银链，满挂着珠珞的九华宝灯，照耀得一切比白昼更有光辉；涂椒的画壁上用黄金、碧玉、珍珠嵌成各种花纹，在灯光下闪耀着。青琐的窗棂是用精细的碧纱做成的，里面还缀上一层薄薄的绿绮。地上铺着波斯进贡的珍贵的织金绒毯，中央安放一个很高的雕镂透空花纹的金鼎，里面正焚着海外的异香，一缕缕回旋的烟丝摇漾出别一个辽远的世界的迷离的梦。沉香的短几,紫檀的卧榻,翡翠的屏风,都安放在最适当的地位,在半掩的绣着五彩的鸾凤的锦幔后面,隐隐地露出金柱的象牙雕花的床,床上挂着轻烟似的绡帐,静静地垂着流苏。

太监们早在宫外散去了,宫娥们也在伺候他们更衣后退去。玄宗皇帝携着杨贵妃的手在锦裀上并肩坐下,殷殷地慰问她一天的辛苦;他是那样温柔,那样体贴;他怜爱她,而又尊重她;使她完全忘了他是一个皇帝。

玄宗皇帝用热情的眼光注视着她,诚恳的声音微微地带有一些颤抖,温柔地对她说:"妃子!玉环!你不会想像到我得到你是怎样地快乐吧?不会,决不会!这种快乐是我平生第一次才享受到呢!得到你,我的宫中的一切奇珍异宝都失去了它们的价值。我做梦也没有想到过我这一生会遇到你这样的人。玉环,告诉我,这不是做梦吧?"

她的冷淡的、傲慢的态度已失去了作用,她开始感到从来没有过的局促不安。她对于紧逼的热情的问句,只微笑地摇了摇头,算是回答。她立刻挣脱了玄宗皇帝的手,背过身来,娇羞地低下了头,从玫瑰的双颊一直红到耳根。

玄宗皇帝重新转过她的身子,紧紧地握着她的双手,带着一种梦幻的陶醉,继续地对她说:"我虽然做了许多年的皇帝,后宫有几千美女,但是我没有真正爱过一个人。不错,去世的元献皇后得过我的恩宠,但那不过是一种夫妻应有的敬爱,她只是我的一个贤妻;还有死了的武惠妃和现在的江采蘋也曾得过我的爱幸,但那也不过是在苦闷的生活里的慰情的密友、可意的侍儿罢了。她们都不是我的爱人,我不曾有过一个真正的爱人，不曾享受过一天真正的爱的生活，在遇见你之前。一直等到遇见了你，我才懂得什么是爱，我才认识爱的神秘和伟大，我才知道一个人能够享受到爱是怎样地幸福，而一生没有尝过爱的滋味的人是怎样地不幸了。我感觉到以前的生活是毫无意义的，现在真是太幸福了！

"我不但爱你的美丽，爱你的青春，并且爱你的精神和性格，爱你的聪明和才能。你以为我在赐浴那天才开始爱你吗？不，你的高超的精神、特殊的性格、过人的聪明和才能，早为一般宫嫔所传颂，深深地印在我的心里了。在华清池的那天，看到你那天人一样的神采，更使我惊奇了。在看见你以后，我觉得不能再离开你，我的生活中不能缺少了你，你已经握住了我整个的生命。因为这样，我不能再顾到皇帝的尊严和群臣的信仰，将你从寿王的手里夺过来。一切的讥笑和嘲骂，比起你的爱来又算得什么呢？为了你，我是情愿牺牲我的血呢！"

他的眼睛闪出了果毅的光芒，声音也由温柔而清朗，渐渐地变为沉着了。

她注视着他，从他的眼睛里她看到了无限的深情，从他的语调里她发现了无尽的挚爱，她渐渐地不能维持她的冷静，心是在微微地颤抖了。

他用一只坚强的手臂温柔地搂着她的腰，轻轻地靠紧了一点，她的头不自觉地微微倚着他的肩胛了。

他重又热烈地说："玉环！我怎敢相信我会有这种幸福呢？像你这样完美的人，我配爱你吗？我拿什么资格来爱你呢？这并不是我的自卑，我袭受先皇的皇位，镇抚四海，并没有感到过我的不称；可是对于你，我是怎样地惭愧啊！对于你的美丽，我是怎样地自惭形秽；对于你的青春，我开始感到我的衰老；对于你的聪明，我更是嫌自己的愚蠢了。我没有资格爱你，因为你是太崇高了。可是我爱你是这样深，我不能自主。你是一个女神，你能允许一个虔诚的信徒永远在你的脚下向你顶礼吗？你能接受他献给你的整个的生命和属于他的整个的国家吗？"他竟长跪在她的脚边，双手抱着她的腿，将脸靠在她的膝盖上了。

他从龙袍的里面取出一个嵌镶珠宝的钿盒和一对镂花的金钗，它们的样式是非常玲珑，雕镂是非常精巧。由两扇半圆形合成的一个浑圆的钿盒，钿面闪动着眩人的光辉，外缘镶着一圈珍珠，盒的四围嵌着各种颜色的宝石，将两扇盒盖轻轻地向上揭起，左右两扇盒内都满藏着精圆的珍珠。一股金钗的上面雕着一只鸾，另一股雕着一只凤，用极细的金丝雕成羽毛，展着凌空的翮翼，整个的灵活的身体巍颤颤地在金针的上面震摇，做出将要飞去的姿势；鸾凤口中衔着一颗豆大的夜明珠，发出耀眼的光亮。他将钿盒分拆开来，立刻成为两个半月形的小盒，他将一扇钿盒和一股金钗郑重地交付给她，说："玉环，我将这两件东西送给你，作为我们定情的礼物，一生的纪念，愿我们的爱永远像金子一样的坚固耐久，钿盒长圆，金钗成对，生生世世，不忘记今夜。"

在九华宝灯的光影下，她贡献了她的第一次的动情的拥抱和灼热的嘴唇。

从此之后，他们一直在一种甜蜜的、美满的爱的生活中过日子。玄宗皇帝给了她千古未有的宠爱。后妃夫人从此不能侍奉皇帝的枕席，宫娥彩女从此不能得到皇帝的顾盼。他们从没有一天分离，骊山的风光，上林的春色，哪一处不留下他们两人的足迹，融合了他们两人的欢笑；世上没有一支笔能描写出他们的旖旎风情，没有一本书能详载下他们的缠绵恩爱。他拿整个国家的威权和财富来博她的欢笑，供她的享乐。弟兄们都拜了爵位，掌着重权，姊妹们也都封了夫人，一家人都因她受着特殊的恩宠，过着豪华奢侈的生活。天下的人都羡慕她，赞美她，使她自己也感到一种满足的骄傲。她对于皇帝拿女子当玩物、拿爱情当消遣的怀疑一天天地消释，对于玄宗皇帝的真诚的爱一天天地证实了。同时，她对于玄宗皇帝的爱也一天天地深起来。她拿她素来看得比生命还贵重的纯洁的爱完全灌注在他的身上，她的心目中忘了世界，忘了自己，只有一个天神般的他。他们共同地研究着他们爱好的音律，他们谱着新曲，奏着新腔，精心地撰出各种清歌妙舞来娱乐自己；在美妙的旋律中，两个音节的谐和的配合，正象征着两个灵魂的密切的拥抱。

在旅程的进行中，杨贵妃一直沉醉在光荣的回忆里。过去的事实告诉了她玄宗皇帝爱她的态度的真诚与严肃，绝对不是以前她怀疑的一般帝王当作娱乐或消遣的爱，而是整个生命的表现。现在在失去了国家的悲惨的逃亡中，更给了她一个有力的证明。一种满足的快乐暗暗地在激动着她的心，骄傲的微笑从心底涌现出来；她实在感觉到这世界上再没有一个人能比得上她的幸福了！他们的爱是这样纯洁，这样真诚，这样崇高，这样伟大，这样完全。这中间，没有权势的压迫，没有虚荣的引诱，更不是享乐的要求；没有目的，没有条件，是心与心的结合，灵魂与灵魂的拥抱，生命与生命的交融。只有他配爱她，也只有她才懂得他的爱；他是为她而产生，她是为他而生存，他们是天造地设的一对理想的爱人。从他们的爱的火焰中才看到世界的光明。他们的爱是应该被万人所羡慕的。她站在幸福的高峰下瞰一切,去国的悲哀和流离的苦痛都消失在爱的微笑中了。

但是当她想到失去国家的时候,心上不免浮起了一层不愉快的阴影。这并不是惋惜着失去的权威和财富,也不是留恋着长安的奢华的生活,乃是她曾听到一些传来的大臣们的议论,说这次玄宗皇帝的失去国家全是为了宠爱她的缘故,她是这次变乱中唯一的罪人。她一点也想不出安禄山造反同她和玄宗皇帝相爱的关系来,她不相信爱会变成罪,然而她有些害怕。

她想起了一路上的情形:大臣们的切切私议,埋怨的脸色,讽刺的口吻;兵士们激昂的怒容,厌烦的神气,憎恨的声音;玄宗皇帝的忧郁和宫人们的愁叹;这一切都使她感到异常的不安。她怕大臣和兵士们对她和玄宗皇帝起了反感,损害他们应有的尊严;但是她更怕玄宗皇帝听到这些议论,会相信是因为爱她而失去国家,承认她是一个罪人,而对于他们的爱发生后悔的心情。

"一路上他为什么这样忧郁呢?他深深地在想些什么呢?他会不会是因为想起他过去的光荣,从做王子的时候起兴平定韦氏之乱一直到开元之治,许多年的精力和心血所造成的政治上的功绩,而悲伤着现在的失败,丧失了他本来的地位和威权,受着奔窜流离的羞辱,毁灭了一生的事业,损害了一世的英名,失去了万民的信仰,忍受了群臣的轻蔑而在痛苦呢?他更会不会以为造成这次祸乱的原因是因为宠爱了我,为了一个女人而扰乱整个的国家,毁坏历年的治绩是一件不值得的事而在后悔呢?他会不会不愿为了爱牺牲一切,而情愿牺牲了爱去恢复他的一切呢?"

马嵬驿

她愈想愈害怕，止不住浑身战抖起来；但是她立刻记起玄宗皇帝常常对她讲的话：

"我将我的一切都献给了你，这整个的国家是属于你的。一切雄壮的山岳是为你而峙立；一切明媚的江河是为你而奔流；一切的树木开着美丽的花，只是为了助你鬓发的妆饰；它们结着香甜的果，只是为了供你口齿的芬芳；美丽的小鸟都有着清脆的声音，为的是要唱歌给你听；全国的蚕吐出光润的丝，为的是要替你织成艳丽的宫袍；云母、紫檀是为了造你的宫殿而出产的；瑞脑、龙涎是为了熏你的衣服而炼成的；翡翠、珊瑚的灿烂，是为了做你的饰物；象牙、白玉的皎洁，是为了供你的珍玩；为了你的一串项链，南海才产生了精圆透明的珍珠。皇帝是你的最亲近、最忠心的奴隶，百官都是供你使唤的；让翰林院里的诗人词客精心地撰出他们的杰作来歌颂你的美丽；万民都是为了爱戴你而存在的。整个的国家因为有了你才显出它的价值；没有你，拥有这一切也是毫无意义的。我将它和我的一切一起献给你，不敢将它换取你的爱，因为它们的价值相差太远了；只将它当作一件进见的礼物，表示一个奴隶对于他的主人的敬意。"

想起这些话，她感到了一种强有力的保障，心立刻安定下来，而笑刚才自己的过虑了。她轻轻揭起了车帘，望望她的爱人：魁梧的身材披着发光的黄袍，高高地骑在白马上，气概是多么雄伟啊！花白的头发束在灿烂的金冠里，疏阔的眉毛微微地蹙着，奕奕有神的眼睛在深思，丰润的面颊和圆满的下颏正表现出他的浑厚博大，那几绺稀朗的胡须却衬出他的潇洒来。她望着这英雄般的爱人，觉得他是尽有力量来保护她的，胆子就壮起来，不再害怕什么了。她相信自己没有罪，她更深深地相信即使玄宗皇帝是因为爱她的缘故而失去国家，也是毫不后悔的；即使她是一个罪人，他也仍旧是爱她的；他将会对全国宣布他爱她胜过一切，并且证明她的无罪；他宁愿抛弃他尊贵的皇冕，也不愿听到一句诽谤她的话。大臣们的无根的议论是不能伤害她的。她这样想的时候，露出了骄傲的微笑，远远地向随从在后面的大臣们投下了一个轻蔑的眼光。

但是另一种崇高的情绪又占据了她的思想，她想到倘使真的全国人都以为玄宗皇帝是因为爱她而引起祸乱，一起责备他的时候，她必定挺身出来替她的爱人辩护，她宁愿受冤屈，将一切罪名都担待在自己身上，也不能让她的爱人因为她的缘故受人民的讥讽；她宁愿忍受羞辱来维持他皇帝的尊严，英雄的威信，使他依旧受群臣的歌颂和万民的爱戴。虽然她将在万众之前失去她向来的高傲，伤害了她的自尊心，但是只要是为了她的爱人，任何牺牲她都不惜的。

这样想着的时候，她立刻感到有一种伟大的精神在内心鼓荡着，美艳的容颜上更闪耀出一种神圣的光辉；她回过头去看看那些大臣们，更显得渺小可怜了。她轻轻地从鼻孔里哼出一声冷笑，似乎说："你们懂得什么呢？"

当她的眼光重新回到玄宗皇帝身上的时候，立刻又变成温柔了。但是她注意到他的皱着的眉头，深思的眼光，她知道有什么忧虑在扰着他了。这使她的心又感到异常的不安。这情形并不是从今天开始，已经有了很久的时候，她是以他的生命为生命，他的感情为感情。他快乐的时候，她就高兴；他烦闷的时候，她就忧愁。在平时，她是常常以一瞬温柔的眼光、一个关切的微笑、一句亲昵的言辞来安慰他，她能以她的聪明代他解决一个政治上的难题，一个乐谱上的难字，使他在愁闷中重新欢乐起来。但是现在，在整个的队伍的行进中，她是无法安慰他的。她的心渐渐地焦急起来，渴望能早一点赶到前面的马嵬驿，好尽她所能够做到的去安慰她的爱人。

短短的路程在杨贵妃的渴望中延长了难捱的时间，马嵬驿好不容易像仙宫一样在面前出现了。

军士们在驿馆外面驻扎，大臣们在馆中的前边休息，玄宗皇帝和杨贵妃一同进了内院。

杨贵妃像隔了一世似的重又和玄宗皇帝在一起，快乐充溢了她的心，热烈的情绪在每一根血管里跳跃着，膨胀着，但是她只能用最深的怜惜的眼光注视着他的被风尘所掩蔽的憔悴的面容，不知道用什么来安慰他，因为没有一句话能包含下这整个生命的颤动。对于自己的像三月里花瓣上的轻风一样的温柔，她第一次感到不满足了。她愿意有超人的权力能集合人间所有的热情，更有超人的智慧将这种热情表现出来，使她的爱人得到一些安慰。她用一只柔腻的手紧紧地握着他的手，另一只从他的肩上环过去勾着他的颈子，身体软软地半倚在他的怀里，稍微偏侧着头，垂下的鬓发的细毛痒痒地摩擦着他的面颊，星一样的眼光深深地注入他的眼睛里，带一点忧郁的微笑，诚恳而妩媚地问："三郎，你辛苦了吧？"

意外地，没有向来的热烈的反应，用一种冷静的温和慢慢地移下她的环着颈子的手臂，像哄孩子似的对她说："妃子，你去休息吧！"

他的眼光仍旧凝注在忧郁的深思里，他的心已经被另外的事情抓住；他自管在想着什么，不再注意她的动作和说话了。

再有什么事会比爱人拒绝自己的热情的抚爱更难堪的呢？这不但伤害了她的爱情，并且伤害了她的自尊心。娇贵的性子受了委屈，心里一阵难受，眼泪早像一泓透明的水在眼睛里闪光了。但是她立刻强抑着自己的悲哀，深深地谅解那种由过分的忧急和疲劳中所生出的冷淡，再用加倍的温柔去安慰他。

突然地，一阵强暴的呐喊声冲破了这温软的氛围，驿馆外面乱杂地喧闹起来。一种预想中的恐惧摄住了每一个人的注意，心在紧张的情绪里剧烈地跳动着。"什么事？"每个人虽然在心里问着自己，但是那差不多可以料定的可怕的场面早已在想像中展开了。杨贵妃紧紧地靠在玄宗皇帝的怀里，将脸埋在他的胸前，微微颤抖着说："我有些害怕啊！"

玄宗皇帝受着更深的恐惧的压迫，来不及安慰她，只很快地将她轻轻地扶起，"不要怕，等我到前面去看看！"一边说，一边不等她拉住就往外跑，忠心的高力士立刻在后面跟了出去。

被丢下的杨贵妃感到了彷徨的悲哀，她像一个在大海里覆了船的人，在狂风巨浪里抓不到一片木板；又像一个在深山里迷了路的旅客，在虎啸龙吟中找不到一个人家。整个的世界在她的眼前变成了一片无边的恐怖，自己却孤零零地悬在恐怖的中心。

对于这将来到的危险，她不用推想就能料到那一定是安禄山的贼兵追来；在他们的暴力下，死是不可避免的了。虽然她觉得和她的爱人一起死在伟大的爱情中是一个最完美的结束，并不是怎样可怕的事；但是她还渴慕着生活，对于他们的欢爱是不能不留恋。因此，在这危急的时候，她还希望和她爱人一起来对付这目前的事变。她以为无论生死，只要有她的爱人在一起，她就一

马嵬驿

切都不怕了。但是她的爱人却偏偏在这时候离开了她，这不能不使她在恐怖中彷徨了。

同时，她对于玄宗皇帝到外面去会不会发生危险的事，看成是比她自己的生或死更严重的问题了。她立刻派了几个太监去打探消息，这时候，她的整个生命像一根细丝一样完全系在她的爱人的安全上面了。

杨贵妃焦急地徘徊着；太监们互相呆望着，惊惶改变了他们的面色和态度；宫女们在发抖，有些人偷偷地流着泪；大家对这不可知的事变恐慌地等待着它的来到。

经过一刻仿佛很长而实在极短的紧张的时间，一个太监气喘吁吁地跑了进来，脸色变成苍白而可怕，摄住了全场人的注意，用全生命的力量来倾听他带来的消息。

他断续地说："启禀……启禀……娘娘……大……大事不好了；丞相……丞相被杀了！"

听到哥哥的被害，来不及问原因，杨贵妃早哭了起来。但是她立刻想起了更重要的事，止住了哭急急地问道："皇上怎样了？"像感到什么可怕的预兆，声音在战抖着。

"皇上无恙！"

她深深地吐了一口气，像将要从万丈的悬崖上跌下去的时候得到了人的援助，放松了极顶紧张的情绪，接着问："是安禄山的贼兵追来了么？"

"不，不！是禁卫军叛变了，他们杀了丞相！"

事情意外地变换了情势，并不像他们所料想的那样凶险，她的心上宽慰了许多。对于禁卫军的骚乱，她以为她的英雄般的爱人的威力是足够镇压的，在这种情形下，他的生命是决无危险的了；只要她的爱人能安全，她当然不会有问题，因为他们两人只是一个整个的生命啊！但是对于哥哥的被害，她是不能不感到悲痛和气愤的。她带着一种埋怨的口吻问："陈元礼将军为什么不弹压？皇上呢？"

"陈将军弹压不下，皇上出去的时候，丞相已经被害了。"

"我的可怜的哥哥啊！"想起兄妹间的感情和自己的尊严被损害，她十分伤心地哭了。

这时候又有另一个太监飞一样地奔了进来，过分的惊慌使得他手足无措，对着杨贵妃呆望着，支支吾吾地说不出一句话来。每一个人都被他的惊慌的神色带来了更大的恐惧，在战战兢兢地期待不希望听到的坏消息。

"究竟怎样了？皇上在外面做什么？"杨贵妃又着急起来。

"奴婢听到一个不好的消息，但是奴婢不敢讲。"

"呀，什么事？他们对皇上无礼吗？快说！快说！不要顾忌！"她相信玄宗皇帝不会有什么危险，但是她还担心着他因为她的缘故在臣下的面前失去尊严，所以很急迫地问。

"不，是关于娘娘的。他们要请皇上赐娘娘……赐娘娘……"

"怎样？快说！"

"赐娘娘归天！"太监终于战抖地说了出来。

"有这样的事？"这完全是惊讶的口吻，禁卫军会有这样大胆的要求，完全是出乎她的意料的。这中间并没有一点害怕的成分，因为在她的单纯的思想里，是决不会有这样的事件发生的。

但是一班太监和宫女们都像被一个霹雳击打着，立刻战抖起来。念奴和永新带领着一些宫女跑过来跪在她的面前，哭着说："娘娘赶快去请皇上作主才好！"

马嵬驿

"痴丫头,没有事!皇上会赐我死吗?笑话!决不会的。不要哭,一切有皇上作主呢!"她很有把握地说,一点儿也不惊慌;她相信任何的困难都有她的爱人挡着呢。反正无论事情险恶到怎样地步,她的爱人决不会眼睁睁地看她去死,这是丝毫不用疑惑的事。所以她很镇静,一点也不害怕这次不可能的死,但是她害怕着因为她引起的兵士们对于玄宗皇帝的无礼的言辞和难堪的责问,损害他皇帝的尊严,伤了他的心。

她想到这一点的时候,她的镇静的心立刻扰乱了,她慌张地对太监们说:"你们赶快去请皇上进来!"

立刻有两个太监飞一样地跑了出去。

在这紧张的氛围里,玄宗皇帝慌张地冲了进来。

杨贵妃看到玄宗皇帝进来,像一个迷失了路的孩子忽然在彷徨的歧途中遇到了他的父母,得到了最大的安慰,欢喜和悲哀的情绪同时交流着,也来不及顾到礼节,立刻迎着跑上去扑到他的怀里,一时说不出话来,定了一下神才问道:"现在怎样了?只要陛下来了,我就不怕了。"

玄宗皇帝看着他怀中的爱人的无邪的神态和对于自己的信任,不免有一层薄薄的惭愧从潜伏的意识下浮上心来,一阵难忍的酸楚,使他的眼睛潮润了。他悲痛而忸怩地说:"妃子,事情已到了无可奈何的地步,教我也没有办法!"他的眼泪滴到她的头发上,在黑亮的发丝上装饰着一串串发光的珍珠,在闪耀。

"难道真的我们非死不可吗?"她抬起了头,战抖地问。

"妃子,并不是我……"

"既然事到如今,也没有用了。不过,我还可以替你向他们解释吗?但是你又决不能离了我而生存啊!这怎样办呢?"她停顿住踌躇了一下，接着说："好，死吧！我们原是愿意同生共死的，只要我们能在一起，有什么可怕呢？让我们勇敢一点，伟大一点吧！"她由惊慌的忧急渐渐转为勇敢的镇静，紧紧地抱着她的爱人，望着他崇高地微笑了。

"妃子，是我对不住你！他们逼迫着我，你当然知道……我如何忍心？……但是，你看，有什么办法？……请你谅解我的苦衷！"他流着泪，支支吾吾地说。

"这是什么意思？"她放松了手，收敛起笑容，惊讶地问。她开始害怕起来。

"你知道，这当然不是我的本意，他们强逼我，一定要赐你死！我……我有什么办法？"他伤心地说。

"叫我一个人去死？"她霍然离开他的怀抱，倒退了几步，眼光直射着他，惊诧而急切地问。

"你应当原谅我！你看一看环境！"他带着无可奈何的神气，用了怯弱可怜的语调说。

她疑心自己在做梦或是神经错乱，她决不能相信会发生这样的事。但是现实告诉她这一切都是真实。她在一刹那间惊醒了一向的幻梦，毁灭了一切的信仰，透视了整个的人生，她全身的血液都凝冻了。

"好，我明白了！环境？不错，你是有理由这样说的，我也不想再说什么，在你的国家的责任、皇帝的宝座的面前，一个弱女子是显得多么渺小啊！为了保持你的国家的威权，皇帝的尊严，牺牲一个女人的爱情和生命又算得一回什么事呢？"她起先是以镇静的态度、带着一种不屑的冷笑说的，但是她的声音却每一个字都在非常地战抖着；到后来，忍不住的酸泪终于随着语声的震颤

马嵬驿

一串接一串地滚下来，她依然苦笑着；等到一说完这几句话，她的眼睛发黑，身体支持不住，倒在身边的一个宫女的肩上呜咽着。

"玉环，你不要这样讲，你知道我心里多难受？你总明白我爱你，可是现在没有办法啊！你叫我怎样呢？"他跑近来叫着她，又急又悲地说，汗和泪一起往下直流。

她又往后退了几步。

"爱？你还有面目来提这个字？随你怎样解释吧，你眼睁睁地看着你的爱人在你的面前去死，总是不可抹煞的事实吧？爱！我已经被它欺骗了整整的一生，现在已到临死的时候，你不要再拿它来骗我了。你是皇上，你是一朝的天子，四海的主人，你尽可以拿你的权力、你的财富获得一个女人，供你消遣；但是你不应该用巧妙的手段、聪明的言辞来抓住一个女人的心！你有什么权利使她供献你真纯的爱情、宝贵的青春、整个的生命？你又能用什么来衡量这一切的价值呢？"她渐渐地收了眼泪，激动地说。

"玉环，话不能这样讲，你想想从前的恩情，难道我对你是假的吗？现在我又何能忍心？不过，你要看看事实啊！"他跑过去握着她的手，将她搂在怀里，很难受地说。

"从前的恩情？你居然还记得？"于是一切恩爱的回忆都迅速地、纷杂地重现在她的眼前，使她记起现在在她的面前忍心看着她死的人正是以前用着整个的心贯注在她身上、热烈地爱过她的人。一阵异常的悲痛像蛇蝎一样啮刺着她的心，凝冻的血液里又沸起往日的爱焰，她忘了一切地倒在他的怀里，抱着他伤心地哭起来。她一面哽咽着说："三郎，你想想看，华清宫里的欢爱，长生殿上的盟誓，一切都像在眼前一样啊！你那时是怎样地爱我？以往的恩情，我虽死也不能忘记啊！你是多么硬的心肠啊！"

他看着他的爱人现在的悲痛，想起从前的恩爱和从此的诀别，她的每一句话像一把刀戳痛他的心，他轻轻地拂拭着她的面颊上的泪痕，但是他的泪接连地落下来融合在她的眼泪里了。

"玉环，你不要太伤心！你知道我是怎样地难受啊？"他一面温柔地劝慰着，一面又急躁地自语着："叫我怎样好呢？叫我怎样好呢？"他急得满头大汗了。

她像忽然想起什么一样很快地站起来推开了他，拭了拭眼泪，用了愤恨的声音说："既然叫我离开你去死，又叫我不要伤心，这是多么地矛盾啊！我不逃避死，只要你愿意；但是我不能不伤心，这是人情啊！我的青春、我的爱情、我的肉体、我的灵魂、我的生命全都献给了你，你既然将一切抛弃了，我还有什么呢？我是一点东西都没有了啊！我不死又做什么呢？你放心，我一定能遵照你的意旨去死的！不过你毁灭了我对于爱情的信仰、一切崇高的理想和美丽的人生。这是一件多么残忍的事啊！我能不伤心吗？为了你的一切，我是自愿去死了。因为无论怎样你总是我这短短的一生中唯一的真正的爱人啊！我死了，既不悔，也不怨，因为一切在当时都是真实的，值得的。不过我死之后，你纵然恢复了国家的威权，皇帝的尊荣，你在开着花的春天，有月亮的夜晚，也不能忘记那些美丽的回忆，就不能不想念我吧！在那时候你将感到空虚，你一定会后悔的。"她说到最后几句的时候，又恢复了向来的高傲的态度，对他掷过一个轻蔑的冷笑。

"啊！"他急了，"怎么好呢？玉环，慢一慢，让我想想看！"

外面渐渐岑寂了的喧声重又闹了起来，并且似乎向驿馆迫近了。

馆内的人立刻又惊慌起来，玄宗皇帝的脸更显得苍白了。只有杨贵妃却变得更镇静，从容地说："不必想了，在这种环境下，你是没有办法的，不要说你决没有这胆量，即使你牺牲一切来保全我的生命，你到将来想起你的责任、你的地位、你的事业、你的尊荣，你更要后悔的。到那时候，我连死都嫌迟了啊！"

外面喧闹的声音更近了，一个太监跑进来报告说兵士们怕皇上和娘娘迟疑不决，又在外面鼓噪着了。

"既然娘娘有此决心，你预备白绫，好好地伺候娘娘归天吧！"玄宗皇帝流着泪对身边的高力士说。

高力士正在怀念着杨贵妃的旧恩，暗暗地流着泪，听见了玄宗皇帝的圣谕，勉强哽咽着应了一句"遵旨"，不由地哭出了声。立时念奴和永新也失声地哭起来，全场的人都掩面流泪了。

"你该怨我吧？"玄宗皇帝痛苦地看着全场人的悲惨的情形，不安地对杨贵妃说。

"我并不怨你，只怨我们不该相爱。你是有责任的人，有地位的人，你应当努力于你的事业，保持你的名誉，我有什么理由怨你呢？只能怨我自己将爱看成那样伟大，那样神圣，以为在爱的力量之下是没有任何障碍的，没有任何势力能破坏爱的，而和一个地位不同的人相爱，以致造成这样悲惨的结局。在当时，你不许我顾虑到这一切，除了爱。可是现在，你是可以振振有词地来谈你的责任和事业，顾到一切现实的环境了。你是有充足的理由的，我是无话可说。我不怨你，只怨我不该和一个有责任、有地位的人相爱，尽管当时他是抛开这一切的。我只悲伤着我的遭遇。这不是我一个人的悲哀，是从古以来千万个女人的悲哀。别了，你好好努力你的事业吧！现在使你在臣下面前失去皇帝的尊严，英雄的威名，全是我的过失，我很抱歉！不过现在一切的罪恶都由我担受了，我死之后，你的臣民一定会原谅你一时受我的迷惑，终能改过自新，而歌颂你的盛德。后世的人也一定会称扬你为圣明的君主，骂我为妖媚的女人的。在历史上，你还是一个有功德的贤君啊！你放心吧！"

她微笑地对高力士说："我们走吧！"

玄宗皇帝跑过来拉着她，哽咽着说："愿妃子早生净土！"他俯下头想吻她一下，她早洒脱了他的手跑进佛堂去了。

在佛堂后面的小院里的一株谢了的梨花树枝上，高力士用着颤抖的手将白绫结成一个环，对杨贵妃说："已预备好，请娘娘早点归天吧！娘娘还有什么话吩咐奴婢吗？"

杨贵妃从鬓边拔下一股凤钗，从怀中取出半扇钿盒，它们的光彩还像在他们定情的一夜一样的绚烂耀眼，一点没有改变。她轻轻地吻了这两件东西，眼泪滴在上面，和嵌着的明珠辉映着，闪出动人的光亮。她郑重地将它们交付给高力士。

"这两件东西是皇上和我定情的纪念，我一向珍藏着，没有一天离开过。我死后，请你将它们给我殉葬吧！"她忍不住哭了。

高力士小心地接了过去。

"皇上年纪已高，我死了，不能再照料他；你是旧人，要好好地尽心服侍他啊！"她继续地呜咽着。

"奴婢遵旨，请娘娘放心！"高力士哭着回答她。

她这时候感觉到整个的世界改变了，一切的东西毁灭了，只剩下一片空虚在眼前渐渐地扩大，变成望不到边际的渺邈；然后又渐渐地收缩，变成一个白色的光圈停在梨花树上，她轻轻地将她的白腻的颈子套进去。在这一刹那，她留下一个淡淡的微笑，这里面含着对于全世界、全人类的轻蔑。

杨贵妃死了,军队起程了,玄宗皇帝开始流着痛苦的眼泪。

寂寞的西宫,凄凉的一天天,凄凉的一年年,痛苦和悔恨伴着空虚的岁月,玄宗皇帝寂寞地度着他的生活。

许多年后,诗人们歌唱着对于玄宗皇帝这件事的赞颂:

玄宗回马杨妃死,云雨难忘日月新;
终是圣明天子事,景阳宫井又何人?

——郑畋

(原载《文艺月刊》第8卷第6期,1936年6月出版)

苏丞相的悲哀

整个的洛阳城忽然异常地热闹起来。

城里城外的污旧的驰道都被打扫得非常清洁、整齐，青石的大路笔直地躺在太阳里发光；新粉刷、修理的驿馆也很骄傲地闪出金碧辉煌的颜色。全城的人都怀着惊奇的心情，带着艳羡的眼光在热烈地期待着一件千载难逢的盛事的来到；许多大大小小的官员们更是殷勤地忙碌着，来来往往的车马声不断地在暮春的温馨的氛围里像银弦一样地震荡；从拥挤的人们的身上发散出一种浓烈的热的气息，明朗的太阳在一些喜悦的脸上射出新鲜的光辉；空气也在人们的急迫的呼吸中紧张起来。

在离城三十里的郊外，这时候正充满了春天的美丽和愉快，就在这样灿烂的春光里，安排下一切华美的布置。一片翡翠色的草原上，疏疏朗朗地点缀着各种颜色的野花，像一幅广阔的绣花的毡毯，在这上面建搭起几处大大小小的各式绫锦罗缎的帷帐，里面排列着丰盛的筵席。一阵阵浓郁的酒味从帷帐里透出来，和空气中荡漾着的春的芳香、泥土里发散出的春的气息混成一片醉人的香雾弥漫着。碧蓝的天空衬出在阳光里闪耀着紫色的远处的群山,青翠的丛林高高低低地沿着草原的起伏密密地排列着,远远近近的桃李树在迷人的春风的温柔的抚爱中发狂地装饰起来,蔚成一片云霞的海。在这一切绚烂的颜色掩映中,更强调地衬托出一个个锦帐的鲜明。

这时候,人声渐渐地嘈杂起来,掩过了远处树枝上的鸟雀的喧鸣和近处花丛里的蜜蜂的嗡嗡声配合的音乐的应和。草地上早挤满了人,树阴下也系满了披着锦辔的白马,停满了漆着油碧的高车;在靠近锦帐的周围站着的是些官员们和有关系的人,稍远一点的地方也早四面密密地围满了看热闹的百姓们,他们都带着一种紧张的神情在期待着,眼光里充满了渴望和焦急,向同一方向望去。沿着驰道蜿蜒地望到那路的尽头,隐约地看见有一阵阵的灰尘在飞扬,渐渐地,在飞动的灰尘里显出一些旌旗的影子,随后是马蹄的得得声和车轮的辚辚声逐渐清晰地由风中传过来,一列严整的队伍正在向着洛阳城进发。

侍卫们都穿着华美的锦衣高高地骑在全身披挂的骏马上,排着队前驱,骄傲地向左右顾盼,得意地挥动着他们手中的丝鞭;锦鞍下面的金铃随着马蹄的震动发出玎玲的声响,在按着进行的节拍。绣着五彩的云霞的旌旗在车马的左右前后掩护着,迎着日光闪耀着眩目的颜色。在这一切拥簇之中现出那辆华美的驷马车,珠络朱缨的宝盖下面垂着锦绣的帷幕,车上涂着丹朱的油漆,绘着五彩的花纹,光亮的朱轮不停地转动着,玉鸾跟着雍容地发出和谐的鸣声。乘立在这车里面的正是那全城欢迎的佩挂了六国相印回返故乡的苏秦。再后面还有许多随从们的车马、载着辎重的车辆，里面装着的是灿烂的黄金、皎洁的白玉、鲜明的锦缎和奇异的珍玩。

苏丞相穿着发光的锦袍，戴着束发的金冠，立在马车里，将他修伟的身躯放得那么安稳，显得严肃而且自然。望上去不过三十七八岁的光景，微黑的略带长方形的脸上虽然不免有一点风尘憔悴的痕迹，但是现在完全被一种兴奋的光辉所遮掩，只表现出充分的精神。广阔的上额配上两条清朗的长眉，稍微嫌欠缺了一点威严的气概。但是那一对奕奕有神的眼睛永远射出沉毅的光芒，和那张阔阔的嘴唇边上的两个微微向内缩进的嘴角表现着坚决的力量，就完全补救了这个缺陷，依然显出他的刚强的精神来。但是在这时候，他的眼睛里正闪耀着愉悦的光辉，快意的微笑也从心深处浮到嘴角上来。

苏丞相远远地从卷起的车帷中望到了洛阳城，望到了他所熟稔的故乡的一切。他能记得每一棵树木的姿态，每一种花草的名字，每一条街道的宽狭，每一湾河流的深浅，这一切对于他都非常亲切，一点也没有改变。但是，现在在这熟识的环境中忽然渗入了许多陌生的景物，不能不使他发生一种异样的感觉了。当他看到一切华美的设备和在热烈地欢迎着他的拥挤的人们的时候，整个洛阳城的热闹立刻反映出他第一次回乡时的凄凉来：

那正是一个寒冷的冬天的傍晚，天空中密密地布满了铅色的浓云，再没有一线的罅缝露出蔚蓝的颜色，一点的缺洞漏出明朗的光彩，只是阴沉沉地给予人一种单调的、悲惨的感觉；一块块厚重的、滞湿的云片紧凑地联合成一顶不透气的灰暗的布幔静静地直垂到大地的边沿，使人郁闷，窒息。风不停地怒吼着，呼呼地像千百条皮鞭在凶暴地抽击，枯秃的树枝不住地战栗，轻微的

苏丞相的悲哀

震撼早消失在粗暴的声音里，只有细弱的枝干受不住疯狂的攻击，时时地垂折下来，发出突然的巨响。枯黄的草原还积满了残馀的冰雪，只在泥泞的道路上纵横地印下了一些车辙的痕迹。

天渐渐地晚了，四围也格外显得阴暗起来。荒凉的草原静卧在黄昏的阴影里，大地已停止了呼吸，像一座巨大的荒废的古墓，充满着死的气息；在这无边的辽邈的朦胧里，苏秦正乘着一辆破旧的马车回到他的故乡来，像一个幽灵似的出现在这阴暗的荒原里。

疲病的老马带着长途的劳困艰难地一步步拖着车向前进，御者露出满不愿意的神气懒洋洋地挽着缰绳，眯着眼睛望着前面的路程，时时不耐烦地呼一口气，低低地叽咕着，抱怨着这没有丰富报酬的劳顿；有时狠狠地用鞭子乱抽着马的全身，似乎要这样才可以稍微地发泄一点他的怨毒之气。马被打过之后，又挣扎着跑得快一点，破旧的轮子在冰雪和泥泞混杂的路途中跛躄着，发出重浊的声响，车身也就随着咿呀的声音颠簸起来。

苏秦在车中受着剧烈的颠簸，他的疲乏的身体感到了不能支持的困顿，精神也显得格外的憔悴了。蓬乱的头发像是长久没有梳沐过，松散地堆在头巾底下，乱成一团；黑瘦的脸上积满了灰沙的污垢，皮肤也变成粗糙、干枯，泛出灰黄颜色来；眼睛已失去向来的神采，深深地凹陷下去，在眼眶的四围浮着一圈青灰色，一点忧郁掩盖住锋利的光芒，眼光也变成凝滞、迟钝了。荒野的狂风尖锐地向车中吹过来，使他的干裂的脸上感到一阵阵刀割似的痛；脱了毛的黑貂裘早已没有一点暖意，挡不住冷风的袭击，全身像浸在凉水里一样，连心都冰冻了。他茫然凝视着这空阔的原野，只感到无边的荒凉和寒冷，仿佛已离开了人类的社会，而到了别一个阴森的、幽冥的世界，像一缕飘荡的游魂，孤独地、寂寞地在这渺邈的、荒蛮的昏暗里彷徨；他在阴暗的天空里再也找不出一点光亮的影子，在寒冷的北风里再也找不到一点温暖的气息，整个的宇宙对于他只是一种冷酷，一种淡漠，渐渐和他隔离远了；他只是一个被人遗弃、被人忘记了的孤独的灵魂。他跌落在无边的空虚和无底的悲哀中，一种凄楚的情绪激荡着他的心，使他想起一切不幸的遭遇。

当他学成归来，预备将他的卓越的天才和刻苦的用功所得来的学识去游说秦王的时候，他是在怎样的一种兴奋的心情、热烈的愿望、激动的情绪之下，鼓舞欢欣着啊！他不但对于自己的才力有极强的自信，以为"取功名如拾草芥"；并且还抱有更大的志愿，想将这混乱的时局、失了秩序的社会、已在崩溃的旧制度、不安定的人民的生活彻底地改变过来，创造出一个全新的局面。他是抱负着这样宏大的志愿踏上他的征途，毫不留恋地离开了他的可爱的故乡，温暖的家庭；同时，他的父母是怎样慈爱地鼓励着他，他的妻子是怎样热烈地期望着他，他的嫂嫂是怎样羡叹地欢送着他，他的亲友是怎样殷勤地祝福着他，这一切都给他更大的热情和力量，希望展开在他的面前像一轮初升的旭日，照耀着他的前途的是一片光明，他在涂着一层太阳的金光的平坦的大道上发动他的车轫，过分的快乐激动着他，使他微微地颤抖，感觉到全身膨胀着一种新鲜的、充实的生命的力量。

然而，一切的志愿都是失败，一切的希望都是欺骗。他在秦国整整地住了五年，依然是一无所成，凄凉地独自回到久别的故乡来。他带回来的是些什么呢？除了一箱旧书、一件破貂裘、一颗绝望的沉重的心，此外还有些什么呢？他想起由故乡动身到秦

苏丞相的悲哀

国去的时候的抱负，不能不由失望感到愤慨了。一切的遭遇怎能使他不愤慨呢？他是一个有天才、有志向、有毅力的青年，在二十岁上就抛弃了家乡的舒适生活，到外面去从师游学，下了许多的刻苦的功夫，精心研究经世的学术，希望有一天能发展他的抱负，实现他的理想，贡献他的能力给国家，改善社会的制度和人民的生活。难道这种思想是不正确的吗？这种志愿是不高尚的吗？不，不，谁也不能这样说。但是他白白地费了许多心，吃了许多苦，他究竟实现了他的理想没有呢？这究竟是谁的错误呢？他看到天下这样混乱，不应该有一个统一的国家使人民的生活安定吗？创造一个新局面，解决一切民生的痛苦，不是现在的当务之急吗？秦国是许多国家里面的最强大、最富足的一个，秦王又是一个贤明的君主，他可以有这力量来实现这种理想，那么他的游说秦王实在是最自然、最合理的事，有什么错误呢？难道是他不努力吗？或是太浮躁没有忍耐吗？他已经在秦国等了五年，期待着每一个机会，竭尽他的能力和心血上了十次奏章给秦王，也可以算是努力和忍耐了吧？是怪自己不奉承秦国的大臣，不联络秦王的左右吗？自己凭着学说，凭着真理，为着国家的利益，为着大众的幸福，去游说秦王，呈献他的政见，实现伟大的理想，难道不是最正大、最光明的事吗？为什么要奴颜婢膝地仰望于一班并不高明的人呢？这能算是他的错误吗？但是眼见得许多没有思想和学术的同辈都已飞黄腾达、睥睨一世了，而自己却受尽了一切人的冷淡和嘲弄到了穷无所归的地步，这不是自己的错误，又怪谁呢？

当他在阴暗的旷野的归途上想起这一切不幸的遭遇，实在不能不感到彷徨无所归的游魂的悲哀了。但是当车子渐渐地前进，他偶然抬起他的深思的眼睛，隔着旷野的暮色望到那一带城墙隐约地在蒙眬里出现的时候，一丝温暖的感觉像河流似的在他周身的血管里流过，他是安慰地微笑了。他想到那高大的城墙的后面藏着他的甜蜜的家、亲密的朋友，他是从深刻的悲哀里感到一点欢喜了。于是父亲的苍老的声音、母亲的慈爱的笑容、嫂嫂的殷勤的接待、妻子的温柔的私语、朋友的快乐的纵谈，错杂地浮现到他的眼前，使他兴奋起来。他想到前两个月托人带了家书回去，他们对于他的失败不知怎样地同情，对于他的辛苦不知怎样地怜惜呢？这两个月他们一定是在天天盼望他的归来啊！他想在父亲的面前诉说一回，在母亲的怀里痛哭一场，发泄他这几年来的郁闷；他想到父亲将以温和的言语安慰他，母亲将以慈爱的手指抚摩他，嫂嫂将以同情的心情欢迎他，妻子将以热烈的欢爱款待他，朋友将以真挚的了解鼓励他的时候，他的心已经离开了这充满了寒冷和空虚的荒原，比驾车的马更快地驰向另一个温暖的氛围里去了。

　　破旧的马车在熟识的大门前停下，苏秦付了车资，用他的因快乐而颤抖的手指去敲那兽形的铜环，门开了，仆人用惊讶的眼光注视着他的破旧的服饰和萧条的行李，满不得劲地替他挑了一箱旧书进去。他走到堂前，看见他的父亲正在靠着矮几打瞌睡，母亲坐在旁边，手里缝着衣服；他的心充满了快乐，剧烈地跳动着，立刻迅速地走了进去，父亲惊醒了，睁开眼来望了望他，又立刻重新合上他的眼皮；母亲抬了抬头，又低下去自管做她的针线。他走过去向父亲行了礼，意外地父亲只嗤嗤地从鼻孔里哼出两声冷笑，没有一句话，依旧闭着他的眼；他惊慌失措地退到母亲身边，更奇怪的是母亲并不等他行礼或开声，早拿着缝的衣服站起身来，斜睨了他一眼，眼光中透出一丝不屑的冷笑，一撇嘴，一扭头，就转身回到她的内室去了。剩下他莫名其妙地呆在那里，再望望父亲，依旧靠着矮几闭着他的眼，并不来理睬他，他诧异地怔住了，完全不懂得他遇见了怎样一回事；但是等他再一想的时候，立刻完全明白这是怎样一回事了。一缕酸楚的感觉像一条纤细的小蛇从心里爬上了鼻尖，眼泪在眼眶里乱转，差一点就滚了出来；但是他一转念，立刻忍住了，一种过度的悲哀的情绪变做了愤怒的火焰燃烧着他的眼睛，他的心，他的全身，将他的眼泪烧干了。他立刻抛下了在打瞌睡的父亲，走向后面去寻他的五年来朝夕想念着的爱妻，想在她的温柔的微笑里消除他的忧闷。当他走过回廊的时候，看见一个瘦小的女人，穿着家常的装束，在青色的丝织长衣外面，加上了一条大布的围裙，手里拿着一柄锅铲，很伶俐地向厨房那边走去，那正是一向待他最殷勤的嫂嫂。他连忙赶上前去招呼她，并且向她躬身行礼。

"啊，嫂嫂！几年不见了，你好么？"

"嗯，是你？我没有这些工夫和你闲谈，要去弄饭菜哩！"声音和面貌全是冷冷的。

"嫂嫂还是这样地勤劳辛苦啊！"

"家里出不了一个半个为官作宰的人，不自己辛苦点又怎样呢？摆得成夫人架子么？"话像铁块一样地掷过来，接着是连声的冷笑结束了这段谈话，一转身早跑开了，嘴里还低低地叽咕着他听不清的话。

他像被人兜头浇了一盆凉水，浑身都冷透了。懒懒地举起他的沉重的脚步，走进后堂。他的妻正在机上织着布，一双纤细的手熟练地来往投着梭子，见他进来，只略微抬了抬眼皮，仍旧是端坐不动，并不走下机来，仿佛没有看见他一样。他看到她的态度完全出乎他的意料之外，一种恐怖的预感已经使他颤抖了，但是他仍旧冒险地抱着满腔的热望走向前去，用了热情的声音对她说：

"姜，我回来了！"

"回来就是了，有什么大惊小怪的？"她不动声色地回答，手里依旧投着梭子，眼睛还是注视着机上的布匹。

"姜，你不知道我在外边这五年是怎样过的？我是多么地想念你啊！我们是离别得这样久了呢，你还不赶快走下机来，亲亲热热地谈一会话吗？"

"五年在外边是怎样过的？真亏你还好意思说出这话来？不要脸！出外五年了，混出来个什么没有呢！呸！屁也没有。赶快走下机来？走下机来做什么？你做了什么官？还要人伺候吗？不织布，连衣服还没有得穿呢。什么人来养活我？我可没有修得那样好的命，那样好的福气，嫁着做官的丈夫，像人家一样穿金戴银，呼奴喝婢的啊！算了吧！"她忿忿地停了梭，用眼睛瞪着他，一连串地说；她的语调渐渐地由轻蔑变成怨恨，也照样地用一声冷笑结束了她的谈话，而代替了更多的没有说出的话，依旧低下头来织布。

由于向来对于妻的爱恋，他还想对她诉说一些什么，但是男性的自尊心控制着他，只使他感受到不可忍受的侮辱和愤怒，不再说一句话，立刻转过身来就向外走。听见从后面传出来响亮而尖利的声音：

"阿英，快预备开饭吧！不过我今天晚上并没有多做饭，知道吗？我不能伺候人家的饭，就有多的米，我还没有那么多的闲工

苏丞相的悲哀

夫呢。谁也没有做官，配要人伺候的？"嫂嫂在后面故意地对婢女阿英高声嚷着。

他似乎闻到了一阵的腐烂死尸的臭味，下意识地迅速地走出了家，感到一阵像逃出一个可怕的魔窟的痛快，使他想到几个最相知的亲友家里去散一下，痛快地谈一会话，消去他的横梗在胸中的郁闷。

他绝对没有想到平常和他推心置腹的亲友，今天一个个都摆出了霜一样的脸色，冰一样的声音，富有田产、牲畜的人就向他诉说近来的年成买卖如何地不好，生活如何地穷困；有爵禄、名位的人就对他叙述功名如何地难得，对于上司说话是如何地艰难，引进人是一件不容易的事等等话，仿佛是不用等他开口说明来意，就能断定他不是来借贷就一定是来请求引荐的。等他从亲友处再度回到家里的时候，他的愤怒是更增加了。

他一口气跑进他从前的书室，愤怒塞满了他的心，不住地在激动着，膨胀着，仿佛立刻就要爆炸似的；他用力地咬着嘴唇，忍耐地沉思了一会，然后点亮了半支残烛，从破书箱底下捡出一册残缺的木简——太公《阴符》，摊在案上，开始诵读起来。一种报复的决心完全占据了他的意识，使他将愤激的情绪化为坚忍的毅力，很有把握地在这册书上签署了胜利的预约，口角边浮上浅浅的快意的微笑。

在向着拥挤的人群进发的驷马车中，苏丞相的脑中像闪电一样迅速地但又清晰地重现了一切的往事，被一种不快的沉重的感觉压迫着；但是悠扬的音乐和嘈杂的人声又将他从回忆的梦境里惊醒，重新意识到他的周围的一切，立刻感觉到置身在一个不同的世界里；他从明亮的太阳的金光中望到那一大堆黑魆魆的可怜的生物，成千的人头在愚蠢地攒动，拼命地互相拥挤着抢向前来迎接他的时候，他是得意地、轻松地笑了，胜利的快乐在他的全身膨胀着，他感到平生未曾有过的兴奋，每一根血管里奔流着愉快的热情，每一个毛孔里发散出得意的欢笑，他感到自己现在高傲地站立在以前践踏他的人们的身上，威严地出现在以前轻蔑他的人们的眼前，一种无可比拟的痛快充塞了他的心，渐渐地向外扩大，溢满了整个的空间，他一个人高高地站在宇宙的中心，世界在他的脚下显得非常的渺小了。太阳在他的脸上照耀着胜利的光辉，春风在他的耳边鼓荡着胜利的声音，花朵炫耀着胜利的颜色，鸟雀吟唱着胜利的歌曲，人群的呼声在为他沸腾着胜利的祝福，乐队的演奏在为他歌颂着胜利的光荣，胜利的快乐充满了世界的每一个细微的空隙，"胜利"，每一种声音在向他的耳边叫唤着，"胜利"，另一个声音在他的心里回响。

驷马车在欢迎的人群的面前停下了，人像潮水一样地涌上来，苏丞相昂然地跨下车来。先是一班地方官照行了迎接的仪礼，接着是亲族戚友们乱纷纷地抢着向前致问，从乱哄哄的人群里，望见了扶着拐杖的白发的老父，眼睛睁得大大的，放射出喜悦的光芒，巍颠颠地在人群中拥挤着；母亲扶着婢女阿英，被挤在较远的地方，眉飞色舞地和她周围的一堆人谈笑着；他的妻和他的嫂嫂两个人挽着臂在人群中挤来挤去，想打开一条路到他的面前来。一班亲近的、疏远的亲友们也通统来了，都在争先恐后地拥挤着。他突然似乎从荡漾着花草的芬芳的空气中又闻到一阵腐烂的死尸的臭味，使他窒息；又仿佛看见一大堆的蛆在粪缸里蠕动，使他作呕，发生异常的不快的感觉。但是这种感觉又渐渐地消失在胜利的光荣里，他被一班欢迎的人群拥簇到锦缎的帷帐中，奏起乐，摆起酒来款待他。官员们争着贡献他们的颂扬的谀辞，亲友们争着倾诉他们的慕念的热忱；父亲睁着快乐的眼睛，用最和悦的声音夸赞他光大门楣的才能；母亲陪着小心的笑脸，用最慈爱的手指抚慰他一路上的辛苦，那么诚挚地、热情地，倘使他已忘了上次的情形，那他一定要感动得流泪了。妻低下了头，偷偷地溜动她的眼珠子，偶然地抬起眼皮从斜里瞥他一眼，又赶忙垂下眼皮来，不敢正眼望他；时时偏着头、侧着耳朵谨慎地预备听他的命令。嫂嫂老远地就对他跪下，匍伏地膝行到他的面前，向他请罪。

"嫂嫂，你为什么从前那样地倨傲，现在又这样地恭顺呢？"苏丞相得意地大笑了。

"叔叔，你现在是做了大官，满车金、满车银地往家里装，哪一个不奉承你？我们妇道人家，算得什么？还敢不尊敬你么？往后日子长呢，让做嫂嫂的好好地来伺候伺候叔叔吧！以前有什么不是的地方，还要叔叔担待呢！"嫂嫂带一点忸怩而又爽快地说。

"哈哈！哈哈！"苏丞相胜利地笑着。

在傲慢的笑声中，苏丞相作别了一班官吏，被家人亲友们拥护着回到家中。

苏丞相府邸的门前停满了车马，前堂后室都堆满了金银珠宝、绫罗缎匹；厅上摆满了酒席，屋子里挤满了人，闹轰轰的人声像夏天的雷在震响。苏丞相的眼睛里充满了谄媚的脸色，耳朵里塞满了阿谀的言辞，弄得他头昏脑涨；母亲怕他冷，不住地在他身边嘘寒问暖，要他穿上她特意亲手为他缝制的丝绸小袄，妻也不时地跑过来，低声地告诉他已为他预备下温暖的床铺，要他在长途的辛苦后去安静地休息一会。他望着这些一个个殷勤的笑脸，感到了胜利的满足，同时也感到了丑恶的嫌恶；他要更增强一点报复的快意，他立刻吩咐随从的侍卫从后面搬出几箱金银缎匹，散给在四围恭维着他的人们。他从这些一个个堆满着谄媚的笑容的脸上再也找不出一点以前的倨慢的颜色，一双双充满了羡慕的眼睛里再也看不见一点以前的轻蔑的光辉，一句句奉承的言辞中再也听不到一点讥刺的意思，在他的四周只是漾着一串串金铃似的迷人的媚笑，闪耀着一朵朵火花似的渴慕的眼光，联缀着一粒粒珍珠似的动听的言语。他感到了最高度的胜利的痛快，像一个凯旋的将军高高地立在他的一群俘虏的中间，仰起了头望着天不停地纵声大笑，洪钟似的笑声掩盖住了周围的一切。

"一个人在穷困的时候就连父母也不拿他当儿子，到了富贵的时候就连亲友都惧怕他起来。人生在世，功名富贵岂是可以忽略的吗？哈哈！哈哈！"他像是夸耀又像是叹息地说。

他突然在快意的狂笑中又闻到了一阵腐烂的死尸的恶臭，看到一大堆的蛆在粪缸里蠕动，心里作呕，感到不可忍受的嫌恶；他立刻从酒席中间逃了出来，跑到他从前的书室里，关上了门，深深地呼了一口气。

外面的喧哗的欢笑声慢慢地模糊起来，一切的慈爱的抚慰、热情的私语、谄媚的笑脸、阿谀的言辞都不和他发生任何关系，他从拿生命的力量换来的盖世的功名和惊人的富贵里并不曾得到任何的东西，报复的快意和胜利的光荣也只火花似的一闪就过去了，他感到了比第一次回家时更深切的悲哀，更广邈的空虚。他现在是什么都没有，属于他所有的只是满屋的冷冰冰的、硬邦邦的金子、银子和一颗斗大的黄金的六国相印。周围的一切渐渐地消失在他的意识里，整个的世界已同他隔离了。这小小的书室变成了一片广阔的沙漠，而他是一个彷徨在无边的沙漠里的孤独的游魂。一切的经历对于他只是一个很远很远的梦，剩下的只是一片无边的空虚，他孤零零地悬在这空虚的中心，让悲哀的浓雾将他包围起来。

在失去了时空的感觉的空洞的世界里，书室的门忽然开了，嫂嫂又从外面的世界里闯了进来，露着殷勤的笑脸，用了恭敬的态度轻轻地走进来，温婉地对他说：

"叔叔！我看见你没有终席就离开了，怕是你一向酒席吃厌了，我特意亲自到厨房里去，我记得你爱吃的菜，亲手做了几样，给你换换口味，请你去尝一尝吧！"

（原载《文艺月刊》第10卷第2期，1937年2月出版）

悬崖上的家

沉沉的静夜,每一个窗户里的灯火全熄了,枯瘦的树枝在寒风里颤抖着模糊的呓语,朦胧的星光柔和地揭开了梦的轻纱,在睡眠的微笑中,我们有了一个家。

家,在渺邈的远方,在无垠的大海旁,在兀立万仞的悬崖上。

在苍郁的丛林中露出了茅草的屋顶,坚固的墙栅足够抵挡豺狼的冲撞,尽可安心地睡,随便在星月的深宵或风雨的黑夜。

屋子外面有险峻的峭壁,也有平坦的土地,石壁上生满了斑剥的苔藓,泥土里却开出瑰丽的奇葩。到处是白云,一堆堆像璀璨的浪花,像玲珑的雪片,是凝结了的烟雾,是溶解了的琼瑶,乱扑着头脸,萦绕着衣袖,只使人感到一阵阵新鲜的潮润。十几丈高的古松,盘屈的钢铁般的枝干上盖着稠密的翡翠般的松针,松子时时落在岩石上,扑簌簌地响。你扶着我攀过险峻的峭壁,小心着每一步滑脚的青苔,拨开一层层的挡路的云烟,走进松林里面,并坐在一块岩石上,拣着落下的松子吃;让松风掩盖住轻微的密语，温馨的花雾软软地在空气里荡漾，老鹰在头顶上飞，海浪在脚底下响。

屋子里：土墙上挂着芭蕉叶的字幅、弓箭和猎枪。粗大的藤茎编成的书架上堆满了从另一个世界带来的书籍。杉木的桌椅，式样很特别。地板上铺着厚厚的残花和落叶构成的图案形的地毯。床，冬天用木板搭一架，干草和虎皮是最温暖的被褥；夏天用石板的，荷叶比席簟更清凉呢。寒冷的夜晚，关起坚厚的松木的门，堆起木柴，生一个旺旺的火；和暖的黄昏，就敞开透明的螺蚌的窗，让泠然的海风吹进来吧。

甘冽的泉水是最好的饮料，在暮春的时节，更可以到邻近的山谷中去采摘一些鲜嫩的茶叶。各种成熟的果子尽我们自由地选择，吃一个饱；鲜活的鱼虾并不算珍贵的食品，鸽子、鹌鹑、野鸡、野鸭的肉可以天天吃到，只要不懒拿起猎枪；鹿肉可以算是一顿丰富的晚餐；可是，整个的悬崖上，找不出一块巧克力糖呢。

黎明就该是起身的时候，正好呼吸清新的朝气，看海波簇拥着初醒的太阳，从海底涌现出来，四射的异彩散作了满天的霞绮，那眩目的奇丽，真够我们赞叹的。然后到沙滩边上去掬些海水洗洗脸，再去弄一些泉水来煮着喝；新鲜的果汁是比一杯牛乳来得更有味呢。

白天，不用愁无法消磨，倚着石壁看云，躺在草坪上寻梦，倾听着鸟雀在树林中鸣啭的声音，领略着花枝在微风里摇曳的姿态，都是很有趣味的事，决不会感到时间的冗长。而且，我们还有工作，还得拿着枪去找一天或一顿的粮食。四周有的是许多山谷，许多树林，尽我们去探讨，去寻求，它们会给我们无穷的陌生的风光，新奇的景物。海更看不厌的，大风的时候，一个个的巨浪像饿虎一样凶猛地怒扑过来，激起多高的白浪，像一座座冰岛奔流，一排排雪山溶泻，卷成一个个湍急的无底的漩涡。风势和水声混合成纷乱的狂暴的呼啸，整个的海沸腾了。风浪往复地冲撼着悬崖的四围，悬崖仿佛在海中浮动。在这疯狂的骚扰中，恐怖是没有边际的。没有风的日子，那又完全不同了。平静的海在温和的阳光中展开柔软的胸膛，做着飘渺的梦；轻微起伏的波浪像几千匹迤逦的银纱抖散在碧绿的缎子上面，细腻的縠纹中摇漾出一个个灿烂的金光的笑涡。天与海接连成一色的蔚蓝，在空中振动着银铃般明朗的欢乐的声浪。在微茫的水光中，我们会发生种种幻美的梦想，看到另一个辽远的世界。四时的气候，朝夕的阴晴，瞬息万变，每一个时间的景象是不同的。整天望着海，也不会使我们厌倦。

黄昏是充满了诗意的一刻。艳丽的夕阳笼照着四山，百十个高低不齐的峰头涂抹上各种暗紫的、浅绛的、深蓝的、淡碧的、金色的混合成的不可思议的光彩，不停地在变幻；苍郁的云上笼罩了透明的茜纱，黄金的雾中流动着浓郁的葡萄汁，浅碧的烟里闪耀出玫瑰的光辉；决没有哪一个名画家的笔尖能调出这种奇丽的颜色，更没有哪一个配光师的灯头能射出这种迷眩的辉彩，只看见一片神光在山海间乍阴乍阳地浮动。我们望着落日，望着峰头的晚晖，望着大海翻起金碧交织的浪纹，直等到苍莽的暮霭渐渐地围拢来，飞鸟都忙着归巢，我们才挽着手踏着轻快的步子回家去。

夜，又是一种不同的景色。有星星和月亮的时候，可以在屋子附近散散步，但是不能忘情地走到较远的地方，怕会有饥饿的豺狼出来觅食。这时大地是沉静的，而天空却是灿烂的，星星是夜的眼睛，在闪眇着宇宙的神秘；月亮更是莹洁，海、山、树林、屋顶、草地都蒙上了一层银碧的雾，一切都更清澈，也更朦胧了。山是这样高，而天似乎那样低，星星和月亮都比平常更大、更亮，离人那样近，仿佛一伸手就可以摘下一把来似的。你为我朗吟着凄馨的诗句，雄浑清越的声音散入四空，像一串串珍珠在水晶的光辉里流转。等到朦胧的睡意盖上了我们的眼睛，再回到浸在星月的光波中的屋子里去。倘使是风雨的黑夜，那就关了门在家谈话吧。或是听着挟着虎豹怒啸的风声，数着洒向芭蕉叶上的玲琮的雨点，在静默里交换一个深情的注视，是更有深长意味的。

猴子、山羊、海鸥都是我们最亲近的朋友。在树林里和猴子抢果子吃；山羊跑进屋子里来，驯良地蜷伏在我们的脚边，让我们用手轻轻地抚着它柔软的长毛。只要我们一躺在沙滩上，就会有成群的海鸥飞来围绕着我们，一点不怕人，我们逗着它们玩，看它们在阳光里晒干雪白的羽毛。一切都是那样可爱，使人发生一种淳朴的心情。

真纯的生活，悠闲的趣味，自由的环境，再没有哪一种枷锁来桎梏我们的灵魂，再没有哪一种绳索来束缚我们的情感，再看不到一个虚伪的笑，再听不见一句欺诈的话，多么美丽，多么快乐，多么富有传奇意味的家啊！

黎明从黑暗中苏醒过来，鸟雀在晨风里歌唱，阳光隔着蓝纱的窗帘射进屋子来，揉一揉朦胧的倦眼，互相交换了一个惊奇的、问询的眼光：

"我们的家在什么地方呢?"

"我们的家在那悬崖之上啊!"惆怅地笑了。

一九三六年的新春,在南京。

(原载《文艺月刊》第8卷第2期,1936年2月出版)

集外

夏的黄昏

黄昏是含有诗意和美感值得人迷恋的一刻,何况是美丽的幽静的夏的黄昏。偶然有一阵两阵夹着荷花清香的温柔而凉爽的微风吹来,将一天的暑气都消散尽了,只剩有蔚蓝色天空中的一堆堆鲜明得和锦绣一般光彩耀目的晚霞,表现着夏的黄昏的特有的美。

这样一个消魂的黄昏却引起她的一丝悲哀,的确,她并不是忆念她的已经死去的丈夫,也不是因为没有一个孩子能使她做一个守节抚孤的贤母得到最后的光荣。她是惆怅,她是彷徨,她是怀恨着命运的残酷的支配,她是咒诅着人生的寂寞的悲哀。

她坐起了斜倚在藤椅上的身体,抬起她那一双给玻璃般透明的清泪所笼罩了的眼球,望着那茫茫的暮空,祈祷着夜神能够带来她正在期待着的一个,在他——夜神——来的时候。

"灵魂上的追求没时没刻不在习惯的轨道上循环,每天的印板工作怎能慰藉生命的寂寞的创痛。所祈望的啊,只有一个他,或能充任我这创伤的医治者。但是,时候是到了,怎还不来,我的创伤的医治者,他啊!"她无聊地急迫地想。

她面前突然现出了光明,他的两只充满了热情表现的眼中,包藏着无限的正在燃烧着的青春的火焰,驱除尽了她心灵深处占有的烦恼。

"表嫂!"他微笑地叫了一声,就在她对面的一张藤椅上坐下。

"回来了?"她机械地答。

"舅母和表妹都出去了吗?"

"是的,她们都到王家去打牌了,要到夜深才回来呢。"

"表嫂一个人很寂寞?"

"寂寞?"她不由地低下了头。

他们之间开始静默了一刻,彼此都感觉着窒息。

"我想在这暑期中回到故乡去一趟。"他打破了沉静的空气。

她抬起头看了他一眼——这一分娇一分羞一分怨几种成分合起来的一眼,完全表现出她不愿意他回去的心意。

"啊!请原谅!我实在受不了这窒息的氛围的压迫,可怕的环境的诱惑,我将要堕落——社会所谓堕落——我也许要犯罪——礼教中的罪恶——倘使我恋恋不离开此地。仁慈的女神!请你原谅我一切,原谅我这可怜的弱者呀!"他挪了挪他坐的藤椅靠近她,很诚恳地说。

"……"她哭了。

"你的热情,我完全了解,虽然我是不敢领受。我为了你,为了我自己,为了我的母亲,为了舅父舅母,以及死去的表兄,我毅然强制地残忍地拒绝你的热恋。的确,我是个弱者,给重重的礼教的绳索缚得紧紧的不敢自由呼吸。你是慈爱的天使,同时你也是战场的勇士。你有高尚纯洁的灵魂,你有伟大专一的热情,你有勇往直前抵抗一切的精神,你有处女的骄傲,足以骄傲一切污浊的人们。但是呀,请你原谅,原谅我这可怜的弱者呀!"他继续着说。

"我不信!社会对于恋爱的目光是怎样的错误?恋爱是至高尚至神圣的事情,不可拿来滥用的,譬如我对于我的名分上的丈夫,本来没有一丝爱情。当时糊里糊涂给那些礼教的魔鬼伸出可怕的爪牙,将一个天真无邪的女儿的命运的前途攫去丢在那黑暗无底的深渊里。的确,我当时没有力去抵抗这些恶魔的势力,只在黑暗的深渊里呻吟着,是太没勇气了。但是,这究竟是谁的罪恶呢?我的悲哀,决不是人们所想像的悲哀——青年寡妇的悲哀——我只是悲哀着可怕的黑暗遮蔽了光明,将天真的小儿都做了魔窟里的牺牲者,但是,我并不幻灭,我是在追求,追求我前面的快乐影子在黑暗的路途上。我要得到最后的胜利来骄傲这些陷人的魔鬼,所以我蕴藏在心灵深处的纯洁的热情,不顾一切很勇敢地发泄出来,在你来到 S 地读书借住在我家之后。我将很坦白地说:'我爱你。'这是我最纯洁的初恋,我决不再有第二个爱人,我以为我是贞操的保守者——保守我最纯洁的爱付给我的爱人。但是,他们偏说我是贞操的破坏者。我真不懂,世界上的是非是这样的颠倒,黑白是这样混乱,一个女性不管她有过几个恋人,或者同时有几个恋人,只要她嫁了丈夫,将她的爱情再移到丈夫身上,就是一个贤良的妻子,这就算是贞操。她们拿至尊无上的恋爱当游戏一般地看待,朝三暮四也好,兼收并蓄也好,只要套起个礼教的假面具,一样可以来指摘别人的错误。我们应当打倒这些恋爱的蟊贼,真理的阻碍物,开辟我们的恋爱之路,去寻找我们的光明，珍重我们的美丽的青春，歌咏我们的纯洁的恋爱，拥护我们的不朽的真理，去抵抗一切，奋斗一切。我们做一个自然怀抱的骄子，不要做一个社会威力下的屈服者！爱人，起来！我们放十二分的勇气携着手努力前进，踏进那无尽期的幸福之园，那里正开着蔷薇等着我们呢！"她很勇敢地说。

苍茫的暮色里，两个影子拥抱了，四片唇儿相接了，四只眼睛里的热泪也融成一片了，这一个美丽的夏的黄昏就这样静悄悄地偷偷地过去了。

（原载《真美善月刊》第4卷第5期，1929年9月出版）

忠实的情人

时代——现代

地点——某埠

登场人物：

陈雪波——青年画家

张碧漪——其妻

王超英——碧漪的情人

布景：

陈家的休息室。正面有窗；窗外是一个院子。时窗帘半掩，隐约看见院中的花木。沿窗偏右放一写字台及旋椅；写字台上放着些应用的文具。左壁的上首，斜放一双人沙发。室之正中放一小圆桌，罩以白布，上置花瓶，环桌置椅数只。右壁放茶几及靠椅，其左有一门，门外为通正室之走道。

幕启：

碧漪坐在沙发上，显出等人不耐烦的神气，时时看着手表。

超英——（从门入，手里拿着许多糖果。）啊，我的小百灵！（将糖果放在桌上走近沙发，抚着碧漪的肩。）累你久等了吧？你瞧！（走过去将糖果一样样拿起。）这是巧格力，这是可可糖，这是苹果，这是橘子，这是……总之，都是你爱吃的，我因为去买这些东西，所以来得晚了。（到沙发上坐下。）亲爱的！（时窗外有人影一动，两人不觉。）告诉我，你生气了没有？

碧漪——快别胡闹，人家有正经事和你讲哩！

超英——噢！正经事？请讲！请讲！

碧漪——下星期顾夫人在中华饭店开时装表演大会，她们要请我参加哩。

超英——顾夫人？（作记忆状。）是不是我们天天在跳舞场遇见的那一个？

碧漪——正是她。还有在咖啡店里常见的陶小姐。还有许多交际场中有名的夫人小姐们哩。

超英——你当然也可加入啊！

碧漪——可是需要几套漂亮衣服哩！李小姐做一套衣服就是五百块钱。

超英——钱？算得了什么？花几千块钱做几套衣服，有什么要紧？我的小百灵！（双手捧着碧漪的脸，对她细看。）只有你，才配穿那些衣服哩！因为你的青春的美丽，堪以颠倒世界上的一切的人们！

雪波——（从门入，手里拿着画具和许多画稿走向超英，沙发上二人惊慌起立。）魔鬼！你破坏了我们的幸福！（将画具画稿摔在地上，握拳作欲击状，后又退至桌旁靠椅上坐下，双手捧着头不语。）

超英——（渐渐镇定，冷笑问雪波。）先生，请你静些吧！你的愤怒不致于使你忘了时代吧？请你记住，这是二十世纪，这是恋爱自由的二十世纪！

雪波——（立起向碧漪。）碧漪！你们的话我都听见了。你不应当欺骗我！你蹂躏了我的纯洁的爱情。

碧漪——（很镇静。）欺骗？在这世界上还不是大家互相欺骗着混过了一生？你也不必这样地责备我。

雪波——碧漪，唉，在我心中的碧漪是怎样的一个崇高的女性！你是我的信仰，你是我的神。因为你，我才感觉到人生的意义；因为你，我才努力着前程的光荣；因为你，我更加忠心于艺术。我几年来过着流浪漂泊的生活，求艺术的成功，也是因为你。现在，我是成功归来了，可是我的幸福的梦也打破了。（将地上的一幅画拾起。）你瞧！这是我成功的作品。画着的是一个美丽的女神，在月光之下，站在海旁下的一个山顶上。你瞧！她的披散的头发，不是像你一般地柔软么？她的活动的眼睛，不是像你一般地光亮么？她的鲜红的嘴唇，不是像你一般地热烈么？皎皎的月光，表现出她的纯洁；茫茫的海洋，表现出她的伟大；峨峨的高山，表现出她的庄严；这是象征着你，象征着我们的不灭的爱情。谁又知道咖啡店的酒气，麻醉了你的神经；跳舞场的肉香，昏迷了你的灵魂。我们的爱情死了！（掩面悲伤。）

碧漪——雪波！是我辜负了你。可是你也应当知道我这几年所受的痛苦。不错，你是有艺术的天才，你是有纯洁的爱情。可是你要知道，艺术不能当衣穿，爱情不能当饭吃，一个平常的女子，谁又能抵抗得住物质和虚荣的引诱呢？

超英——碧漪！是我引诱了你？

雪波——（忿然向超英。）不要你说话！（向碧漪。）碧漪！你侮辱了我，不应当再侮辱神圣的艺术，伟大的爱情！

碧漪——（作鄙夷不屑状。）神圣的艺术？伟大的爱情？现在的社会容许这两件东西存在吗？雪波！我从前也是相信艺术是神圣的，爱情是伟大的。但是，经验告诉我：艺术只是高踞在象牙之塔里的公子哥儿们的玩意儿，爱情只是躲藏在幸福之宫里的少爷小姐们的娱乐品，不是平民阶级所能享受到的。为生活奔走在十字街头的人，既没有闲暇去欣赏艺术，更没有方法来获得爱情。雪波！社会是如此的社会，环境是这样的环境。雪波，恕我吧！

雪波——（似有所悟。）碧漪，我明白了！这亦不能怪你。是我太偏于理想，将一切的事实都忽略了。因为我爱好艺术，结果使我的生活不能安定，几年来受尽了流浪的艰苦；因为我信任爱情，忽视了环境的支配力，以致酿成了现在的悲剧。我是个无知的孩子，不知道什么人情，什么世故。我的理想的天国，和现实的世界距离得太远了。我走！让你们去享受你们那黄金的光彩和青春的美丽交织成的爱情吧！（拾起画具，举步欲行。）

碧漪——（掩泣。）

超英——（拦住雪波。）先生，你不能走！我是个罪人，我破坏了你们的家庭，也可以说我污辱了神圣的爱情。碧漪，不，陈夫人，听我的忏悔吧！我一向欺骗了你。我有妻子，我不爱她，但是因为怕社会的批评，家庭的责备，又不能抛弃她；我欺骗了你，同时也欺骗了她，我欺骗了一切的人。我何尝不想坦白地真诚地来爱你，但是社会能容许我吗？我只得用物质的引诱、欺骗的手段来盗取你的爱情。你想我是多么地卑鄙啊！现在还是让我离开此地吧！我愿你们恢复你们的爱情！

雪波——不，爱情已在我的心上死去了。事实已经告诉我，在现在的社会上，还不能找到纯洁的爱情，除非将旧的制度推翻，替代的新社会建设起来，到那时候，礼教失了权威，黄金敛了光彩，大家都坦白地以诚相见，用不着虚伪，更用不着欺骗，纯洁的爱情便自然会产生出来。我始终相信世界上有纯洁的爱情存在，不在近处，就在远方；不在现在，就在将来；我们期待着吧！我去了！（拿着画具欲走。）

碧漪——（走近雪波，挽其臂哭。）雪波！你要到哪里去？

雪波——我？自然有我的去处！我爱自然界的一切，自然是我的母亲，我就投到她的怀抱里去。我要去看山谷的云气，我要去听海涛的声音，我要看早晨的太阳发出它火花一般的热力，我要看晚上的月亮散布她水晶一般的清辉。我爱杨柳的温柔，我也爱松柏的雄壮。春天的花，是我的姊姊；夏夜的星，是我的妹妹；木石可以做我的伴侣，鱼鸟都是我的朋友；艺术，才是我忠实的情人，我将永远地爱护她，她也将永远地安慰我。在穷困的时候，她能增加我的勇气；在烦闷的时候，她能慰藉我的悲哀；没有目的，没有条件，不为任何势力所转移，不为任何环境所改变，不是一时情感的冲动，乃是永久的心灵的交感。只有她，才是我的忠实的情人！我要到海角天涯去流浪，有一天，死在山谷之中，或树林之下，落花掩盖着我的尸身，明月照临着我的灵魂，流水替我奏着葬曲，小鸟替我唱着挽歌；那时候，我的不死的爱情，将从地下长出一朵百合花来，以待一个多情的诗人或无依的流浪者来采取。这样我就能永远含笑于地下了！别了，朋友们，祝你们幸福!(迅速向外走去。)

碧漪——(追出。)雪波!雪波!

超英——(亦追出。)碧漪!碧漪!

幕下。

一九三一,四,十五。在上海中央大学商学院试作。
(原载《新时代月刊》第1卷第2期,1931年9月出版)

丽玲

地点：

某大商埠

时间：

一个秋天的晚上

人物：

丽玲——弹琴的姑娘

秋岑——丽玲的丈夫

一萍——酒客

曼兰——咖啡店的女侍

布景：

咖啡店之一角

幕启：

（一萍独据一桌饮着酒，女侍曼兰旁立招待。台后有酒客饮酒欢呼声、谈笑声，侍者奔走唤酒呼菜声，并间有梵亚铃声。）

曼兰——（替一萍斟酒）先生，今夜多喝些酒吧！明夜也许你不来了哩。

一萍——我为什么不来？

曼兰——丽玲明天就走了。

一萍——真的吗？

曼兰——谁骗你！

一萍——为什么呢？

曼兰——她本来是一个流浪者，因为店主人赏识了她的音乐的天才，留她在店里帮忙，借此挽回他的清淡了的生意。现在她已不愿意在此了，她要去继续她的流浪的生活。

一萍——可怜的流浪者！

丽玲——（抱着梵亚铃缓缓地走近一萍的桌旁坐下）先生，我为你奏最后的一曲吧。你要听什么曲？

一萍——（黯然）姑娘！我们真的就此分别了吗？

丽玲——先生！人生的聚散本来是很飘忽的。我们无意地相逢又匆忙地分别，全是自然。用不着留恋，更用不着惆怅！先生，还是听我奏曲吧！

一萍——那末，还是请你奏一只流浪曲吧！

曼兰——先生！你为什么总是欢喜听这只曲子呢？这调子好虽好，可惜太悲哀了。

一萍——人生本来只有悲哀啊！

（丽玲低头拂弦奏曲，一萍曼兰俱静听。等丽玲奏毕，一萍满斟一杯酒递与丽玲。）

一萍——姑娘，请你尽此一杯吧！不要太感伤了，人生不过是到处流浪啊！（自己也举杯狂饮）曼兰，你也入座喝几杯吧！这是我们最后的一夜了!

丽玲——先生!只有你是一个知音的人,虽然有许多人爱听我的歌曲。你了解我,你给我无限的同情。我很欢喜,在这冰冷的世界上,能够接受一次温暖的人情。

曼兰——真的,自从你来了之后,不管刮风下雨,这位先生从来没有缺过席。

一萍——丽玲!我由你的琴弦上识透了你内心的悲哀,我由你的生活上同情你身世的凄凉。我想知道一些你的往事,倘使你是愿意告诉我的话。

曼兰——姑娘!我看你的神气一定有过什么伤心的往事,你就讲给我们听听吧!

丽玲——往事早已随着血泪埋葬了。但是,我又怎能不倾吐我的内心的苦闷,诉说我的伤心的往事在同情我的人的面前?

(丽玲姑娘喝了一杯酒,开始讲述。一萍曼兰屏息静听。)

丽玲——我离开家庭,离开朋友,过着流浪的生活,已整整的三年了。在五年之前,我正是十七岁,当然,我也像一般少女一样燃烧着青春的热情,追求着恋爱的美梦。在一个美丽的春天,我和一个青年爱着了。(回想的样子)啊!他是多么地聪明,他是多么地俊秀;他会写最美妙的情书,他会说最温柔的情话。啊!他是多么地可爱啊!

曼兰——姑娘,你是有幸福的!

丽玲——你们可曾看见过双飞的燕子?你们可曾看见过双栖的鸳鸯?那就是那时我们的影子。朋友!真的,那时的幸福是尽够我们消受!但是,人生是最易变幻的,后来的事情谁又能料到呢?

丽玲

一萍——难道他遗弃了你?

丽玲——先生!事情还不是这样的简单。等我慢慢地讲,倘使你们不觉得厌倦。——当我们恋爱正热烈的时候,我的父亲忽然要叫我和另一个青年订婚;他有金钱,他有荣誉,他有深博的学问和宽大的胸襟,他是妇女们理想中的丈夫,但是我并不爱他。

一萍——因此,你就拒绝了你的父亲,是不是?

丽玲——当然,我不能抛去我的爱人而和我不爱的人订婚。

曼兰——你的父亲接受你的请求吗?

丽玲——因为我拒绝这个婚约,同时宣布了我们的恋爱,引起了父亲的愤怒,母亲的埋怨,亲戚的讥笑,朋友的批评。结果,我就脱离了家庭。

一萍——亲友们不必说,难道你的父母对你也没有一些怜爱吗?

丽玲——唉,我的先生!养育儿女,不是希望他们能够博得金钱,博得荣誉,替祖宗扬名,替父母争光,以光大门楣的吗?我的行为,在我们不很开通的故乡,尤其是在我们世代诗礼之家,认为是羞辱祖宗、败坏门风的事,又哪能怪他们愤怒呢?朋友!在这黄金势力支配着一切的世界上,宗法社会的制度下,什么是父母之爱啊?!

曼兰——你可曾和你的爱人结婚?

丽玲——我脱离了家庭,就随着他转回故乡。我们过着快乐的生活,忘了世界的一切。朋友!那时我们真是幸福啊!

一萍——你何以又出来流浪呢?

丽玲——不久,他又另外爱上一位姑娘!在人们的讥笑声中,我们就离绝了。

曼兰——姑娘！你何以这样容易和他离绝？

丽玲——他已经不爱我了，难道我还去对他乞怜吗？爱情是不能勉强的啊！我离开了他，离开他的故乡，开始流浪着。我经过高的低的山，深的浅的河；荒林蔓草中有过我的足迹，古塔破庙里有过我的行踪；我的唯一的伴侣就是这张琴。我抱着它过着我流浪的生活，没有眼泪，也没有欢笑；没有恐惧，也没有慰安；在琴弦上倾吐了自己的悲哀，并不求人们的欣赏。我经过凄风苦雨的晨昏，合我声律的有鹃啼鬼唱；我也到过纸醉金迷的场所，按我节奏的有舞影歌声。渺小的我，就这样在茫茫的人海里飘泊了三年。……

曼兰——可怜的姑娘，你应当后悔你以前的错误。

丽玲——我并没有错误，也用不着后悔。我爱他，我就嫁给他。我不爱另一个他，我就拒绝了他。家庭反对我，我就脱离家庭。他后来不爱我了，我就离开他。我抱着这张破碎的琴，以维持我的生活。倘使世界上是有真理存在，我是一些也没有错误啊！

一萍——丽玲，你是对的！

曼兰——但是，你要是遵从父母的话，嫁给了那个青年，至少不会到这般地步的。

丽玲——我并不爱他啊！"没有爱的婚姻是罪恶！"我深深地相信这句话。

曼兰——可是你能够有安定而舒适的生活。

丽玲——我的姑娘！一个女子单只为着生活而嫁人，那还不如去做妓女！

一萍——（满斟一杯酒递给丽玲）丽玲，你是伟大的，你是革命的，你才配称为是现代的女性！

丽玲——我不怕一切的笑骂，我也不屑要一般人的怜惜，我只仗着这一点自信心，为真理而奋斗。先生！我看透了人生的丑恶，尝尽了人世的痛苦，但是我并不想自杀。我并不是对于这冷酷的人间还有什么留恋，我是不愿意无故毁伤我的生命。我要做一个奋斗的英雄，不愿做一个屈服的俘虏。所以我睁着眼观看一切的丑恶，咬着牙齿忍受一切的痛苦，我决不会在仇人面前流下一滴眼泪！

秋岑——（突然上，走至丽玲面前，握着她的手。丽玲出乎意外地一呆，一萍曼兰也都显出惊异的颜色。）我的丽玲，我今天可找着你了！你还认得你的负心人吗？

丽玲——（渐渐镇静）秋岑！是你？你又来找我做什么？

秋岑——丽玲！你能够允许我忏悔吗？

丽玲——（冷然）我已经和你没有关系了啊！

秋岑——但是，我希望你听我说几句话！

丽玲——（想了一想）你且说吧。

秋岑——自从你离开了我的怀抱，不久，那个姑娘也像我抛弃你一样地抛弃了我。从此，我就过着孤独的生活，快乐的家庭变了寂寞的牢狱，我尝尽了一切的苦闷。我想到你，想到我们以前的爱，想到我们同居的快乐，我就立志到各处去找你，要找你回来。我在外面流浪了一年，今天终久找到了你。我起初听说这店里有一位美丽的弹琴的姑娘，我就猜想或许就是素性爱好音乐的你。我一见了你，就知道你确是我从前的爱人，虽然你已经是憔悴不堪。不过我还不敢冒昧地立刻相认，我在隔座听了你的自述，我才跑了过来。我的丽玲！请你宽恕我已往的过失，同我回去吧！

丽玲——先生，你应当明白，丽玲已经不是你的了！我们的爱是早已过去了，像过去的青春一样不会再来。

秋岑——你不能同我回去吗？

丽玲——（冷笑）回去？我知道，你要我回去，不过是因为孤独的生活过得厌倦了，要一个女性来陪伴你的寂寞。你一时还找不到相当的女性，或是恐怕再蹈了上次的覆辙，所以来找我这个痴心的女子可以不会背叛你，好供你永久的消遣，是不是？可是，丽玲已经离开了你，并且永久地离开你，不再回来了。我上次既不愿意做替父母博金钱和荣誉的商品，当然也不愿意做供你的消遣寂寞的玩物。我是一个人，我要做一个独立的人。请你不必多言了！

秋岑——你难道就这样在飘泊、寂寞的生活中消逝你的青春吗？

丽玲——我过惯了飘泊的生活，更不觉得寂寞。在星光闪烁的旷野里，有夜莺伴奏我的琴声；在灯影辉煌的舞场中，有美酒浇洗我的愁肠。有时躺在碧茸茸的草地上，有明月来和我接吻；有时睡在软绵绵的沙发上，有音乐来替我催眠；我又何妨就这样消逝我的青春呢？人生是多方面的，恋爱不过是人生的一部分，并不是全部的人生。除了恋爱，我们可以做的事情正多着哩！朋友！算了吧！我们已经尝过恋爱的甜和苦，也算点缀过我们的宝贵的青春，也可以满足了。又何必再去投入这漩涡呢？我们的恋爱让它随着过去的岁月深深地埋葬了吧！现在是秋天了，过去了的春光是过去了，我们只有等待着冬天的来吧！别了，诸位，再见吧！（提着琴出外）

（原载《新时代月刊》第1卷第4期，1931年11月出版）

妥协

C将惨淡经营的反对他的父亲代他订婚的信寄出去之后，才从沉闷的氛围中深深地呼了一口舒畅的气，几天不见的微笑又重新浮上他的口角，重滞的阴影从他的心上移了开去，一种不可名状的轻松的愉快占了他的全身，他泰然。

"店主东，带过了……"这极纯熟的腔调又从他的嘴里自然地哼了出来。他点了一支卷烟自在地吸着。迷漫的烟雾里渐渐地显出一个个的人影，由模糊而渐清晰：密斯张的美丽的倩影，密斯王的妖媚的眼睛，密斯李的细长的眉毛，密斯朱的红艳的嘴唇……都像电影般逐个在他的眼前映着。这一个个的影子似乎都可以做他追求的对象。换句话说，就是现在他已有了捕获她们的资格。他幻想着对她们进行追求的方式，得意地笑了。

"老C！什么事得意？信已寄出去了吗？"C的笑声引起了正在写稿的L君的询问。

"寄出去了。我觉得心里很舒畅。我很感谢你的指示。不是你，我或许还下不了这个决心。"C答。

的确，自从C的父亲在五天前寄来一封要代他订婚的信以后，他一直踌躇着不能有一种适当的办法，直到他得着L君的指示以后。其实，这本是很简单、很容易解决的一回事。受过新潮流洗礼的C当然懂得反对专制婚姻，当然懂得自由爱恋。但是，我们的可怜的C君，虽然今年已经二十五岁了，还从来没有和任何女性接近过，谈不到什么恋爱，当然更谈不到什么婚姻。然而，老实说，无论在心理方面，生理方面，他都急迫地感到结婚的需要。因此，他发生一种矛盾的心理：一方面想奋斗，一方面想妥协。理论上的真理是对的，事实上的情形也是真的，这可将我们的聪明的C君难住了。他是迟疑，他是彷徨，他眠食不安地过了五天。要不是他的同室的好友L君的"婚姻是人生的重要问题，我们需要结婚，但是我们不需要没有爱的婚姻。我们需要恋爱，但是不需要被动的恋爱。我们不知道一件事的错误而盲从，这可以原谅，知道它的错误而仍旧去做，这才是绝对的错误。我们应当奋斗，不应当妥协。妥协是我们青年的仇敌，C，记住吧！"几句有力量的话决定了他的反抗的心，恐怕他到现在还不能自在地吸着烟和L谈笑哩。

"好！不妥协主义万岁！"L君收起了稿件，站起来，胜利地笑了。

仅仅三天的安静，在一个寂静的黄昏，新的烦恼又将C送到不可解脱的沉闷的深渊里。因为他家中又来了第二封信，一封坚持而又让步的信。坚持的是他们的主张，而让步的是他们的方法。信上说对于他的订婚的事已进行到相当的程度，并且婚姻非由父母作主不行在他们这等人家，虽然现在是盛行什么自由恋爱等等。

倘使他不顺从他们的意见,那宁可牺牲他们之间的父子关系。因为像这样不肖的子孙对于他们家庭是没有利益的。他们是很爱他的,当然为他的幸福着想,这是不必他担心的。并且这位小姐是很美丽,很聪明,很温柔。她是在他们的故乡的女子师范毕业的,学问也很好。总括说一句,她是一个才貌双全的女子,很够做他的配偶的资格。他们费了许多心思才为他找到的,劝他千万不要错过这个难得的机会。况且,只要他允许了订婚之后,通信、会面也可以办到的。在信中还附了一张照片。啊!多么动人的女郎呵!立刻使他感到拒绝这样一个美丽的女郎的婚约是很残忍而又愚蠢的事,当他看到这张照片的时候。并且,聪明、温柔、博学诸概念也随着钻进他的意识里。这简直可以摇动他的反抗的决心。不,不是摇动,可以说是完全推翻。然而,我们的C君终究是新人物,对于旧式婚姻未免总感到相当的不满意。于是,L君的不妥协理论趁此来维持他的摇动的心。

"不。妥协终是可耻的!屈服在旧式婚姻之下,岂是我们所甘心的吗?坚持到底!反抗到底!"他勇敢地想。

"坚持?反抗?家庭断绝了关系,经济问题如何解决?"另一个重大问题又浮上他的心来。

"受了两年大学教育的我,还不能够自己维持生活吗?这有什么要紧?"这问题似乎已经有了解决。

"现在的职业是多么难找啊!我们校里已毕业的同学还不知有多少没有职业的哩!何况未毕业的我呢?找不到职业,又不能求学,住在何处?吃些什么?一年几千块钱的用惯的舒适的用度从什么地方来?"再一想,一层层的黑影包围了他整个的心。

而且,"最可宝贵的青春已经将要毫不吝惜地离我而去了。那骄傲的爱神却还从来没有光顾过我。倘使任意地拒绝了这次的婚约，难道将永远独身不成？"又加上一层可怕的阴影。

"当然，我也知道婚姻是应当根据于恋爱的。可是，现在的社会给予青年们恋爱的机会是太少了。像一般青年一样地去追求吗？谁又是我追求的对象呢？密斯张？太骄傲了。密斯王？太浪漫了。密斯李？脾气太暴躁。密斯朱？思想太幼稚。以至所认得的密斯们，她们都不是我理想中的伴侣。况且，我和她们有的认识，也不过是泛泛之交；有的连招呼都不招呼哩。友谊还谈不到，何况恋爱？何况婚姻？世上的女人是多着哩。可是或许有的她爱我而我不爱她，有的我爱她而她不爱我，即使我爱她而她又爱我，而还要有能够相爱的机会。世上哪有理想中的对象？即使有，在这茫茫的人海里，又怎能使我们相逢，相识，而又相爱呢？唉，这太难了。我不能等待。还是妥协算了。不是有许多同学也都是家庭为他们订婚的吗？他们都不是很满意吗？结过婚的是时时恋着家，未结婚的忙着写情书，会情人。他们都快乐地过着，远胜过我的寂寞和烦闷。有些固然是由恋爱而订婚的，但是大半是托亲友们介绍而成的。这还不是为结婚而恋爱吗？这仍旧是与L的'我们是为恋爱而结婚，不是为结婚而恋爱'的主张矛盾的。那末，自己又何必固执呢？并且，像L那样固执的人，只好永远地孤独。他的理论是完全对的，但是太忽略了事实。他是个可敬爱的青年，但是凡事太理想了。他不是到今天还没有爱人么？他将'爱'看得太神秘，太崇高，太尊严，太纯洁了。他要求的真正的爱，恐怕永久不会得到吧？这一点，他自己也承认。我又何必去步他的后尘呢？"他似乎有充分的理由来否定他的反抗，并且推翻了他对于L君的信仰。

"倘使我允许了这个婚约，那立刻就可以和她——那美丽的女郎通信。娇美的颜色信封可以常常由信箱而到我的口袋里，像同学们一样单独地在操场的角上，或宿舍的床上，细细地读那妙曼的情书。那是多么令人兴奋的事啊！她是那样聪明，美丽，温柔，那末写的信也一定是情致缠绵，令人百读不厌的。并且，慢慢地由通信而约会：我回故乡的时候，可以去看她；我在学校里的时候，可以约她到S埠来玩。我们可以携着手去看电影，并着肩去游公园。到那时候，我一样可以骄傲那些孤独的人们，而他们也将要对我发生一种由羡慕而成的妒忌的心理。我又何乐而不为呢？抛去了当前的可以实现的快乐，而去求那飘渺的理想的幻梦，那是傻子的事啊！管它呢，人生是很短促的，得乐且乐，又何必自苦呢？只要快乐好了，管它合理不合理呢？一件事能使我们快乐就是对的，世上又何尝有绝对的真理？所以世上本没有真理的存在，追求真理的人，才是傻子呢！让L去做他的真理的信仰者，不妥协的主张者，永久做他幻想的美梦吧！我是决定了我所要走的路了！"他幻想着未来的快乐，下了很大的决心，不过这不是反抗的而是妥协的决心。

他匆匆地写了一封允许订婚的信给家里，预备明天一早寄出去。他刚写好，看罢电影的L君也回到宿舍里了。

"老C！还没有睡？"L一走进门就笑着问。

"预备睡了。"他迅速地将信放进口袋里，就去铺床，藉以遮掩他的不安的神色。

"时候不早，我也就要睡了。"L君毫不在意地说。

"妥协"两个字忽然在他的脑膜上很快地一现，一种羞愧的情绪使他的脸红了。

L君一些也不知道他的事,他更不了解L君的心。他们只各人寻各人的梦去了。

一九三一,十一,四。于中央大学。

(原载《新时代月刊》第1卷第6期,1932年1月出版)

画像

他照例地进了房将帽子向桌上一放，颓然向睡椅上一躺，举起了失神的眼光，向那已经脱落了石灰的灰黄斑驳的墙壁上挂着的一张画像凝视着。同时，照例的，这画像已经为时间剥蚀所剩下的黯淡的颜色和模糊的轮廓，渐渐地现出一个人影。然而，反常的，这天真烂漫的少女已变了华贵雍容的少妇；并且，这影子和他愈离愈远，渐渐地由模糊而消灭了。他立刻闭上他的眼睛，不容许他的要流的热泪掉下来。这壁上的画像虽然暂时被他的一层薄薄的眼皮阻隔着，不再映入他的脑膜，但是刚才的经过却像电影般很清楚地在他的脑中开映：

振声领他走进陈设华美的会客室的门，灵芬早已笑吟吟地站在那里相待。

"可不用我介绍了，你们两位老朋友。"振声笑着说。

"……"他怔怔地说不出话来。

"秋哥，我们真好久不见了啊！"她很自然地微笑着说。

"……"他依旧想不出适当的话来讲,只显出很不自然的微笑。

他们随意坐下,仆人们送上茶来。

振声拿出纸烟来,敬了他一支,自己也点了一支自在地吸着。他默然吸着烟,看那缕缕的青烟渐渐地由浓而淡,由淡而消灭。

"想不到十年前的旧伴今天还能聚在一起,这真是值得快乐的事!秋哥,你说是吗!"灵芬似乎看出他内心的寂寞,打破了这沉郁的空气。

"真想不到十年后我们会在此地相见,可是我们的心情已不是从前的了!"他感慨地说。

"我们正是年青,我们应当快乐!秋!你几时染上了感伤的气分?"振声得意地说,脸上浮出胜利的微笑。

"真是,光阴过得多快啊!可爱的童年已成了过去的残梦。但是那时的生活真是值得我们回忆的啊!"灵芬说,似乎她对于过去的生活还有馀恋,至少,可以证明她并没有完全忘情过去的生活的一段。

"我们儿时的情境,好像就在眼前一样。秋,你还记得吗?"

"我至死都不会忘记的生命史中最宝贵的一页,恐怕比你还清楚呢?"他心里这样想,可是并没有说出。同时,儿时的情境一幕幕像图画一样展开在他的面前:

离学校后面不远的地方,有一弯小溪。溪水被微风吹起鳞鳞的皱痕。夕阳射在水面上,发出黄金般的光芒。溪边的草地上,有三个孩子在垂钓。一个大些的男孩和一个垂着双辫、辫梢上结着两个粉红色缎带的女孩同坐在一块大石头上,另一个男孩坐在石旁的草地上。他们都专心一志地注视着他们的钓丝。忽然,女孩的钓丝一动,钓竿微微地往下一沉,她知道有鱼上钓了。她很喜欢地钓竿往上一举,果然,一条很大的鱼被她钓起,在很焦灼地掉着尾巴。

"你们看!大鱼!大鱼!被我钓着了!"她欢喜得直叫起来。

"我恐怕也钓着鱼了?"和她并坐着的男孩说,用力地将钓竿往上一举,拍的一声,将女孩的钓竿往上一震,卜通一声,一条大鱼又掉下水去了。

"不,你赔我!"女孩眼看着费了许多时间和心血好容易钓得的大鱼无端地损失了,不由地急了。懊丧和惋惜的情绪使她的眼中含满了清泪。她赌气将钓竿一丢,跑到柳阴底下,靠着树干,怔怔地望着溪水,一声儿不响。

"芬妹,不要紧!我赔你一条!"大的男孩故意满不在乎地说,可是他的内心真急了。他忙着安置了饵,将钓钩垂下水去,静静地等鱼来吞。

经过很久的时间,他焦灼地时时将钓竿举起来看,但是每次带给他的都是失望。虽然他时时忙着换饵,但是他始终没有钓着过,甚至是小鱼。

女孩仍是一声不响地立在柳阴之下。

另一个男孩却钓着过两条小鱼。这时,他又钓着一条比女孩所失去的更大的鱼。

"芬妹,我赔你好吗?"小的男孩立刻拿着钓着的鱼跑了过去,笑着说。

"咦!这鱼比我钓着的还大呢!"她笑了。

"你叫我一声,我才给你哩!"他故意地为难。

"好秋哥!你快些将鱼放在我的篮里,不要又让它跑了。"她央求着。

他们挽着手同走到溪边,看见大的男孩垂头坐着,鼓起嘴在生气,钓竿静悄悄地睡在草地上。

"羞不羞,你倒生气了?"女孩括着脸羞他。

"我们回去吧?时候不早了!振哥!"小的男孩说。

夕阳照着他们提着竹篮的影子慢慢地移动,渐渐消失在苍茫的暮空里。

"秋哥,你也替我画一张吧!我的太坏了!"女孩看了她的秋哥画好的预备交给先生的图画,两眼充满了希望的光对他说。

"芬妹,你的也很好啊!"秋说着已拿起笔来和着剩下的颜色开始替她画了。

"秋哥!王先生说你有艺术的天才,他希望你成功一个画家。然而,秋哥!什么叫做艺术的天才?"

"我也不知道!不过有艺术的天才就可以成功一个画家——和王先生一样的画家。"秋边画边答。

"那末,你将来一定可以成功一个画家了!但是,王先生说:'要成功一个有名的画家须要到外国去研究几年才行。'你将来要到外国去吗?"

"当然也要去的。你去不去?"他反问。

"你去我就和你一起去。不然,我怕哩!"

"怕什么?外国才好玩哩!"

"外国也有小溪?也有鱼么?"

"多着哩!"

"你去学画,我去学什么好呢?"

"你也学画。"

"我画得不好,恐怕是没有艺术的天才吧?"

"那末,你就学唱歌。李先生不是说你的歌唱得很好吗?"

"我们到了外国还能在一个学校里吗?"

"当然可以的。"

"那多快乐啊!"

"你看好不好?"秋已经画好了说。

"很好!很好!我这次的图画一定会得一个'甲'哩!"芬快乐地说。

"我们出外去玩玩吧?已经在屋里闷了半天了!"秋将画具一推站了起来,似乎在征求着芬的同意。

"好!我们去找振哥吧?"

他们牵着手一跳一纵地出去了。

一刹那的甜蜜的回忆过去了,眼前的一切,又将他唤回现实的境界里。

"儿时的情境谁又能忘情呢?可喜的是现在你们一个已经成为鼎鼎大名的画家,一个在音乐界中也有了相当的位置。并且,你们已由幼年伴侣成了永久的伴侣了。你们的落魄的老友是多么地为你们欢喜啊!"

"也不过是虚名而已。"振声和灵芬同时谦逊着。

"我在美术专门学校毕业后,就到法国去专攻图画。凑巧在那个学校里又遇到灵芬,——她是专修音乐的。——我们又做第二次的同学。我们在一起的时候,常常提起你,想念你,但是并不知道你的消息。"

"自从和你们在故乡初中毕业分别后,你们到 N 埠去继续求学,我为了家庭经济的压迫到 S 埠去谋生,我们的友谊仿佛告了一个结束,我们的消息也就此断绝。我也曾听到过关于你们的消息,但是我不愿意拿你们幼年伴侣的落魄状况和所受的一切压迫来扰乱你们的平静的心绪。"

"你的环境埋没了你的天才!"振声似乎同情他的遭遇而很惋惜地说。

"现在的社会制度之下,也不知埋没了多少的天才!成功两个字,是要用黄金来创造的啊!"灵芬轻轻地叹息。

"唉!"他表示了无限的沉痛。

"我们不该来引起你的伤感。——你请到我的画室里去看看我的作品吧?"振声望着他的老友说。

"好!"他站了起来。

他们一起到了振声的画室。

四壁挂满了图画,这使他真有些目不暇接。第一映入他的眼帘的就是灵芬的画像。这使他立刻感到很大的刺激。他仿佛已经离开了振声的画室而到了另一个境地:

慈母的微笑一样温和的四月的风软软地轻轻地拂过他的面颊,情人的私语一样柔媚的斜阳淡淡地微微地吻着他的头发,上面是青青的天空中随意放着几片白云,四周是青的麦,黄的菜花,这使他的纯洁的心灵完全陶醉在自然的酒杯里。

"你不要动!这姿势很好。"他望着站在柳阴之下的灵芬说。一边拿起木炭先向画稿上勾出一个轮廓。

一笔一笔的颜色向纸上涂,画中的少女慢慢地明现出来:短短的鬈发覆着两道弯弯的长眉,露出一对发光的大眼睛;苹果般

画像　275

的面颊上有两个浅浅的酒涡；两个小小的嘴角微微向上，露出一丝笑意。浅绿色的短衣配着下面黑色的短裙。身体半倚在柳树干上，一手抚着树干，一手拉着垂下来临风摇曳着的柳条。

"不像！不像！"在长久静默之后，他将已画成的像看了看，对着灵芬说。

"已经画好了么？"灵芬问。

"好是好了，可是不像。"他失望地答。

灵芬跑了过来。她对画像注视着，见画稿上面是一个和自己同样年龄，同样装束，同样美丽，同样天真，同样活泼的少女。她有和自己同样的圆圆的苹果脸，发光的大眼睛，浅浅的酒涡，小小的嘴唇。可是并不是自己，只是另一个可爱的少女。

"不像也不要紧，好在你总是画的我啊！"她坦然地说，同时，微微感到一种轻淡的失望。

他将画笔一抛，只呆呆地对着画像发怔。

"秋哥！这有什么不开心的？等你成功了画家，一定能画得和我一样了。是不是？"她笑着安慰他。

"……"他不响。

"秋哥，你看！这眼中的光，这嘴角的笑，还不够像我吗？你细看！你再细看！"她对画像细细地看了一会，像得了什么新发见似的叫起来。

"毕业的日子近了，我和你也将近分别了！我满意想画一张你的小影，让它永远陪伴着我，永不分离。谁知道我的恶劣的画笔画不出你的美丽的姿容，我失望！但是，无论像不像，只要我一看到这张画像，我立刻能想像出你的影子来。现在，还是让我珍藏着它，留作我们的珍贵的纪念品吧！"他将画稿很小心地收藏起来。

"秋哥！我们毕业后就不能在一起了么？"灵芬感动地说。

"将来的事情，谁又能预料呢？"

"秋哥！"灵芬眼中充满了热泪，扑到他的怀里。

"……"他用手抚着灵芬的头发，慢慢地双手将她的脸捧了起来，低下头去，给她一个热烈的吻。他的热泪滴到她的有泪痕的脸上，和她的热泪融合了。

他再看看现在振声画的像，容貌，姿态，神情，都生动极了。完全表现出一个活的灵芬。

"多么生动的画像啊！比了自己十年来朝夕相对的幼稚的画像，果然是相差太远了。但是画这像时的心情和对于这画像的珍视，恐怕是一样的吧？"他想。

他又另外看了一周的画稿，但是他的心神已经完全为那幅画像摄住了。

最后，他带着沉重的心辞别了主人回来。

他重新张开他的眼睛，站了起来，将画像从墙上取下，又从镜架中取了出来，他双手捧着这画像，低下头去吻着那已经褪了颜色的红唇。他的热泪滴到纸上，纸上起了班班的水晕，更模糊了。

他的十年苦闷的、孤寂的生活的唯一安慰者——画像已从他的手中落到地上，他惘然，也一切惘然了。

"现在的社会制度之下，也不知埋没了多少的天才！成功两个字，是要用黄金来创造的啊！"他的耳边只嗡嗡地响着这两句话。

一九三一，十二，十三。在南京。

（原载《读书杂志》第2卷第11、12期合刊，1932年出版）

酒

  文若近来的烦闷一天比一天沉重了。她眼看着同学们一个个都是生气勃勃地过着悠闲而愉快的生活，愈显得自己奄奄无生气了。在这种比较的情形之下，她咒诅上帝。不错，她是应当咒诅创造人类的上帝的不仁，因为他残酷地赋给她一副被人轻视的容貌。

  讲起容貌，这真是最使她伤心的一件事。她生成一个比普通男子还要高半个头的身材，这，似乎不能就说是怎样坏，古时的诗人不是也曾用过"硕人其颀"来形容我们的美人么？现代的青年不是正在提倡"健而美"么？那不是她的高的身材，也并没有违反美的条件么？但是，如果你要用以上两句话来安慰她，你一定会感到一种言不由衷的不安，同时会使她当你的话是一种很大的侮辱。

  身材既是异常地高，似乎稍胖一些倒还相称，偏偏又是异常地瘦。再加上一副黄黄的瘦瘦的脸，更引不起人家对于她的好感。

于是,"电杆木"、"开路神"等等绰号都义不容辞地加上她的身。这究竟是由男同学们替她起的,然后传到女同学方面;还是由女同学方面传开去的?这谁也不知道。也没有谁高兴去做这"绰号的来源"的研究。总之,没有一个人不知道这绰号是谁的就是了。

一些人往往欢喜利用别人的弱点来做一种嘲笑的材料,消遣的事物,尤其是缺少修养的青年。所以不幸的文若就做了他们和她们的消遣的目标,而"电杆木"、"开路神"的绰号就风行全校了。

起初,不过以背后批评;后来,一些顽皮的男同学故意地在她面前叫着,讲着,笑着;一班和她性情不投的女同学也冷冷地似乎并不留意一样带出"电杆木"、"开路神"的话来。这在文若当然也知道,不过除了暗暗地生闷气之外,又有什么方法去禁止人家的嘲笑呢?

可怜的文若对这种侮辱的唯一的反抗的方法,就是咒诅。她眼看着一些男同学们向着美丽一些的,不,可以说是普通看得过一些的女同学们卑谄地献媚,一些女同学们忙着装饰;她觉得看不上眼。她咒诅那班男同学除了侮辱弱者之外,就只知道向女性献媚,他们只知道在眼波里浮动,笑涡中沉溺;他们从不曾留意过一颗真诚的心,一个纯洁的灵魂。她又咒诅那班女同学除了讥笑同性以外,就只知道用爱娇的态度、妖媚的服装去引诱一些异性;从不知道什么互助,什么同情。于是,她以不屑的态度轻视她们了。她想着他们和她们不配了解她,她相信自己有一个美丽的灵魂,虽然缺乏着美丽的容貌。她是不屑要他们的谄媚和她们的同情。她在烦闷的石块压上她的心头时,每每这样想。她觉得这样想时,是对于他们和她们的一种快意的报复,同时是对于自

酒　279

己的一种安慰。但是倘使有一个男同学向她献媚或是一个女同学同情她的遭遇而帮她去反抗这种难堪的侮辱时，她会不会仍以不屑的态度去对付他或她，这就很难说，除了上帝，连她自己也不明白。

真的，她不明白的事太多了。世界上的事是这样复杂而又玄妙，不是她的单纯的心所能够明白的。她就始终不明白她会这样被人不尊敬，仅仅为了容貌的不美丽。行为浪漫的琴芬做了全校崇拜的皇后；一封信起码要写几个别字的兰珍也有许多异性追逐她；性情乖戾的玉如也有了恋人。这一切，她都不明白。

她始终不相信这样大的世界会没有一个注重内美忽略外貌的人，即使没有个他，也至少有个她。是的，至少有个她，和她在中学同过六年学一起进 S 大学的慧娟就一直同她很好，从没有轻视过她。她们进了 S 大学之后，仍旧同寝室，所以同起居，同进出，差不多一刻都不离开，除了上课的时候，这是因为她俩个性的不同，文若进了教育学院，慧娟进了理学院，所以不能同课。她俩的友谊是值得被人家羡慕的，但是人家的诧异倒比羡慕更多些，都奇怪慧娟怎样会和文若这样好！

讲到慧娟，那是恰和文若站在相反的地位的。她有适中的身材和秀丽的面貌，她是为一般人所尊敬的。许多男同学费尽心思想着种种方法和她接近，女同学方面有些妒忌她的人也至多说一声"也不见得怎样美"，也不敢，或许是不安，完全否认她的美。文若看到她的朋友能够异常地受人尊敬，她也感到一种光荣；但是由这光荣而联想到她自己，立刻又感到一种难忍的耻辱。

对于慧娟，文若是只有感谢。真的，慧娟对她是处处照顾：什么事都帮助她，什么话都告诉她；这种友谊是她的苦闷的生活中的唯一的安慰。

世上有许多事是往往出人意料之外的，与文若同系的张君竟在上课的时候寻了一个借一支笔的机会开始和她接近起来。这件事，立刻引起了全校同学的注意。奇怪，那是当然的，但是使他们更奇怪的是张君是这样一个漂亮人物：他常穿一身很时髦的西装；梳着光滑的头发；雪白的脸，配上一对乌黑而光亮的眼睛；口角上常挂着温柔的微笑。以这样漂亮的张君而追求着那样不漂亮的文若，这样格外奇怪的事。因此，这件事就做了一般人课馀谈话的资料。

"老张是在着急乱抓一个对象了，所以会这样地不加选择。"这是一种论调。

"老张是在开她的玩笑吧？"这又是一种推测。

"她的学问还不差，老张许是爱才吧？"这是一些老实人的猜想。

"老张和她接近些，也是同学间应有的友谊，何必一定有什么目的呢？"这是一些理想家的梦呓。

"老张会爱她，我死也不相信！这一定是另有作用。不过不知道他葫芦里装的什么药？"这是聪明人的见解。

张君和文若一天比一天亲近，一般人的猜疑也一天比一天扩大。他们纷纷地议论，也猜不出个所以然来。只有静待事件的展开的一法。

文若对于张君的殷勤，觉得十分感谢。她相信自己的见解倒底不差，世界上不尽是尊重外貌的人。她开始感觉到人情的温暖，世界的光明。她觉得有张君和慧娟两人这样对她，那其馀的人对

酒　281

她的侮辱和嘲笑也就不放在心上，她的烦闷一天比一天减轻了。

张君和文若的交情一天天地加深：由教室里的关于功课上的谈话进而为女生宿舍会客室里的闲谈，再由谈话进而为出游时，人的数量也由两个变为三个了。加入的一个就是文若的好友慧娟。张君和她的交情更超过了文若。她像一阵风一样吹去了每个人心上的疑云，他们和她们于是恍然大悟。

"老张是醉翁之意不在酒！"大家都明白了张君和文若亲近的原因：他的目的是在慧娟。因为和她没有同课的时候，接近的机会极少，就不得不借文若来做一个过渡了。

因此，一个新的绰号"酒"又轻轻地加在她的身上。人情多半是喜新厌旧的，何况这个新绰号又是有这样有趣的来历。于是"酒"又立刻代替"电杆木"、"开路神"风行全校了。在教室中，在宿舍里，常常能听到"酒"、"酒"的声音，接着这声音而来的是哄然大笑。

渐渐地，文若也感到这"酒"的意义的不平常了。这似乎与以前的"电杆木"、"开路神"有同样意味。但是她不明白这"酒"字的来历。她直觉地感到这"酒"是别人用来嘲笑她的，但是她不懂这意思。她想她又不欢喜喝酒，这究竟何所指呢？她只有去问什么事都告诉她的好友慧娟了。但是例外地慧娟也推三阻四地不肯告诉她，这使她非常生气，同时也格外地糊涂起来。

有一天，她在寝室中又问起这"酒"的意义，慧娟不肯说。她很不高兴。后来慧娟和张君出游，她一个人睡在床上生气，她觉得连慧娟都变了，很伤心。同室的小芳在旁边暗暗发笑，就倾筐倒箧地将"酒"的来历都告诉了她。她不能说什么，也不能再想什么理由来作为报复别人或安慰自己,她只有掩着面哭了。在模糊的泪光里,她看见许多狰狞的脸对着她冷笑,这中间有着张君和慧娟的一双影子;在她隆隆响着的耳管里,听到许多尖利的笑声而张君和慧娟的更特别清楚。

一九三二,九,廿九。中央大学。

(原载《橄榄月刊》第26期,1932年11月出版)

王老太太的新年

王老太太忍耐不住地重睁开她的勉强闭上不久的眼睛，看见天已经大亮了。隔着帐子望到窗外，已经有一抹淡淡的朝阳的光彩染上院子里的树梢。一片唧啾的鸣声，分不出有多少种鸟在叫。

王老太太看见天气这样好，心里格外地愉快。

"阿凤！阿凤！还不起来！"她叫着睡在她的床面前地板上的丫头。

"唔！什么事？"声音是很含糊，表示她还没有十分清醒。

"快起来！去看看李妈起来了没有？叫她快些上街！晚了买不到好菜，也来不及做，一会儿少爷、少奶、小姐、姑爷都要来了。"王老太太不住地催着她。

"哪会这样早？天还才亮哩！"说这话的声音是很低，低到王老太太听不出。神气是满不愿意，慢慢地在穿衣服。

"不要忘了！买只肥的鸡，斤半肉，十个鸡蛋，四条活鲫鱼，一斤虾，还有青菜……"

"知道了！"穿好衣服将要走出房门的阿凤回答。"烦死了，昨天到今天不知说过了几百遍！"阿凤走出房一路叽咕着。

王老太太久已计算着盼望着的新年终久姗姗地来了。异常的快乐占据了她的整个的空闲和时间。她在昨天就忙着收拾房间，预备着儿子、媳妇、女儿、女婿来住。又预先告诉李妈今天要买的菜——儿子女儿欢喜吃的菜。她兴奋得一夜都没有好好地睡，才蒙眬睡去，又似乎听见有人说话的声音，"天已经亮了吧？是他回来了？"就又睁开眼睛，看见房里还是很黑暗，只有那放在床面前小桌上点了过夜的小灯摇着它的将熄的残焰，发出一些黯淡的光。只好勉强再闭上眼睛，但是不多一会又从新睁开，房里还是照样的黑。她像一个囚犯等她出狱的一天来到一样急地望着天亮。渐渐地看见天慢慢白了，房里也一点一点地亮起来；不一刻，太阳也出来了；她担心晚了买不到好菜，就催阿凤去叫李妈。

王老太太在去年接连办了两件大事——嫁女儿和娶媳妇——之后，肩背上卸去一副二十几年背负着的重担，感到一种不可名状的轻松。她觉得十几年守节抚孤的辛苦已有了相当的成绩，对于她死去的丈夫也可告无愧了。但是她虽然感到了轻松的愉快，同时又感到一种虚空。像一个一天到晚做着工作的人，一朝没有事做，一方面固然觉得轻松，一方面也会感到手足无措起来。

女儿是嫁到人家去了，不用说，是不能在一起。但是家里多了一个媳妇代替女儿的位置，王老太太也不应当会寂寞，但是她的确感到异常的寂寞。从前是儿子办公的时间，有女儿陪着她谈谈心，帮着她做些零星的杂事；儿子公毕回家，三个人在一起说说笑笑；晚饭后，照例的，冬天是大家围着火炉，夏天是搬了椅子到院子里乘凉，儿子讲些外面的事情，女儿谈些她的女伴们的事和最近流行的新装，王老太太也搬出些古话讲给他们听。虽然是这样刻板的简单的生活，但是他们都很感到兴味，至少王老太太是如此。现在是儿子早上去办公的时候，媳妇还没有起来，等她梳洗完正好是开饭的时候，下楼吃过一顿饭就回到房里去做些她自己爱做的事——看小说，弹琴，唱歌。王老太太有时候耐不住寂寞的袭击，也走到楼上媳妇的新房里去，但是翻翻她看了不像那种"私订终身后花园，落难公子中状元"一样容易而有兴趣的书，听听并没有孟姜女、唱春一样动听的曲调，一些也感不到兴味。两个人又没有什么话谈，敷衍着讲几句，彼此都很窘。因为这种情形，所以王老太太平常也不大上楼了。儿子回来，照例到她房里一转，转身就找不着他的影子。他们时常打扮得很漂亮，手挽着手出去看电影，游公园……经过王老太太的房门时，照例要进房问一声："妈也高兴一起去玩玩吗？"回答也是刻板的："我不去，你们去吧！"他们在家吃晚饭的时候，饭后儿子总和媳妇到她房中坐一会谈谈。但是儿子的话差不多都是对媳妇讲的，媳妇也只对着儿子说话。他们的很起劲的谈话，常常使她插不下嘴去，只默默地坐着听些茫无头绪的不十分懂的话。这样坐了一点多钟之后，儿子不是说："时候不早，妈好早些安息了！"就是先打一个哈欠，然后对媳妇说："我想去睡了，省得明天办公起不来！你陪着妈再谈一会儿吧！"她的回答总是一样的："我也要睡了，你们上楼去吧！"她也很诧异本来晚催了几次还不肯睡的儿子何以现在这样早就要睡？"倒底娶了亲，成了大人，懂事得多，不像从前的一味孩子气，知道体恤母亲，知道认真办公了。"她这样想时，心里很愉快，虽然她觉得这时候睡觉未免太早。

女儿是嫁出去了,形式上娶了一个媳妇,实际上等于又嫁了一个儿子。这一点,王老太太也知道,但是她看见这一对相爱的小夫妻时觉得是有了安慰。她常常对亲友们说:"他们一对小夫妻好得很哩!叫我看着也欢喜,总算放下了一条心。"

不过安慰尽管安慰,寂寞总是寂寞。异常的,近来王老太太会想念着自从儿子长大以后久已不想念的已死的丈夫。这一点,她以为是一种不祥之兆——是她将近要和丈夫在一起的预兆。

这样过了两个多月,儿子要离开苏州调到南京去工作了。据说这是由机关里指定的。儿子起先说不带家眷,留媳妇在家陪伴母亲。但是母亲说还是带去的好,她是不用人陪伴的。儿子大约是尊重母命吧?便立刻决定和妻子一起去了。临去的前夜,母亲恐怕从没有离开过家乡的儿子会发生不快之感,很是担心。但是儿子终始高高兴兴地忙着整理行装,倒是母亲整整地哭了一夜。

儿子、媳妇去后,王老太太格外冷清得连吃饭都只有一个人了。她找隔壁人家的一个孩子写了一封信给住在上海的女儿,她说希望再看见她的久别的女儿,并且希望她能够回家多住几天,陪伴她的寂寞。但是信去了好久,总没有回信来。她想一定是小孩子写错地址,所以又亲自雇了车到城外的亲戚家去请他写了一封信。不久,回信果然来了。但是信上说因为家务忙,走不开,所以一时不能回来。她虽然很失望,但是想到她的娇纵的女儿居然知道专心料理家务,也就满足了。

一年一度的热闹的双十节又快到了。各机关的职员,各商店的伙计,各工厂的工人,尤其是各学校的学生都心焦地等着这一天的来到,特别是王老太太盼望的热度最高。她知道国庆日各机关都放假,并且恰是星期六,连星期日可以有两天的休息,儿子可以回来一趟，女婿休假，也可以伴着女儿同来。她兴匆匆地请人写两封信去问他们回来不。隔了两天回信都来了，儿子说仅有两天的假期，只够火车上往返，倒要花费二十元左右的车资，太不值得，所以不预备来，等到新年放假再回家吧！女儿是因为婆婆有些小病，似乎做媳妇的不应当离开，所以不能回来。说等到新年再回家看她的母亲。她接到这样的两封回信，将满心的高兴都变为不高兴；但是再一想儿子能够知道节俭，女儿能克尽妇道，这都是母亲的希望，又将满腹的不高兴从新变为高兴了。她只是焦灼地而又忍耐地等待新年的来到。

王老太太希望中的新年终久像爬虫一样慢慢地一步一步爬到了。

王老太太等阿凤回房之后，也就忙着穿衣服起来。平常因为借此消磨时间而成了习惯的梳洗很慢的她，今天也特别快起来。不一刻，她已梳洗停当，又匆匆地用过早粥。这时候，买菜的李妈也回来了。

"老太太，菜都买齐了！"李妈提着一大篮菜到王老太太面前。

"快些去预备吧！今天菜多，不要摸索到什么时候，叫他们受饿！菜要用心一些做：鸡要煨得烂一些，放些火腿，汤要清，面上的油要去干净，少爷吃饭欢喜泡一些清汤的；鲫鱼烧得甜一点，这是小姐欢喜吃的；少奶奶爱吃炒虾仁，要嫩一点！此外再烧个肉圆烧青菜，炒个蛋，再配两样素菜好了！"

"晓得哉！晓得哉！"李妈接连地答应着。等她吩咐完毕之后，忙着到厨房里弄菜去了。

王老太太看看钟已经快到九点，儿子从南京来，头班车也要两点多钟才到，心想女儿倘使趁头班车来，再有半点钟就可以到家了。她开始觉得没有方法来消遣这快到的时间，她只得在房里静静地坐着，等待那敲门的声音传进她的耳鼓。每一次风吹着窗门的轻响都使她的神经紧张起来。虽然在她眼中的时钟走得像不曾移动一样慢，但是终究一分一秒地过去：九点，九点一刻，九点半，十点了。女儿还是没有到。"恐怕是脱班了呢？"她这样自己安慰着。看看已经快到十一点钟，她开始着急起来，"该不会又不来吧？"她感到一种恐惧的袭击了。但是在十一点多钟的时候，有人在敲门了。一刻工夫，女儿和女婿已经带着送她的礼物站在她的面前了。

面貌和他所穿的西装一样漂亮的女婿，配上生得花一般娇好、扮得蝴蝶一般华丽的女儿，真是天造地设的一对儿。王老太太这样想时，笑从她的心坎里浮到脸上来。

她命李妈将预备好的茶盘搬出来请女婿和女儿吃，又不住向他们问这样问那样。从女儿的谈话中，知道她现在是怎样快乐地生活着。从女儿和女婿亲密的态度和谈话中知道他俩怎样地爱好。她是多么替她的女儿快乐啊！

过了十二点钟，倒使王老太太为难了。开饭，儿子还没有回来，一心想等他回来吃饭；不开饭，又恐怕女儿女婿饿。她不住地问他们饿不饿，饿就先开饭。女儿、女婿明白她的意思，坚持着要等儿子回来再吃饭。于是她命李妈先做一些点心给女儿、女婿吃。

热闹快乐的时候过得快，转眼到了两点钟，儿子和媳妇也到了家。王老太太这时的欢喜，没有人能想像得到，除了她自己，那就只有上帝知道。

她问问儿子那边的公事的情形，和别后的起居，儿子的回答和他得意的态度，都告诉她他现在生活的满意。

"阿凤！叫李妈快些开饭啊！两点钟了，少爷一定饿了！"王老太太催着开饭。

不一刻，饭开出来，菜放满了一桌，他们都到饭堂里来吃饭。

儿子、媳妇虽然早已在火车上吃过西餐，但是因为大家都在等他们回来吃饭，不好意思说出来，只好再吃一顿了。

"请用些！没有菜！不要客气！"这是对女婿说的。

"泡些汤吧！今天这只鸡还不错！"这是对儿子说的。

"你吃啊！这鲫鱼很活，我叫李妈烧得甜些的。还好么？"这是对女儿说的。

"少奶奶吃啊！炒虾仁还不错么？"这是对媳妇说的。

一顿饭的时候，王老太太的嘴是没有停，手也是没有停忙着夹菜给他们：女婿面前的盘子里的菜是堆得像小山，儿子、媳妇、女儿的盘子里、饭碗上也都是菜。眼睛更是没有停，不住在儿子、女儿的脸上转，虽然儿子的眼光只是注视着媳妇，女儿的眼光始终落在女婿的脸上。

一顿饭吃完，已经三点多钟。王老太太想打牌，但是没有人赞成；女儿主张看电影，多数通过了。于是他们商议定到××电影院去看五点半一场电影。不欢喜看电影——尤其是外国片子的王老太太因为不忍扫儿女们的兴，也很高兴地赞成去看电影。

他们商议定妥，已经四点多钟，于是忙着装饰起来。女儿和媳妇的衣裳是换好了来的，不过梳洗一回就是了。她们都回到王老太太代她们预备好的寝室里去化妆，好在一切化妆品她们都带了来。王老太太也换了一件平常不大舍得穿的真毛葛面子的皮袍子。他们就一起雇车到××电影院来。

大约是因为新年吧？虽然还没有到开演的时间，座位上早坐了人。他们在前面几排上找到了几个空位子，王老太太和儿子、媳妇坐了一排，女儿和女婿坐在前一排上。

王老太太四面望望那些看电影的人，看见最多的是一对一对打扮得十分漂亮的青年男女，其次是三五成群的学生们，再次是小孩子们，像她一样的五十多岁的人是比较少一些。她再回转眼光来望望自己的两对花一般的儿女，似乎还要胜过那些青年人，她感到十二分的骄傲。

电灯慢慢地暗些，暗些，全场都黑了，银幕上开始动作起来。

起先是滑稽片子，王老太太倒看得很起劲，也跟着儿女们笑。等到正片子开始，她反而一点点地没有兴味起来。她既预先不愿意看很小的字而不大十分了解的说明书，因此对于情节不大明了。字幕上的字既不全认识，看不清楚，而且来不及细看，所以她就索兴不去看它。对于片中的情节十分糊涂。她想叫儿子解释给她听，但是侧过头去看见儿子一边很起劲地看着，一边在和媳妇低低地说话，她立刻又将她的计划打销，她只有自己暗中猜测片中的情节，那女主角大约是很有钱人家的女儿？她和一个少年相爱。或许是那个少年穷苦吧？那两个看去像是那女子的父母的老年男女竭力地从中破坏，叫她和另一个少年亲近。忽然，战争起来了。那少年就投了军。临别的前夜，他们偷偷地在一个花园里约会，他们谈了很多的话，又有很多的拥抱和很久的接吻，这使王老太太不愿意看。"真不要脸，做出这些肉麻的样子来！"她这样想时，她的眼光不觉地从银幕上移了下来，她看见前排女儿、女婿的两个头几乎碰在一起，正在低低地笑着。再回头一看，黑暗中，媳妇的头靠在儿子的肩上，儿子正在低低地对她讲着话，媳妇一声不响，只是格格地笑。她又将眼光从新移到银幕上时，早已换了正在战争的一幕，那些血肉横飞的惨状，更使仁慈的王老太太不欢喜看；并且她的一夜少睡的眼睛受了不惯的电光刺激，觉得眼皮十分沉重起来。因此，她索兴闭上眼睛，打起磕睡来了。她正在蒙眬之中，忽然觉得眼前一亮，睁开眼睛一看，全场的电灯雪亮，已是休息的时候了。

"妈！这片子不错吧？"女儿回过头来问。

"……"她含糊地点了点头。

儿子买了许多王老太太叫不出名字的糖吃，这都是她不要吃的。她只默默地坐着听他一边吃，一边批评着片中的情节和演员的表情。她觉得十分疲倦，希望着快些开演，好让她闭一会儿眼睛。大约十几分钟，电灯又暗了。片子在继续开演，她也仍旧继续她的打磕睡。等她从蒙眬的睡眠中清醒过来时，幕上正映着那少年在一个乡村里找到了那女子，一见面，他们就拥抱了。他们讲了许多话之后，又在接吻了。她才在讨厌着的时候，电灯亮了，片子也完了。

他们出了戏院，儿子说要到大街上去买些东西带到南京去，女儿也说要买。他们就一起向大街走去。他们两对手挽手在前面走，王老太太孤独地跟在后面。

"你们为什么这样要紧买东西？难道就要回去吗？"王老太太怀疑地问。

"是的。我明天早车一定要回南京去了！因为明天晚上我们院长请全院的人员，倘使我不到，那是很不好的！"儿子理由充足地说了。

"……"王老太太虽然想留儿子多住几天,但是又恐怕因此会妨碍儿子的事业,只好默然。

"我们也明天早车回去了。家里还有些事,家母叫我们明天一定要回去的!"女婿也开口了。

"……"那个是上司的邀请,不敢违抗;这个又是母亲的命令,必须遵守;王老太太还有什么话好说呢?

他们手挽手一边走,一边说笑;王老太太不但感到寂寞,并且感到孤独了。她对于这希望的新年所感到的只是无边的虚空。

他们买好些东西之后,儿子提议在外面吃了饭再回去,借此请请他的妹婿。这理由很充分,王老太太当然不便反对,虽然她不舍得家里的许多菜白白地糜费了。

经过多数的通过,他们走进一家西餐社去。

两对小夫妻是很快乐地吃着,谈着,笑着,王老太太只默默地坐着,虚空之感慢慢地在她的心中扩大起来。每样菜放到她的面前只稍微尝一点就算了。也不知是素来不欢喜吃西菜的她不爱多吃,还是虚空之感塞满了她的心?儿女们谁也没有留意到。

回家后,儿女们在她的房中略坐了一会,就因为明天要早动身的缘故,各自回到寝室去了。剩下王老太太一人孤零零地坐在淡绿色的电灯底下,仿佛一个幽灵。这时候,虚空之感格外地扩大起来,她像是在一块广漠无边的沙漠上,四围没有一个人,也没有一棵青草,什么都没有,只有无边的黑暗里立着一个孤零零的她。她想要抓住一个人,但是她的周围只是虚空。她感到连她丈夫死时都没感到过的深切的孤独的悲哀。她的头昏昏然,眼睛前面一阵阵地发黑。她叫了阿凤进来伺候她睡下。一夜的工夫，只是昏昏然让无边的虚空将她包围起来。

第二天早上儿女们动身的时候，王老太太还没有起来。

（原载《小说月刊》第1卷第1期，1932年10月出版）

逃难

　　李婆婆挽着比她生命还宝贵的六岁的孙儿，随着一群难民挤上了火车之后，才算放下了一颗惊恐不定的心。她底像空中飘荡的游丝一样脆弱的生命，直到现在才有了保障，不用再提心吊胆了。但是，她的被惊惶、恐惧、悲痛种种情绪所激荡而昏乱的神经虽说渐渐地恢复了原状，却又立刻想到了惨死的儿子和媳妇，被火烧去的几年辛苦所积下的东西，弱小的孙儿底前途和自己孤苦的老年生活，痛定思痛，她感觉到心里一阵剧痛，眼前一阵黑，本来站得不稳的身子不由地晃了一晃，几乎倒在旁边坐着的一位西装青年的身上。

　　"站好些！要倒在人家身上了！"是嫌恶的口气。用手拂了拂那件很新的大衣，也不知是要拂平它的皱痕还是恐怕李婆婆的身上会沾污他的新衣？

　　胆小的李婆婆见已经闯了一个小小的祸，将一切悲痛都吓跑了，忙不及地立正。

"先生，对不起！因为我年纪大了，站不稳，请你老人家原谅些吧！"李婆婆喃喃地陪着小心，对方不屑地掉过头去和并坐的一个少女讲着话。

"今天真倒霉！买了二等票坐三等车。又这样挤，真不舒服极了！"美丽的少女皱了皱画得细而长的眉毛说。

"小姐，今朝是逃难啊！"男的说着笑了。似乎他也知道逃难是不得不将就一些的。

"奶奶！你累不累？"孙子占得一隙仅仅容得下他底身子的空座，便这样问。

"宝宝多乖！还知道照顾我哩，你自己坐好吧！奶奶站得动。"李婆婆慈爱地回答。脸上浮起一丝夸耀的笑。

车轮轧轧地响，火车开始移动了。

李婆婆从她的本乡——嘉兴的乡下到上海已经十多年了。那时候，因为她唯一的宝贵的儿子在上海××工厂里做工，痛爱儿子的母亲还将二十岁的儿子当小孩子一般地看待，所以很不放心地跟了来。李婆婆眼看着从五岁失了父亲，自己经历许多艰苦抚养大的孤儿居然赚钱了，一种农人看见自己播的种已有很好的收获的喜悦充满了她底心，她一切都满足了。起先李婆婆年纪还不老，正是可以工作的时候，她不愿意累着儿子，就到人家去帮佣，除了吃人家的饭之外，每月还有几块钱的工资。不用说，节省在她是已经成了一种习惯，因此倒积了些钱。

儿子也像母亲一样的勤劳节俭，几年的积蓄使他有能力娶了一房媳妇。李婆婆除了无可形容的喜欢之外，还感到一种轻松的愉快，因为责任的重担已从她的肩上卸去了。

他们在闸北租了一间小房间,开始组织了一个穷苦而快乐的家庭。直到媳妇生了孩子之后,李婆婆才听从了起先不肯听的儿媳的劝告,辞了主人,回家帮他们照料孩子和家庭中的一切工作。媳妇因为生了孩子,也不能到工厂去工作了。婆媳两个找了些零星的工作——像代人家买菜,倒马桶,洗衣服之类,赚些工资来贴补家用,一家就这样地生活下来。

劈劈拍拍的是机关枪声,轰轰的大炮声,轧轧的是飞机声,日本军队毫不讲理地在闸北向中国军队攻打起来。李婆婆住的地方是靠近战区的,不用说是危险。左近有些人都忙着逃难了,李婆婆家里也在这种紧张的空气中开了一个临时会议:

"这地方是很危险呢!我们走不走?"儿子提议。

"走到什么地方去呢?我们的家乡吗?光是盘费就要许多,走得了?"李婆婆发表意见。

"我是不走!你们瞧我病成这样子,连下床都不能,还能逃难吗?唉,听天由命吧!"因为没有钱看病,因而病势迁延睡在床上的媳妇说。

"或者暂时到租界上去避一下吧?"儿子在征求同意。他已经见到这地方的危机。

"租界上也没有熟人,住到哪里去呢?客栈住得起?"媳妇又驳斥了儿子的意见。

"这话倒是真的!我们不能住在露天。客栈住不起,房子租不起,就连搬到租界上去的车钱都出不起啊!"李婆婆补充了媳妇的意见。

每条路似乎全走不通,儿子只有叹气的分儿。

"就是走,这些东西怎样安置呢?带又不便,丢掉是不肯的。

我们娘儿俩辛辛苦苦创了这点东西，真不容易哩！这些桌子和梳妆台，还有她睡的这张床，都很好。这都是你们喜事里办的，邻舍们哪个不称赞？难道白白地丢了不成？况且，将来又哪有钱重制呢？还有那些碗盏，厨，锅，炉，还有……"李婆婆噜噜苏苏地说了一大串。

媳妇听不惯婆婆的废话，便一针见血地插进了一句："不用多说！百句并做一句讲，没有钱是真的。"

"还是决定不走，听天由命！生死是命中注定的，不该死也不会死，该死也逃不掉。"他们一致通过。

会议的结果注定了他们底悲惨的命运：流弹飞来，儿子惨死；炸弹爆发，民房起火，有病的媳妇和辛苦积下的器具同归于尽。剩下相依为命的祖孙两个，从炮火中被救济会救出来，并且随着一大批难民被遣送回籍。

火车有节奏的震动，将几夜没有合眼的李婆婆颠簸得有点昏昏然了。她现在的心境是仿佛在大海中握到一块木板，荒原里发见一棵青草一样的安慰，虽然前途还是很渺茫。但至少她底紧张的神经已经松弛了下来，这几天的悲痛、劳顿使她疲乏了。因此，她的眼皮重得抬不起来。但是她不敢瞌睡，恐怕睡着了会闯祸。

"昨天晚上在王家打扑克，到两点钟才散，回来就整理行李，简直没有闭眼。现在真疲倦极了！"先前的那个少女打了一个呵欠说。

"云妹！你要想睡就伏在我肩上睡好了。"并坐的少年殷勤地贡献他的意见。

少女恐怕是和李婆婆一样疲倦吧？毫不客气将蓬松松的头放

到少年的披着新大衣的肩上去了。

这甜蜜的睡容是给了李婆婆更大的诱惑,她真想也有这样一个机会休息一下,然而事实立刻打破了她这个妄念;她竭力地在和睡魔奋斗。

"三弟!你的照像机带来了没有?杭州有许多好风景可以拍哩!"另一个坐在少年对面的时装少妇,很悠闲地提出了这个照像机的问题,立刻把她们同伴的谈话方向转变了。

"带来的。"少年很迅速地答复着,但他又惋惜着另一样消遣品:"可惜话匣不好带,否则游湖的时候,坐在船上开话匣,水上的音乐才好听哩!"

"这容易,我们到了杭州再买一个好了。二嫂你说对不对?"坐在少妇旁边的年青女子说。

"无论什么事在四妹看来总是不成问题的。你的话还会错?"二嫂笑了。

"大嫂!你坐得舒服吗?"三弟问坐得较远的一个三十多岁的女人。

"哪会舒服?我早就说走,你们都贪图上海舒服,不肯离开,现在真舒服了。"大嫂笑着,但是带了埋怨的口吻。

"其实就是现在不走也不要紧,租界上是不会有危险的。"大嫂对面的男子开口了。

"大哥倒说得好自在,枪炮的声音听着也教人害怕,还是走的好。"二嫂反对大哥的论调。

"譬如玩一趟西湖,有什么不好呢?"三弟是满赞成二嫂的话。

"真的,三哥,我还没有到过西湖哩!"四妹旁边的男孩高兴地说。

逃难　299

"当然，不管它有没有危险？总是早些离开的好。等到有危险就来不及了！好在到杭州也很便当的，平常也是要去玩的啊！"大嫂有更充分的理由，来维持赞成这方面的理论。

听到这一群闲情逸致的谈话，使从来没有一些叛逆思想的李婆婆例外地发生了一种不平之感：

"不错，总是早些离开的好。等到有危险就来不及了，倘使我们能够早些离开战区，我的儿子和媳妇也不会死了。有钱的人，命是值钱的，人穷命也跟着贱了。现在还不知有多少穷人在战区里等死哩！但是被穷人视为可望不可即的安乐土的租界上底有钱人家已经逃走了许多了。逃难！连逃难都只有有钱的人才配，穷人是没有分的啊！"

"我们今天到了杭州，到什么地方去玩呢？"好玩的四妹问。

"呸，今天到杭州要什么时候，还来得及去玩。"二嫂说。

"我是一到旅馆就睡，随便什么地方也不高兴去玩了！"从蒙眬的微睡中醒来的云妹说。

"我们上几次来，时间都很短促，这次可以畅畅快快地玩一下了！"三弟说。

"今天到嘉兴一定很晚，不用说，今夜是住在难民收容所了。但是将来怎样呢？是不是教我们各自回到乡下去呢？我的本乡没有田，没有房子，也没有亲人，怎样生活呢？"李婆婆也在计算着以后的生活。

"奶奶我也要买蛋吃哩！我肚里饿得很啊！"小孙子看见旁边这班人命令他们的仆人买五香茶叶蛋，就问他的祖母要求。

"这蛋真不好吃！"二嫂吃着皱了皱眉毛。

"这五香茶叶蛋既没有五香，又没有茶叶，只可以算是酱油煮蛋罢了。"三弟吃完了一个蛋笑着说。

"不好也没有法！不比二等车还可以叫大菜吃。只好少吃些充充饥，等到了杭州再吃夜饭吧。"大嫂说。

"将就些吧！这是逃难啊！"被唤为二哥的男子说了。

"奶奶，我要吃啊！"小孙子不住地吵。

早晨吃过两碗粥的李婆婆也早觉着饥饿了。可是身边连一个铜子都没有的她，又有什么法子来满足她的小孙子的欲望呢？

光明已在火车的进行中渐渐地失去，黑暗包围了大地。火车一站一站地开过去，向着黑暗的前途驶去。

火车在一个很大的车站停了。这正是嘉兴——李婆婆的家乡。一个个的点着火的上面有字的红灯笼高高地被一群人举起，白地黑字的旗也在风中飘荡。李婆婆知道这就是嘉兴难民收容所派来车站接待难民的队伍了。她抱着小孙子随着同来的一群难民下了车，跟着领导的人向那茫茫的前途走去，她的影子渐渐地在黑暗中消失了。

火车仍旧载着其馀逃难的人，向他们各个不同的前途驶去。

（原载《矛盾月刊》第1卷第3、4期合刊，1932年12月出版）

冬

汽车突然停止,将俊民从甜蜜的幻想中惊醒过来。抬头向车窗外一望,原来已到了家门口。车夫跳下车来开了车门,他带着一种梦幻般陶醉的心情走下车来。不十分明亮的街灯似乎因为已费了半夜的精力去照顾那些来来往往的行人,显得很疲倦地将更黯淡的光照上他的微酡的脸,能够看出他的口角边还馀留着掩藏不住的得意的微笑。

一阵寒冷的夜风像尖刀一样刮过他的脸,将他刚才感到的浑身燃烧似的热都减退了。

"呀,好冷!毕竟是冬天了。"他一边想一边将身上的大衣裹紧一些,匆匆地将钱付给车夫,也不去留意那车夫的谦恭的感谢的笑脸,就跑去敲门。敲了几下,还不见李妈出来开门。西北风示威似的向他吹来,冬夜的寒气将他包围着,使他颤抖了。于是他生了气,狠狠地又敲了几下,这回听见了回答的声音:

"来了!是谁?"是妻的声音,接着这声音而来的便是渐渐逼近的轻微而急促的脚步。

门开了,妻的疲乏的苍白的脸在昏暗的灯光下显露出来。

"李妈为什么不来开门?"

"你知道现在什么时候了?人家做了一天的工作,深更半夜还不让人家睡么?况且在这样冷的天气。"妻抬起了疲倦的眼光向他望了望,用了带着一些埋怨然而仍是很温柔的语调说。

他不再和妻多说,就忙着上楼;关好门的妻也跟着上来。

他走进卧室,脱去大衣,坐在沙发上,还是感到一阵阵的冷。

"天冷得很!为什么还不生火?"他问妻。同时想到在霞君家同坐在火炉边谈话的情形。但是他的甜蜜的回忆立刻被妻的话打断了。

"冬天才开始,冷的日子还在后面哩!这样早就生起火来,那过一冬要用多少煤呢?还等着添制冬衣哩!文官,彬官,娟娟,哪个不要添衣服?就是我的那件旧皮袍也非换一件面子不可了。哪有这许多闲钱?况且你近来又是应酬多,就将薪水用去不少,剩下的还不是顾了这样就顾不到那样,不能不计算一些了。"妻一边诉苦似的说,一边倒了一杯热腾腾的茶递给他。

"吃一杯热茶吧!"

他的本来像浸在糖汁里一样的心,给妻渗进了一些苦水,他开始感到内心的惭愧和不安了。

"这样冷的天,又没有火,叫你等到我深更半夜的,很过意不去啊!"他不觉地望着坐在桌子边缝衣服的妻这样说了。

妻抬起头来望着他,似乎诧异她的丈夫的客气。

"我倒不一定单为着等你呢!孩子们的衣服和鞋子都等着要穿,不得不赶着做。现在的裁缝真请教不起,工钱比衣料还贵哩！"

他看着妻在灯光下不停地运用着她的冻红了的手指，很认真地一针一针地缝着。她的纷乱的头发披到肩上，好久没有修理了；为家务操劳而憔悴的瘦削的脸，近来更显得苍白；因了睡眠不足而布着红丝的眼睛还是不瞬地注视着手里的衣服。他开始感到自己的残忍，忏悔的痛苦抓住了他的心。妻手里的针并不是一针针穿过那薄薄的布，却一针针穿过他的薄弱的心啊。

不到三十岁的妻，已做了三个孩子的母亲。繁重的家务，早使得一个美丽活泼的少女变成憔悴平庸的妇人了。料理家事，照顾丈夫，抚养孩子，哪一样不费尽她的心血？家里经济状况又不好，祖上既没有遗产传下来，自己做一个教员，几十元的月薪，还要常常欠薪；自从有了孩子，简直不够开支。这就多亏了妻撑支着这份家庭，努力地和环境奋斗，耐劳耐苦地维持下来。五六年来的劳苦的生活，虽然早改变了她的容貌，也改变了她的性情，可是并没有改变她对丈夫的爱情。她还是那样体恤他，那样安慰他，从来没有过一句怨言，虽然过着很清苦的生活。

再反过来想一想自己是怎样呢？在没有结婚以前，自己是发狂一般爱着她，为着她，连自己的生命都看得很轻。就是结婚以后，也曾热烈地爱过她。可是近两年来，无理由地对于她的爱渐渐地淡薄下来。对于妻的爱会在结婚后几年渐渐地淡薄下去，这是当初想不到的事。岂但是想不到，并且连自己都不明白。

在三月以前，虽然对于妻的爱的热度已由夏天正午的阳光变为冬天傍晚的日影，不再是她当初的热烈的情人，可是的确还是她的忠实的丈夫。这小小的家庭里，浓厚的热爱的氛围，虽然渐渐地、偷偷地消失在时间的怀抱里，但是愉快的和平的空气还是存在的，那时家庭是美满的，生活是幸福的，身心是快乐的。但是现在，现在怎样呢？

大约有三个月了吧？自从认识霞君以来。这是无可讳言的，自己确是在爱着她，虽然也曾用过许多理由来解释对于她的超过友谊程度的友谊。

从认识她之后，连对于妻的这点淡淡的爱都不能维持了。下课以后，就到她家去，或是一起出去玩，常常深更半夜才回家。取到薪水之后，忙着请她看电影啊，吃饭啊，买礼物送给她啊，只恨薪水太少了，不够用。对于愁锁着眉头的妻只说是领不到薪水，也是常有的事。这其间，这美满的家庭也曾起过小小的不安和扰动，愉快的和平的空气中涌起了一片猜疑的阴影，几年来从没有发生过的反目的事也常有了。不过妻终久是女人，容易生疑同时也容易受骗，对于自己近来种种异常的行为，终久给自己捏造出来的种种理由骗过去了。她依然信任她的不可信的丈夫，爱着她的已不爱她的丈夫。

这样想着的俊民愈觉得妻的可怜，同时也愈觉得自己的残暴了。他抬起在沉思的眼光投到可怜的妻的脸部时，发现妻已经不知在什么时候合上了沉重的眼皮打起瞌睡来了。

"喂！你好睡了！"他喊醒在打盹的妻。

"你呢？"妻打了一个欠伸，揉了揉眼皮说。

"我今晚不想睡，还要停一会儿。你先睡吧！我自己倦了会睡的。"

妻匆匆地收拾起桌上的未缝好的衣服，忙着睡下。精神和体力都已感到十分疲倦的她，不到几分钟就很容易地睡着了。

看着疲倦得像死去一般的睡着的妻，俊民的心中更加难过了。

冬　　305

他记起有一次妻问他要钱做一件骆驼绒旗袍,他拿"薪水领不到,就旧的将就些吧!"的话拒绝了她的请求。但是第二天却买了一件三块钱一尺的袍料送给了霞君。他想到近来每逢星期六和星期日,白天和霞出去玩的时候,正是妻在家忙着烧菜、照顾孩子的时候;晚上和霞君在舞场里跳舞或是在她家围炉饮酒的时候,正是妻孤寂地在冷静的灯光底下替丈夫和孩子缝衣的时候。于是,妻用了纤细的手指在冷水里洗菜;拿了铲刀,系着围裙在油污的锅炉边烧菜;一边喂着小女儿的奶,一边在劝开两个男孩子的打架;冻僵的手指拿了针,勉强睁着要闭的眼睛缝着衣服,冬夜的寒气侵袭她的身体时,她在颤抖。这种种纷乱的景象同时一齐杂乱地挤进他的脑子来,使他的思想混淆,头部立刻沉重起来。

"总之,太对不起妻了!从今天起,和霞君断绝了吧!我要像从前一样地爱着妻,不,我要比从前更深地爱着妻。是的,我一定要爱我的妻,恢复我们从前的爱情。创造我们的幸福的生活,维持我们的美满的家庭。从此以后,决不再去找霞君了。用我的改悔的诚意来弥缝我的过去的过失吧!"这样想着的俊民,似乎已在分歧的途中找着他的应当走的路,决定他进行的新方向了。自新的热望减轻了他的悔恨的痛苦,他的心里觉得比刚才舒适了许多。

然而,这坚固的决定立刻为一个可怕的影子所摇动了。这影子很清楚地在他的眼前晃着波浪式的蓬松松的短发披盖下的一个圆圆的脸,配上弯弯的眉毛,大大的眼睛,长长的睫毛,一对乌溜溜的眼珠儿像星一样地明亮,水一样地流动;那薄薄的爱涂一些口红的嘴唇,露出一种魅人的微笑。这影子立刻占据了他的心,使他没有方法推去了。

"啊，霞君！这可爱的少女，我有放弃她的勇气么？她有孔雀一样的美丽，百灵一样的活泼，白鸽一样的温柔。她是我黑夜里的明灯，沙漠里的青草，每一句话能给我无限的安慰，每一个笑能给我无限的欢喜。自从认识了她，这两年来蜷伏在厌倦的生活中的我才重行抬起头来。因为她，才感到生活的兴趣；她使我变得更年青，更勇敢地去追求幸福；我是如何地需要她啊！况且，为了这天真而又狡滑的姑娘，我不知费了几多的心血才得到她的垂青，我又怎能轻轻地放弃她呢？"他想，深深地想，他的思想更纷乱了。他用手捧着头，再继续着他的思想：

今晚可算得是最值得纪念的一晚，在认识霞君以来。在电灯熄灭的电影场中，在银幕上的情人热烈地拥抱的时候，那一向很矜持的女人竟会情不自禁地将头倚到自己的肩上来；出戏院的时候，和她挽着臂一起走，她也没有拒绝；这样亲昵的表示，还是第一次，当时使得自己怎样地心跳啊！后来又同回到她的家里，和她围着火炉饮酒，谈心，她的高贵的精神，爱娇的态度，聪明的谈话，甜蜜的微笑，和一种若即若离的情调，都比那葡萄酒更有力地使自己完全陶醉了。在事情进行得这样顺利的时候，忽然要放弃这热烈追求着的而将近成熟的恋爱，该是多么愚蠢的一件事啊！

再想到自从爱了霞君之后，自己整个的身心完全为她所支配了。每天，不，可以说是每一小时，每一分钟，脑中充满着她的声音笑貌，每一个思想都离不开她，每一个动作也有她的影子跟随着。现在要毅然地离开她，是做不到的事；即使勉强做到，那也是多么痛苦的一回事啊！

"痛苦！痛苦！我不能抛弃她！"他的思想又转变了。

"然而，不能抛弃她，就抛弃妻么？"

他立刻用两手掩着脸，努力地避免这可怕的思想的袭击。他责怪自己不应当有这种可怕的思想——一个忠实的丈夫不应当有的思想。

想到妻，立刻又将他的热情减退了。

这可怜的女人，始终爱着自己的女人，自己能够抛弃她么？在六年以前，不是和现在对于霞君一样地爱着她么？那时自己是更年青，对于爱的追求也更热烈，更急迫，或者也可以说是比现在对霞君更深地爱着她。记得美丽的夕阳，映照过两人的拥抱的影子；明朗的夜月，偷听过两人的真诚的誓盟；上帝是当时的证人，知道自己怎样地对她说永远地爱她到世界的末日，也许有一天风雨会摧毁坚硬的岩石，也许有一天太阳会曝干汪洋的海水，爱情是永远不变的。可是，也只有上帝知道，自己是怎样背叛了当时的誓言。至于妻，她的爱是始终未变的。她不但是个忠实的妻子，并且是个贤良的主妇。她和自己共同负起生活的重担，不惜牺牲青春的享乐。在情，在理，无论哪一方面讲，自己都没有背叛妻的理由。应当爱自己的妻，这差不多是毫无疑义的事了。

这样反复地、周密地想，俊民这时的思想是有所偏重了。他再进一步地思索着：

自从背叛了妻爱着霞君以来，良心上常常受着很深的痛苦。在和霞君快乐地谈笑的时候，妻的惨白的面貌的幻影常常给自己无限的烦扰；在回家受到妻的抚慰时，又有无限的苦恼压迫着，良心的谴责，再也无法可以躲避。在两重矛盾心理下挣扎着的自己，痛苦已达到了极点，再不决定一下，将自己从痛苦中拯救出来，那简直无法生活下去了。

想到这一点，俊民更觉得有立刻解决自己纷乱的思想的必要了。于是，他鼓起最后的勇气，横了心，将事情这样地决定了：

抛弃霞君固然是痛苦的事，但是受良心的责罚是更痛苦的事。自己决定像从前一样爱着妻，将移到霞君身上去的爱情仍旧取回来献给妻，这是最适宜的办法了。从此，良心上的不安也消灭了，精神上的痛苦也解除了，欢欢喜喜地和妻过着爱的生活，不好么？

两个月以来的纠纷的烦恼，在这一晚解决了。长时间的思索，使他很疲倦地吁了一口气，感觉到身心都轻松了许多。

夜深了，寒风从窗隙钻进来，尖而且冷。冷静的月光射进房中，照在床上，照在妻的惨白的脸上，显得更惨白了。他突然兴奋地跑过去，捧着睡熟的妻的脸轻轻地吻着。

"妻，恕我吧！你的背叛了的丈夫重又回到你的怀里来了。他将永远地爱你，永远不再离开你了！"他虔诚地忏悔着，眼泪滴在妻的面颊上，被月光照耀着，像一粒粒晶莹的露珠。

第二天是星期六，俊民下午没有课，就回家吃午饭。本来星期六回家吃午饭，也是寻常的事；不过近来因为忙着到霞君那里去，便常常在学校里或是学校附近的饭馆里胡乱吃一些就算了。这次回家吃午饭在他近来可算是不寻常的事了。

他抱着一种新的兴奋忙着回家，他希望一到门口就看见妻在等待着他。他一路筹划着怎样将他心中蕴藏着的热情向她表示出来，同时她也起一种反应，使自己感到满足？他离家愈近，心愈把持不住起来。他一边心跳，他一边自己在暗笑，何以对于结婚了几年的妻会感到这种心情？这似乎有些滑稽。然而，无疑的，他是以旧的对象代替了新的憧憬，转移他的用情的方向了。真的，本来他脑中充满着霞君的影子，现在换上妻的面貌了。同时，他的思想也只在怎样和妻同过着像新婚前后一样的爱的生活上面计划着。他将近走到家门口，远远地看不见妻的影了，他微微地感到一种轻淡的失望。但是随一转念，觉得妻并不知道他今天会回家吃午饭，就很快地对妻谅解了。

他到了房里，还找不到妻的影子，他的失望更增加了。

"妈妈呢？"他问正在和弟弟玩着的大孩子。

"妈妈在厨房烧菜哩！"

他颓然坐沙发上，感到一种无聊。他想做一些什么事，但是又觉得无事可做；他抽出一支卷烟来慢慢地吸着，看那一缕很浓的白烟像螺旋形般袅着，袅着，慢慢地淡些，淡到和空气混合，看不出了。

"霞君该不会等着我吧！"

一个可怕的思想又乘隙而入了。

"不应该再想到霞君！"他向自己下了警告，一面勉强压制他的思想，仍茫然地看那一缕白烟袅着，袅着。

这样连他自己也不知经过了多少时候，楼梯上一阵脚步响，妻上来了。

妻走进房，用诧异的眼光望了他一下，就在他的对面椅子上坐下。

"你到这边来坐！"他用一种热情而恳切的眼光望着妻，将手拍着他坐着那张双人沙发的空着的一旁，很柔和地说。

"什么事呢？我这里不是很好坐吗？"妻似乎很厌烦地说。

"我要你坐过来同我谈谈，难道说不可以吗？"他笑着说。

"真是怪事！有什么话谈？不要出什么花样了，快吃饭去吧！"

妻显出满不耐烦的样子，但她立刻又像大人哄骗孩子一样地笑着叫他去吃饭。

他感到四周有一阵阵冷气包围着他，使他将带回来的一腔热情慢慢地冷淡下去。

一顿饭的时候，妻只忙着照料两个孩子，一直等他已经吃好饭之后，妻才端起饭碗来。他几次想和她谈话，都因为看见她很忙碌地照应孩子们吃饭的神气而将已到嘴边的话缩了回去。妻一边吃饭，一边望着两个孩子，留意着他们的行动。她似乎绝对没有注意到她的呆呆地坐着的丈夫。

饭吃过了。大家回到房里。李妈送进洗脸水来，妻就胡乱地擦了一把，随手抹了一些雪花膏，就去忙着装扮两个孩子。

俊民洗过脸，捧着一杯茶坐在沙发上，慢慢地一口一口呷着。耐心地等妻将孩子们打扮好了，坐在椅子上休息的时候，他站起来，放下茶杯，跑过去拉着妻的手说：

"阿莎！你这时候该有空陪我谈谈了吧？"

妻望着这举动异常的丈夫觉得又可气，又可笑，问道：

"你究竟有什么要紧话和我谈？做出这副神气来做什么啊？"

"要紧话？难道我们不应该谈谈心吗？"俊民对于妻的回答有些不满起来，同时他又想到霞君怎样地陪着自己不倦地谈话，常常继续到数小时以上。但是他立刻将霞君的影子丢开了。他将妻拉到对面的沙发上和自己并排坐下。妻奇怪地望着他，似乎在等待他的话。这时候倒使他有些窘了。

"说些什么话好呢？"他的脑中只重复地想着这句话。真的，他实在是无话可说了。他想说："我爱你！"立刻又觉得这话太突如其来，会使妻诧异的。于是想还是说些普通的有意义的话吧！"今

冬　　311

天天气很好啊!"这句话似乎很适宜用来做开场白的,不过太无意义了。天气很好,这妻也知道的,又何必说呢!"你瘦了!"这原是实在的话,不过妻也不是这几天才瘦的。"你近来太辛苦了,还是休养休养吧!"用这样的话来表示爱护妻的心情是最适宜了,并且也不会使妻有突兀的感觉。然而,叫她休养休养,一切不要管,事实上行吗?家务怎样处置呢?孩子谁照顾呢?虽然有一个李妈,除了烧饭、洗衣服之外,还能帮她做些什么呢?经济这样困难。哪一样不要她亲自操作,怎样休养呢?说出这样的话,即使不惹妻生气,也一定会惹她嘲笑的。那末,究竟说些什么呢?真的,究竟说些什么呢!

"我看你今天像发什么疯,闹着要谈话,拉了人家来,又怔着不说一句话,究竟玩的什么花巧?有正经话就快些说,别人还有事,可没有这些功夫陪你!"

他不料在自己还没有想出适当的话之前,妻早已不耐烦了。这时候他倒不假思索地说道:

"你忙些什么?就不能陪我谈谈吗?"

"有什么话可谈呢?"

"没有话可谈?莎!你不记得从前我们整天地谈话还嫌不够吗?那时候我们是多么快乐啊!"

"从前是从前啊!"

"可是,莎!我还像从前一样地爱你哩!"

他遏制不住他的热情,将并坐的妻搂到怀中来。

"你做什么啊?"妻想从他的怀抱里挣扎起来。

他紧紧地抱着妻,低下头去吻她的褪了红的嘴唇。妻敌不过他的腕力,就很柔顺地倚在他的怀里任他吻着。意外地他发现妻并没有像从前那种娇羞的表示或热烈的反应，充满她的面部的只是冷酷和嫌恶的表情。这种发现，仿佛是一桶冷水浇熄了他的热情，觉得没有意思，就将灼热的嘴唇离开她的唇，正预备放她起来的时候，她已经听见在床上的小女儿的哭声，逃似的从他怀中跳了起来，跑去抱女儿了。

他的怀里是空虚，但他的心里更空虚。他不再和妻说什么，只静看着她坐在床沿上喂小女儿的乳。

"可怕的时间啊！妻是完全变了一个人了！"他茫然地凝视着妻，心里想。

妻的确是变了：乱蓬蓬的头发一直披散到耳边；苍白的瘦削的脸，再也找不出当年的红润；褪了红艳的唇只剩下一些灰白的颜色；本来很灵活的眼睛也只发出一些呆滞的光。

她的美丽的容貌，爱娇的举动，天真的微笑，犀利的谈锋都随着时间飞逝了。现在在他面前的只一个平凡的妇人，一个不能再使他爱的平凡的妇人了。

沉闷的空气，重重地压迫他，使他感到无聊。妻的声音打破了岑寂。

"你的薪水几时可以领到呢？房租已经来收过几次了，米也剩得不多了；李妈这月份的工钱也还没有付；下星期王家姨母生日，礼还没有买；要是领不到薪水，你也得想想法子呢！"

"……"他又有什么法子想呢？

"我看你外面的一些无谓的应酬也可以节省一点，家里的用度是无可再省了。孩子们的冬衣都不够哩，亏你做父亲的问也不问。……"

妻以下还说些什么？他简直没有听见。他实在不愿意想这些

冬　　313

事，也不愿意听这些话。他这时正想着昨夜和霞君讨论着恋爱问题时所感到的兴趣。

想到霞君，他的心又热了起来。

"还是去找她谈谈吧！在家里实在太无聊了！"

这样决定以后，他就离开了妻，出门去了。

捺了一下电铃，仆人出来开门。

"小姐在家么？"俊民问。

"小姐刚才和章先生出去看电影了。"仆人说罢就关上了门。

一股无名的嫉妒的火烧着他的心，使他愤怒，使他悲哀，使他感到绝望的痛苦了。

小章是那样年青，那样漂亮，学问既好，人又伶俐，况且又没有结过婚，倘使在爱的战场上和自己对垒，那胜败的形势是显然的。

这样想时，他觉得小章变做了他的敌人，他恨他，非常地恨他。

他本来不预备再爱霞君到更深的程度的，可是觉得有人从他的手中将她夺去，这不但是一件痛心的事，而且对于他是一种难忍的耻辱。这一种矛盾的心理，连他自己也难以分析的。

西北风呼呼地叫着，他感到冬的权威了。从霞君家里出来而感到冬天的气候的萧飒，这是第一次。他冲着风无目的地向前走去，他的心飘飘然，飘飘然找不到一个归宿。他不知不觉地走到××公园门口，忽然想到这是和妻从前常来的地方，也是向妻第一次表示爱的地方，就走了进去。

风卷着沙土飞；落尽树叶的枯枝被风撼着，飒飒地响；青青的杨柳早已变了枯黄的颜色；那绿得像翡翠一样可爱的草地，也换上了黄蜡一样的外衣；一切的景物，都已改变了从前的样子，显示着冬的来临。

他走到池子边一带杨柳和桃树参杂的林中的一个茅亭里坐下，追忆着过去的情景：

那是一个柔媚的春夜，桃花开得像新娘一样艳丽，被清幽的月光照着，正像披上一层透明的银纱，在柔和的空气里吐出她的温热的香甜的呼吸。杨柳绿沉沉地，池水绿沉沉地，互相辉映着。妻靠在茅亭的栏干上，静静地向夜空凝望。温软的风像鹅毛扇一样轻轻地拂着人的脸，妻的柔软的短发也像柳丝一样地微微飘拂着；月光照着她红润的双颊，更添上一层光彩；黑而亮的眼珠，闪闪地发出不可逼视的神光。这时候，春，夜，桃花，杨柳，月，风，池水，红润的双颊，黑而亮的眼珠不可分析地混合成一片，是神秘的音乐，是微妙的诗句，在他的灵魂深处微微地起着波动，按着节奏。他受不住这美的陶醉，神的诱惑，在月光之下，用着颤抖的声音向妻倾吐了他一向秘密着不敢轻露的热爱。那时他是怎样地兴奋，妻又是怎样地感动。妻投到他的怀中来，他紧紧地拥抱着她，两人接了一个热烈而长久的吻。吻罢之后，他看见妻的眼中充满着热泪，在月光下闪耀着。

美丽的回忆像闪电似的在他的脑中一现，终于很快地消灭了。展开在他的眼前的，是冬，是惨淡的夕阳，是只剩了空枝的桃树，是枯的杨柳，是黄的草，是空的茅亭。刚才家中的一幕，在他的心上涌起，引起一种嫌恶的情绪。他想：

青春的美梦是随着春天过去了。恋爱只是人生的一个阶段，就像春天是一年中的一个季节一样。过去的时间是没有法子拉回来的,最宝贵的时间也就是最短促的时间;要想再现过去的梦,那就只有痛苦。自己现在只应当做一个忠实的丈夫,对妻担负起生活上的责任;做一个仁慈的父亲,对孩子们担负起教育上的义务;所追求的是整个的家庭的幸福而不是个人的享乐了。过去的恋爱的梦也像过去的春天一样不能回来,现在是冬天了。

"现在是冬天了!现在是冬天了。"他嘴里喃喃地重复念着,离开空的茅亭,踏着枯黄的草地,在茫茫的暮色中走出园去。

(原载《小说月刊》第1卷第4期,1933年1月出版)

尺八箫

"春雨楼头尺八箫,何时归看浙江潮?芒鞋破钵无人识,踏过樱花第几桥?"

几年前读过曼殊上人的这首诗,就对尺八箫憧憬着了。从凄婉的辞情中想像出幽抑的音节,尺八箫是充满了诗意。在春雨的节季,娇嫣的樱花红遍了明媚的岛国,和服的美人在楼中弹着伤春之泪,从绣幕珠帘里袅漾出一缕游丝般的颤抖,该是多么迷人的声音呵!

最近,在一个寒冷的夜晚,一间幽雅的客厅里,从留声机片上听到了尺八箫的演奏。

垂着流苏的宫灯在一角射出柔和的光线,将熄的炉火还留恋着残馀的温暖,每个人静静地坐在沙发上,用祈祷者的虔诚,凝神地等待着。片子在机盘上开始转动了,破空而起的音浪打碎夜的静宁,尺八箫不断地震撼着每一个听者的心。

一缕凄厉的声音在空中缭绕着,盘旋着,有时连贯如成串的珍珠，有时凝咽如将死的寒蝉；忽然急迫像一阵回旋的风暴，忽然舒徐像一湾纡曲的流水；一刻由重而轻，像垂危的病人哼着将断的呻吟，慢慢地微弱；一刻由低而高，像平静的海面涌起一线潮痕，渐渐地涌涨。是秋坟的鬼唱，对星星的磷火奏着挽歌？是远空的雁唳，向茫茫的征程发出哀吟？是情人们离别时忍不住的伤心的呜咽？是旅客们深夜对于苍凉的身世发出的沉郁的叹息？是秋虫切切地在凉露中怨诉？是白杨萧萧地在悲风里摇撼？

　　静静地凝神听着，听着，从悲怆的雾的氤氲中看到一个流浪者冒着交加的风雨，黑夜里独自在深山中跄踉地步行，在饥饿和寒冷中重温他的荒诞奇丽的旧梦，拿起他的唯一的伴侣——尺八箫，用凄楚的温柔吹出动人的调子，与悲风冷雨相谐和。

　　箫声在哀怨中哽住了，馀音像垂僵的春蚕的最后的一根细线在空中飘荡。

　　怀着一腔怅惘的心情归去，在车声辚辚转过石桥的时候，我低吟着曼殊上人的诗句。

一九三六，一，十九。
（原载《新民报》1936年2月6日第4版）

美与幻

世界上最美丽的东西也就是最容易幻灭的东西。

横亘在晴朗的碧空的五色的长虹,像一座画桥,又像一条彩带;那样鲜明,那样绚烂;那样不可思议的奇丽;你将会猜想它是几千万年来日月的精气所凝结,云霞的英华所蒸蔚而成的一种神迹,使你的眼光撩乱,心神眩惑,不可逼视;你只有对着那陆离的神光、斑斓的异彩发出惊奇的感叹!但是等你预备捉住那一刻的幻美,让你静静地凝视,细细地欣赏的时候,它早已悄悄地消灭了。

团圆的月亮,高挂在无云的天心,像一只银盘,像一个明镜,不,银盘不及它的浑圆,明镜不及它的晶莹,它像水晶一样地透明,湖水一样地澄清,那浅碧淡银的幽光,冷冷地照遍世界;将这混浊的尘寰,装成了琼楼玉宇,荡漾着诗的光辉,梦的色彩,音乐的氛围。但是,十五夜的清光,任是怎样美满,到了第二天再现的时候,早已残缺了。

斜阳是最使人迷恋的，那黄金色的薄雾罩上青翠的树林，浅绛色的轻纱漾着澄碧的溪水，是一首诗，是一幅画；它没有正午的骄阳那样热烈，也不像黎明的朝晖那样淡薄，它的光线是非常地柔和，色彩是非常地鲜艳，当那暗蓝浅紫的山凹，捧住一轮红日，那种明丽，那种神奇，除了赞叹，你还有什么语言、文字来描写？这是一日中最美的一刻，但也就是它向海底沉没的时候。

晨光稀微中，或是初日掩映下，在花瓣间，在荷叶上，可以看见一颗颗晶莹的露珠，像钻石一样地闪耀，水银一样地滑动，又透明，又玲珑，你能不爱它？你一定会这样想：它应该是女王的项圈上散下来的精圆的珍珠，或是诗人在月夜溅上的相思的泪点。许多的哲人能够从一滴露水中看到整个的宇宙。然而，无论它是多么圆，多么亮，多么玄秘，等到太阳一出来，它就不再存在了。

宇宙的一切之中，花该是最娇贵的东西罢？它是世界的装饰，生命的点缀；有了它，才有春天；碧桃的浅绛，杏花的轻红，李花的淡白，玫瑰的深紫……渲染成锦绣的韶光，在香雾氤氲中，荡漾着生命的热情，青春的美丽；让千古的诗人呕尽心血来歌颂它。但是，好时光能有几天？风雨又是无准，当它开放最茂盛的日子，也就是它开始萎谢的时候了。

在月色照耀的静夜，在星光闪烁的深宵，正好让你做一个奇丽的荒唐的梦：在这里面你会忘了人间的一切丑恶只看到真，美，纯洁的灵魂的光辉；让你尽情地歌唱，尽情地欢笑，尽情地痛哭，不用一点虚伪，不受一点干涉，它是飘渺而又真实，轻快而又温馨；这中间才是你的精神安息的王国，心灵解放的乐园，使你迷惑，使你流连；但是当晨鸡喔喔地叫唤，你睁开朦胧的倦眼的时候，你能再寻到它的一点痕迹？

世界上最美丽的东西也就是最容易幻灭的东西；当你在欣赏它的美丽，与它融化为一体的时候，就想到它的幻灭，未免煞风景；而当它已经幻灭之后，你苦苦地追忆以前的美丽，要想再找它回来，那也太傻。

（原载《新民报》1936年10月29日第4版）

星

星!你不用仰望它的光辉,单听这名字已够多么动人了。谁能凝视着静穆的星空,不发生一种微妙的美感,一点奇丽的幻想,一些沉郁的深思呢?

有人说:"太阳是散文的,月亮是诗的。"那么,星星应当是小说的境界,因为它比月亮更朦胧,更富于诗意。它没有太阳的热烈,但是启示着永恒的光明;它没有月亮的美丽,但是包含着悠久的意味。太阳教你深深地爱慕,月亮让你细细地咏叹,星星却只许你静静地玄想。太阳显示你一个现实的人世,月亮指给你一个诗意的境域,星星却带到你一个神秘的洞府。它是无尽的深奥,无限的远邈,每一粒微光中闪耀着整个的世界,全部的生命。我爱慕太阳,赞美月亮,但是更喜欢星星。

春天的星是朦胧的,冬天的星是冷悄的,夏夜的星是那样繁密,秋夜的星是那样晶莹。但不论是什么季节,在那暗蓝的天空里嵌上许多钻石般的星星,耿耿地发着光,总会给你一种诱惑,一种迷眩，心中起始荡漾着一缕飘忽的灵感，渐渐地凝成一种深遂的思想，对着那圣洁的光辉，发生一种超人世的宗教的情绪，以整个的心灵，向它顶礼。

在幼年，每当夏秋之间，在院子里纳凉的时候，总是爱望着天上的星星，年老的祖母慈爱地为我讲关于星星的故事，那些荒诞奇丽的故事，正合于我的小小的富于幻想的头脑，留下了深刻的印象；于是，天天听不厌那些故事，望不厌那些星星。

现在，星星还像从前一样亮，祖母坟上的树木已经成围了，每当寂寞的黄昏，幽静的深夜，我依旧默默地对着星星凝望；它的光是那样深，那样远，又那样神秘；那里面蕴藏着多少不可知的东西，要你去探讨，冥想。它唤起我童年的回忆，爱的光，天真的心，荒诞奇丽的故事。我欢喜星星，同时珍贵关于星星的记忆。

星！它在短促的生命中启示着永恒的光明！

（原载《新民报》1936年11月12日第8版）

炉边闲话

倘使没有火炉，那冬天将要是怎样一个寂寞的、冰冷的季节呵！

冬天的火炉是和三月的繁花、九月的晴空同样地使人怀念的。

当西北风起来的时候，你知道将来到的冰与雪的冬天，你的心上会感到它的重量和阴影，而发生一种近乎恐惧的情绪；然而，不要紧，炉火是重滞的气压下的活跃的火花，阴暗的云雾里的明亮的星光，它带给你一种温馨的喜悦，使你忘记将来到的是冰与雪的冬天；它会亲切地伴着你一同度过这悠长的、阴暗的冬季，而不使你感到寂寞和寒冷。

在空廓的、阴森的空气里生起一炉旺旺的火，这是多么大的一个安慰呵？

外面刮着风，飘着雪；小小的屋子，静静的深夜，熄了灯，在黑暗中对着一炉子通红的煤，上面跳动着纯青色的火苗，这该是多奇丽的景象，多神秘的境界；你对着这熊熊的火光，决不会再想起一些烦扰的俗事，你所能想到的只是一些荒唐的幻想、美丽的传说、温柔的回忆、迷离的美梦而已。

多少美丽的故事是在火炉旁边传述的，多少离奇的想像是在火炉旁边蕴酿的，多少伟大的诗歌是在火炉旁边产生的，多少亲昵的情话是留向火炉旁边诉说的，多少甜蜜的盟誓是在火炉旁边订下的；对着炉火深思，时时会迸出情感的火星，闪出哲理的光辉；围着炉子谈心，往往会在友情上引起更深切的了解，在家庭间增加更亲密的感情。一个流浪的旅客在寒冷的夜晚跑进一个有火炉的人家借宿，加入主人一家人的围炉谈话，是永远不会忘记的温暖的记忆。

放纵你的想像吧！在从前，阴森森的古堡中，大壁炉里烧旺了通红的煤块，熊熊的火光照着美丽的少女的苍白的脸，在沉思着古代的恋情，快乐的或是悲哀的。黑魆魆的森林里架起几堆木柴，生一个旺旺的火，一群年青的猎人在上面烤着他们获得的兽肉吃。你也会想到古怪的术士或是神秘的巫师在火炉边玩弄他的魔杖，一群魔鬼在火光中跳舞。或是忧郁的女尼静静地跪在火炉前做她的晚祷，从火光中看见了宗教的圣洁的光辉，又随着火光消逝她的青春。你想着，想着，会有更多的神奇的图画展开在你的眼前。

单是静静地坐在火炉边已是够幸福的，围着火炉谈天更是一件快乐的事，或是在火光前读书也是使你感到舒适的：一张沙发，一杯茶，有点疲倦的时候，就放下书在火光的温暖的抚摩中朦胧地休息一会，你还会感到什么不满足呢？

我不欢喜冬天，但欢喜冬天的火炉；十年来的飘泊生活，使我没有围炉的闲暇和兴致，因此，想像中的熊熊的火光更强调地给了我极大的渴望和怀念。今年的冬天算是有了一间小小的屋子，装了一个小小的火炉，虽然每次买煤的时候使我发愁，但是一看见通红的火光在炉子里熊熊地烧旺起来的时候，终于使我忘记一切地高兴了。我整天地不是和家人朋友们围着炉子谈心，就是一个人静静地坐在火炉旁边看看书，或是对着火光沉浸到辽远的凝思里。每当我深夜独自对着炉火沉吟的时候，我总是不由地想起刘廷芳君的诗句[1]：

> 倘若我回到
> 梨花压墙的旧屋，
> 在雪风怒号之夜。
> 壁炉中再添满了红煤，
> 熄了灯——像当年
> 在殷红的火光前，
> 抱着双膝静候你，
> 这一次——
> 他可能让你归来？
> ……

于是一种凄艳的情调又随着火光荡漾了。

---

[1] 即刘廷芳《五周年》，刊于诗集《她的生命》，生活书店1934年初版，此处所引略异。

有了火炉，尽管冬天是冰冷的，而冬天的一切都变成温暖的了。为了有火炉，冬天是应当像有花的春天、有月亮的秋夜一样地被赞美的。

冬天的火炉是和三月的繁花、九月的晴空同样地使人怀念的。

倘使没有火炉，那冬天将要是怎样一个寂寞的、冰冷的季节呵！

（原载《中央日报》1937年1月14日第3张第4版）

黎明的前夜

在一个冬天的晚上，一个离怀远城不远的村庄上，正下着雨；整个的村庄沉入无底的黑暗里，一切的茅屋和矮小的瓦屋都早熄了灯，除了少数古旧的高大的房屋的窗子里透露出一点点黯淡的灯光，像鬼火一样地闪烁着。

北风尖锐地呼啸着，寒冷锁住了整个的村庄，连最会叫的守夜狗也噤着不出声。天气是愈到晚上愈冷起来，几天来连绵不断的雨丝又变做了雪花，在黑暗的空中飘洒着。

不平坦的狭长的田塍的小路上尽成了泥浆，软软地可以陷下一尺多深去；两旁的塘里早因为几天不断的雨涨满了水，一个不小心就有跌到塘里去的危险；所以在这寒冷的下着雪的黑夜，田塍上是看不见一个来往的人影了。

黑暗、寒冷和寂静组成了死一样的氛围，而在这种氛围的底层却潜伏着多少不安定的心的动荡，预兆着不幸的事件的发生。

远远的田塍上有一点火光在黑暗中移动，渐渐地约略地辨得出一盏灯笼后面跟着一个人影，匆促地但又沉重地在泥泞中移动他的脚步，笨重的木屐声规律地打破整个的寂静。

人影愈走愈近了，灯笼渐渐地移向一所古旧的大屋子面前去，因为怕冷而蜷伏在门洞里的狗立刻汪汪地大叫起来。灯笼就在这门口停下，微弱的光照出这人的轮廓：一个二十几岁的年青的小伙子，破旧的老蓝布的绵袍被一条蓝布的束腰带高高地扎起，两只裤脚也一直卷到膝盖以上，露出两个肌肉健壮的溅满了泥浆的腿；褐色的脸被一顶破毡帽遮盖了一半，但能很显然地看出他的朴实的面貌上笼罩着一层惊慌的颜色。他放下灯笼，取下毡帽，将绵袍角撩起来擦额上的因走路太急而沁出的汗珠。他微微地有一点喘息，连自己也辨不清是因为走路太快还是因为恐惧的缘故。他匆忙地擦了一下汗，就击鼓似的捶着那家的大门，一种充满着恐怖的声调在这死一样的黑夜里激起了不安的动荡。

在这阴森的古旧的屋子里，黯淡的煤油灯底下，静蘅正安置好三个孩子的睡眠，伴陪着她的六十岁的老婆婆围着一盆炭火坐着，一种不安的心理同时支配了这两个人，使她们愁苦地无言相对。

"这两天消息很不好哩！城里很吃紧，老百姓都没有办法地抛弃了家从飞机炸弹底下逃出来，但逃出来又有什么办法呢？没有了家，又逃到什么地方去呢？听说我们村上也走了不少人。东头的汪家不是搬走了吗？西边的杜家也想走，昨天杜家的太太还好意地劝我们走哩。走？走到什么地方去，我们这一家老小？我们生在这地方，长在这地方，这地方是我们的家。我们的田地、房子、粮食都在这里，我们走出去又怎么生活呢？又怎么舍得抛弃自己的家乡呢？唉！日本鬼子也不知道是我们几世的冤仇，害了多少人，毁了多少家啊！"静蘅用火钳拨了拨炭火，打破了长时间的沉默，感慨地说。

"可不是，谁舍得丢了家呢？创家立业可不是容易的事，你们年青人不会知道，你的太公和公公是吃了多少辛苦才创起这份家来。我们又怎么能抛了家？抛了家又到什么地方去？吃什么，用什么呢？再说，尽是逃也不是办法啊！日本鬼子到什么地方，难道我们就拿我们的家乡，我们祖先的基业，我们的财产都送给他们吗？我们能甘心吗？"老婆婆也发牢骚了。

"可是不逃也没有办法啊！日本的飞机大炮天天拼命地轰炸，一死就是几百几千的，要是日本鬼子进了城，那更不得了，放火，杀人，奸淫，掳掠，哪一样不做？不过我们总是不能逃的，你老人家上了年纪，哪里吃得起那种辛苦；还有三个孩子，哪里拖得起？况且渊如又不在家。……渊如立志去打日本鬼子，哪知道日本鬼子又打到我们家乡来了。近来战事剧烈，前方的牺牲很重，也不知道他究竟怎样了？"提起渊如，静蘅的坚毅的眼光立刻变成了蒙眬的辽远的凝视，一层透明的液体盖上了她的沉思的眸子，末了两句话的声音已经带着哽咽了。

"唉！我六十岁的人了，只有这一个儿子，又跑到战场上去了，今生也不知有没有再见的日子呢。现在这个家也不知道能保得几天？我已经六十岁，死了也算了，可是你们年青人怎样办？更可怜的是三个孩子！日本鬼子真害得人苦！也不怪渊如要去打仗，我们中国人也不能尽让他欺侮，总要报仇雪恨，也出出这口怨气啊！"老婆婆一面流着泪，一面又悲伤又愤慨地说。

"只希望日本鬼子不要到乡下来吧！"静蘅无可如何地说出了这一句话，算是安慰她的婆婆和自己。

"唉！"

"唉！"

接着叹息之后又是长时间的沉默。

一阵急鼓似的捶门的声音打破了这屋子里的不安的沉默，静蘅诧异着这黑夜的来客，立刻唤醒正在打盹的女工去开门。

"姑太太！少奶奶！现在的情形很不好，我们二少爷从城里回来，说城里的军队已在往后退，日本兵马上就会进城，四乡也保不了，大家要赶快走，先离开这地方再说。老爷叫我来通知姑太太一声，赶快走吧！得便告诉左右邻舍一声。我马上就得回去。"直冲进来的年青的长工非常急促地说了以上的话，就忙乱地头也不回一直跑出去了。

"怎么好？"

这个突然的不幸的消息使她们婆媳两个不知所措了。呆了一刻，静蘅恢复了她的神智，立刻叫道：

"快叫醒孩子们！你老人家多穿点衣服！我们赶快走！"一面说一面就跑进对面的自己的房间里去叫醒孩子们。又吩咐女工叫醒男工们，四面去通知一切的邻居们，但有的邻居已经先知道了这消息，男子们也跑来向她们报信了。

这屋子里立刻显出忙乱的情形，同时，整个的村庄也异常紧张起来。家家户户捆衣打被，携老扶幼地准备出走了。

在这极度的紧张和忙乱之下，第二次不幸的消息又在从城里逃出来的裕大米行的伙计口中传播开来：

"日本兵进城了！他妈的真不是人养的！见了房子就烧，见了人就杀，见了女人就强奸，奸过了又拿来很惨地弄死，有的割掉了两个奶子，有的一把刺刀插在下身，满街都是流着血的赤身露体的女尸；小孩子用刺刀尖挑起来在空中转着玩。简直比地狱还惨哩！我的天！这是人过的日子吗？我们的老板同小老板被枪打死，老板娘和大姑娘一丝不挂的死在血泊里。算留得我这条命从谷仓里溜出来，从弯弯曲曲的小路上冒了险逃出城来。日本鬼子也快来了，大家快走吧！"

同时，城里的机关枪声已经是很清晰地听到，照亮半边天的火光也远远地望到了。于是整个村庄上的男女老小，慌张地排着零乱的队伍出发了。

很狭的田塍上哪里容得下这样多的人，大家拥挤着，倾轧着，推推拉拉一步一跛地在泥泞中走着，泥土松软地往下陷，足胫都没在泥里，泥浆一直溅到膝盖以上。每人一步重一步地在泥浆里拖着走，心里的着急和脚步的迟缓恰成了反比例。上面又不停地下着雪，打湿了头发，打湿了衣服，并打湿了女人们的眼睛。北风吹在脸上像刀刮一样地痛，小孩子们哭了，母亲们也跟着哭，老人们呻吟地叫着苦，男子们暴燥地骂着妻子和儿女。一时各种凄惨的声音错综地交织着这夜的空间。

静薇背上背着四岁的女孩家凤，怀里抱着六岁的男孩家麟，右手臂扶着老婆婆，手里还搀着十岁的男孩家麒。她鼓足了力量努力地跟着一群难民在泥泞的田塍上向前走，背上的负担在一刻刻地加重，左手臂发麻，脚步也愈来愈沉重了。她也和一般难民一样渴望着能早一点走上大路，那就比较好走一点。但是恰恰和希望相反，几个胆大的打探消息的人回来追上了他们的队伍，告诉他们日本军队已向四乡搜索，现在离开他们只有两里路，并且在向这村庄上来了；不过幸而日本军队走的是大路，他们还可以赶快地由小路四散地逃出去。

这消息一传播的时候，立刻一片哭喊声弥漫了整个的村庄，大家拼命地向前面奔跑，于是不顾别人地乱推乱撞起来。在这种情形之下，许多的老人和孩子是被挤下两旁的塘里去了。没有人救，也没有人有功夫来悲悼。有些孩子们哭着吵走不动了，有些孩子们一步一瞌睡地不能走了，父母们在没有办法的情形下忍痛地将孩子们就往塘里扔，头也不能回地被推挤着再向前走去。静蘅的老婆婆也在这时候被挤下水去了。静蘅停了步狂喊着救命，但是并没有人来睬她，并且她身不由主地被后面的人推挤着向前走，一下就离开老婆婆掉下去的水塘很远了。她想退回去，但是后面的人像海潮一样涌上来，而她只是大海里的一朵浪花，无法逆溯着潮流往回去。她只有悲泣着。但这时候三个孩子却都停止了哭，家凤在背上睡着了，家麟乖乖地躲在她怀里，低低地叫着妈妈，小嘴里还喃喃地说着"麟麟乖，不哭了！"家麒却用了恐惧的乞怜的声调对她说："妈妈！我走得动，我不哭，也不打瞌睡，我走得快！不要扔我到塘里去啊！"一阵酸楚的感觉从心底一直冒到鼻尖，她的眼泪像雨一样地落下来，右手将家麒握得更紧了。

哭喊的声音一直在夜空里颤抖着，于是一个提议在高声叙述之下被听到了，就是说为了避免日本军队追踪的目标起见，大家应当赶快静默地四散地由各条小路逃出这地界。这提议立刻为全体所通过，大家停止了哭喊，四散地各寻小路逃出去。

静蘅带着三个孩子和几个同伴由一条小路上逃出村庄来，但又和几个同伴失散了。她的手臂已经完全麻痹，脚底上起了多少水泡，泡又破了。像许多针在戳着一样痛；腿是又酸又硬，再也抬不起了；背好像折断了一样地酸痛，简直使她一刻都不能忍受。

黎明的前夜

她摸到一个草场上，解下背上的家凤，像临危的病人得了救一样的舒畅，又从怀抱里放下家麟，只想到以后可以不用一直抱，也可以搀着他走走的快意，似乎手臂就感到轻松起来。她将三个孩子安排坐下，自己困乏地向地下一躺，死一样劳疲立刻抓住她的全身，使她不能动弹了。尽着孩子们这样那样地问，她连开口的气力都没有了。

隔了半点钟的光景，她勉强支配着立起了身，一切身体上的痛苦又使她发愁了。当她的眼光从家麟身上落到家凤的身上时，她的背立刻又感到不可忍受的酸痛。看着三个孩子，想着辽远的前途，事实上的困难是很明白地摆在她的面前。她抚摸着背上的伤痛，想到那些被扔在水塘里的孩子的影子，一个残忍的思想像电一样掠过她的心，立刻她的心像被毒虫刺了一下，打一个寒噤，浑身颤抖起来。她感到一种从未有过的恐怖，不由地将双手掩脸歇斯底里地，叫了起来。三个孩子听到她的叫喊，立刻一起跑到母亲面前来了。她忏悔地抱起家凤，吻着她的红红的面颊，眼泪流满了她的小脸。但是当她再度负起她到背上的时候，她背上的每一根骨头都像折断了似的，再也负不起这份重量了。她将家凤紧紧地搂在怀里痛苦地哭出声来。在一霎的时间，她将这女孩子的一切可爱之点以及三年来对她的辛苦和抚爱都想到了。

"让我们死也死在一起吧！"她无助地哭喊着，将家凤抱得更紧了。

但是立刻怀远城里的火光和枪声又在她的回忆里明朗起来，她想到裕大米行的老板娘和她的女儿的裸体的惨状，想到满街流着血的赤裸的女尸，想到在敌人刺刀尖上旋转着的孩子的尸体，在冬夜旷野的雨雪里，她剧烈地战抖起来。

黑暗笼罩着大地，笼罩着她的心，在这茫茫无边际的荒野里，她无法寻找她的出路了。但是她很明白地知道在这地方是不能有久的停留的，日本兵或许已到了她的村庄，而这地方是离她的村庄太近了。只有赶快离开这地方才有生路。

　　孩子们在黑暗和寒冷中紧紧地偎依着母亲坐着。

　　"妈妈！我肚子饿了，赶快去买点东西吃吧！"家麟恳求地说。

　　"妈妈！我们还不赶快走？日本人要追来了哩！"家麒带着懂事的神气偏着头问。

　　"妈妈！我也要吃东西，吃糖。"家凤抢着说了。

　　静薇坚决地挽了孩子们站起来，预备再走，但是她的腿已经沉重到不能举步，她的背痛得直不起来，她用她的麻痹的双臂勉强将家凤举起放到背上，她的背立刻像被这份负担压折了一样，腿也跟着一软，站不住，立刻和家凤一起滚在地下了。家凤哭起来，她的心只是往下沉，沉到无底的黑暗的深渊；她的头发昏，她的眼睛发眩，在她的眼前勾出一片火和血交织成的可怕的红光，她立刻又被一种恐怖的情绪攫住了。

　　她费力地重新站起来，看看三个孩子，一种绝望的痛苦不断地蹂躏着她的心，毒蛇一样的思想又跟着恐怖的阴影紧紧地缠住她了。她将自己和家麒家麟放在一边，家凤一个人放在一边，在她的思想的天平上衡量着，显然的轻重使她痛苦地下了最后的决心。

　　雪已经停止，东方渐渐地泛出灰白色，夜的寒气也减少起来。她望望天色，知道时间已不容许她再踌躇了。她轻轻地拍着家凤的小肩膀说：

　　"乖孩子！你在这里坐一会，妈妈带哥哥去买糖回来给你吃！"

黎明的前夜　　335

她觉得她是第一次对孩子说谎,但也就是最末次的说谎了。她感到自己的残忍。她坚强地压制着她的情感,但她的眼泪终于涌出来。

"妈妈!我要吃糖!妈妈去买,就回来啊!"家凤的小脸上浮起一个快乐的笑。

她看着家凤无邪的笑容,听着她天真的答话,她更觉得孩子的可怜和可爱,恨不得立刻将她搂在怀里抚爱一回,但是被一种更大的力量牵制着,她没有这样做。她只带着一种比死更深切的痛苦揆着两个男孩向着微光中的前途走去。

路渐渐地远了,天也渐渐地亮起来。失去了孩子的痛苦也在她的心里每分钟地加深着。她从丢掉孩子的前一刻一直回溯到她起初怀着孩子时的情形,她想起关于孩子的一切,她咒诅着用自己的手将自己的孩子毁了,但是她明白这强执着她的手使她丢掉孩子的是另外一只可怕的恶魔的铁掌。就是这同一的铁掌,又将她的慈爱的婆婆悲惨地杀死了。她又想起她的十年的恩爱的丈夫,去和这恶魔奋斗,不知道也被这可怕的铁掌攫去没有?她是更觉得战栗了。她可想起他们的亲切的村庄,幸福的家庭,安适的生活和一些快乐的日子,这一切都给这可怕的恶魔的铁掌打成粉碎了。快乐的回忆更加深她现在的痛苦,她感到一切都毁了,剩下的只有悲哀。但是这无边底的悲哀渐渐地凝成了坚强的一点,铁一样的仇恨。

孩子们不停地问起妹妹、祖母、爸爸的事,她不惮烦地详细讲给他们听,将铁一样仇恨的种子播植到他们的小小的心里去。

远远地又来了一群人,等到走近的时候,她立刻认出是自己村庄上的邻居们。他们也看见了她,立刻欢呼起来。

"你们到什么地方去啊!"她问他们。

"我们的家乡给日本鬼子毁了,我们的产业丢了,我们的父母儿女都死了,我们自己也没有地方存身了,我们要报仇,要干日本鬼子!我们这一群中年青力壮的去做游击队,上前线,老弱一点的做后方工作;我们要报仇,我们要和日本鬼子拼个你死我活,我们要打回家乡去!我们现在正预备向前面的军队里报名去。"几个人抢着回答。

铁一样的仇恨更坚强地在她的心里凝结着,并且感到了和这一群彼此之间的吸引力。

"我也和你们一起去!"她感到从未有过的兴奋,颤抖地说出这句话,她的心在不可压制地跳跃了。

这一群起初稍微带一点惊诧的眼光望着她,但立刻就变为了解的微笑了。

"好!大家去!"他们替她抱起两个孩子。

天已经大亮,东方的红霞拥出了一轮光明的旭日;她兴奋地跟着他们这一群在大路上向着阳光前进。孩子们看见了早上的太阳和同行的伴侣,也都高兴起来。家麒用不正确的音调唱着"起来!不愿做奴隶的人们!……"家麟用更不正确的声音和着;太阳照在她苍白的脸上,闪出一个光明的微笑。

"我们将有一个胜利的明天!"她这样地相信着。

金黄的太阳光照着这一群不停地向前走去。

(原载《时事新报》1938年6月26日第4版)

后记

《辩才集》是沈祖棻的小说散文集,二〇〇〇年版全集共收小说八篇,附散文一篇。此次得以增补十四篇,原因大约在于以下两点:

一是二〇〇〇年全集编辑的主导思想是求精,尽管那时搜求文献相当不易,全凭抄自图书馆的手稿,但还是放弃了一九二九年至一九三一年之间文笔相对稚嫩的《夏的黄昏》、《忠实的情人》、《丽玲》三篇。本次全集的编辑思想则以尽量保存为原则,力图呈现出沈祖棻从新文学走向传统文学的完整过程。

二是电子数据库使用的极大方便,使民国报刊的穷尽式搜索成为可能。二〇一二年我在访问哈佛大学期间,就曾利用数据库觅得《画像》等小说六篇。十年后,老报纸的资源较前更为充分,曾威智编辑又再次检索,宋健先生亦寻得散文三篇和小说《黎明的前夜》,遂使曾令程千帆感慨的散失佚作大多"归队"。

本次全集所收《辩才集》更丰富全面地体现出沈祖棻早年新

文学创作的成绩。既有多种样式，如小说、散文、独幕剧；又有社会现实的多维表达，如情感世界、社会问题、世态炎凉、战争底色下的民众等。其中五篇历史小说是她在文坛获得较高声誉的作品，对艺术生命、家国兴亡的主题开拓，使它们成为新小说中成就最高的一部分。

张春晓
二〇二二年十一月　广州